지혜를 찾아서 떠나는 여행

영혼의 사색思索

지혜를 찾아서 떠나는 여행

영혼의 사색思索

초판 1쇄 인쇄 2017년 05월 02일
초판 1쇄 발행 2017년 05월 08일

지은이 조백수
펴낸이 김양수
표지 본문 디자인 곽세진   교정교열 표가은

펴낸곳 도서출판 맑은샘   출판등록 제2012-000035
주소 (우 10387) 경기도 고양시 일산서구 중앙로 1456(주엽동) 서현프라자 604호
대표전화 031.906.5006   팩스 031.906.5079
이메일 okbook1234@naver.com   홈페이지 www.booksam.co.kr

ISBN 979-11-5778-211-6 (03800)

머리말

지천명地天命이 넘어서 세상을 바라보는 습관이 생겼다. 내 고집대로 세상을 살다 보니 시행착오가 많아서였을까? 내면에 부족함이 많아서일까? 불혹不惑의 나잇대까지 인생을 깊이 있게 돌아보지 못했다. 하늘의 명을 안다는 오십이 넘어서야 자연의 흐름에 관심을 두기 시작했다.

평생을 산과 나무를 대상으로 행정을 펼치는 산림 공직자로 살다 보니, 개체로만 느꼈던 산과 나무, 그리고 숲이 우리와 하나라는 것을 깨닫게 되었다. 나는 나무보다 나은 사람다운 사람인가? 숲처럼 세상을 위한 역할을 하며 살고 있는가? 자연은 순환의 연속인데 나는 어디로 향해서 가는가? 라는 근원적인 질문들이 하나씩 하나씩 사색思索의 문을 들여다보게 하였다. 그러다 보니 생각을 정리해서 공유해야겠다는 마음이 들었다.

계사년(2013)이 어느덧 절반이 지나고 나서 가끔 생각을 정리해 보는 습관이 생겼다. 정보통신의 발달로 '카카오톡'이 생겨서 800여 명의 벗과 생각을 공유하고 소통을 하다 보니, 제법 글의 양이 쌓였다. 책을 내보라는 지인들의 권유에 용기가 생겼다. 그래서 한 권의 책으로 엮게 되었다.

나는 작가도 철학가도 사상가도 아니다. 그러나 표현은 하고 싶었다. 내면에서 나를 향해 꾸짖는 소리와 일깨워주는 느낌을 글로 표현해서 남기고 싶었다. 그래서 살면서 느낀 소회所懷, 일어나는 감정들을 기록하여 소통의 공간에 담게 되었다.

어느덧 4년이 되었다. 처음 썼던 글을 보고 많이 웃었다. 촌스럽고 어색하고, 부자연스런 글을 무슨 생각으로 카톡방에 올렸는지 얼굴이 화끈거린다. 그래도 순수한 마음에서 전하는 메시지를 단 한 사람만이라도 공감하고 느낀다면 그것은 나만의 행복이라고 여겼다.

가끔 공감의 댓글을 받으면 기쁨으로 다가와 내 영혼도 성숙해짐을 느꼈다. 산책을 통한 사색이 영혼을 밝히고 생각을 키우듯, 직장까지 한 시간씩 출퇴근을 위해 걸으면서 사색이 안겨주는 행복도 맛보았다. 걷는다는 것은 직립보행을 하는 인간의 가장 기본적인 욕구충족이며, 육신 운동으로 몸을 지탱하고 유지하는 필수 요소이다. 거기에 사색이란 날개를 더해 몰입하니 정신과 육체가 하나가 되었다.

나는 유정·무정의 벗들과 소통하면서 늘 행복하다고 생각했다. 어디를 가도 산이 있고 숲이 있고, 새가 있고 사람이 있어 같이 어울리기 때문이었다. 예로부터 '우리'라는 용어는 나를 뛰어넘어 모두가 한 몸, 하나라는 의미로 승화되었다. 나라는 개체로 살면 소통이 없다. '우리'라는 원안에 들어가야만 모두가 통한다. 생각의 공유도 우리를 벗어난 적이 없다.

양산 통도사 영축산에서, 영주 고을 소백산에서, 충주 수안보 월악산 자락에서, 장성 방장산에서 명산과 소통하고 정기를 받으며 사색으로 함께한 시간을 돌아본다. 이제 인생 한 갑자를 목전에 두고 있다. 또 다른 반 갑자를 준비하면서, 인생은 결코 고苦가 아니라 낙樂도 함께한다는 것을 보여주는 삶을 살고 싶다.

이 책이 나오기까지 도움을 주신 출판사 '맑은샘'과 추천의 글을 허락해 주신 계룡산 오등선원 학산대원 대종사님, 조연환 한국산림아카데미 이사장(전 산림청장)님, 윤영균 한국산림복지진흥원장님, 이창재 국립산림과학원장님, 이병인 부산대 생명자원과학대학장님. 곽한병 교수(전 경기대 부총장)님께 감사드린다. 아울러 한 가족으로 힘이 되어 주었고, 소통을 나눈 산림청과 소속·산하기관 선후배 동료, 지인들 모두에게도 감사드린다. 그동안 나를 믿고 따라준 아내 이병님. 딸 소영, 아들 윤택에게도 이 자리를 빌려 고마운 마음을 전한다. 끝으로 이 책이 출간되어 더없이 행복하다는 마음을 우주 법계에 전하고 싶다.

정유년 춘삼월 대전 한밭고을 아너스빌딩 한국산림복지진흥원에서
한호 조백수

추천사

우리나라엔 명산名山이 많고 그곳엔 항상 산사山寺가 자리하고 있다. 그중 크게 격을 갖춘 곳은 총림叢林이라 부른다. 그리고 총림과 산사엔 항상 납자衲子들이 수행하며 거하고 있다. 산림山林 속에 또 하나 수행의 산림이 있는 것이다.

조백수 거사는 국가공무원으로 산림을 오랫동안 보호하고 관리해왔다. 개인적으론 십수 년 전 산승의 회상에 공부하러 온 계기로 한호漢鎬라는 법명을 지어주고 유발제자의 인연이 되었다.

얼마 전 몇 년간 지은 글들을 엮어 가져왔기에 살펴보니, 가까이는 자신의 수행과 산림의 관리 문제로부터 사회의 사건 사고에 대한 소회 그리고 멀리는 일본 중국에 대한 외교 문제까지 사색의 분야가 다양하였다.

바쁜 공무 와중에도 명산대찰名山大刹을 늘 가까이하였고 그 불법 공부와 수행을 게을리하지 않았기에 그 내용도 천 년을 지내온 조주원趙州院의 잣나무처럼 깊이가 있고 그윽하였다.

이 글『영혼의 사색思索』은 한호漢鎬 조백수 거사가 산림 속에서 자신의 살림살이를 잘 꾸리고 살아온 결과물이다. 이에 이처럼 추천사를 적나니 수행과 사색 속에 담긴 향기를 많은 사람과 함께 나눔이 옳고 옳을 것이다.

頌曰

山花開似錦	산에 꽃이 피니 비단 같고
澗水湛如藍	시내에 물은 맑고 푸른데
淸風拂雲飛	맑은 바람을 떨치니 구름은 날고
白日不曾移	밝은 해는 일찍이 옮기지 않네
腐枯夜放光	썩은 고목이 밤에 방광을 놓으니
日月失光明	해와 달은 광명을 잃었고
漢鎬展手眼	한호 거사님이 손과 마음의 눈을 펼치니
萬民除苦樂	만민이 다 고(苦)를 제하고 즐거움을 받음이로다
會也麼	아시겠습니까?
雲舒北闕	구름은 북쪽 대궐에 펼쳤고
月印南溟	달은 남쪽 바다에 나타나네

올곧은 공직생활의 멋진 봉사를 마치고 사색의 문집을 발간하게 된 것은 신선한 생명의 과일을 주는 것 같고 썩은 고목이 다시 밤중에 광명을 놓는 것과 같음이라. 또한, 인생 여정의 마감을 멋지게 장식하는 것도 좋은 경사요, 큰 기쁨이로다.

불기 2561년 정유년 초춘에 계룡산 학림사 오등선원에서
祖室 鶴山 大元 쓰다

목차

1부 2016 / 병신년丙申年의 사색思索

2부 2015 을미년乙未年의 사색思索

3부 2014　갑오년甲午年의 사색思索

한 호 문 집   제 1 집

병신년丙申年의 사색思索

2016년

병신년 새해 인사

——————— 붉은 태양이 병신년 새해의 기운을 전해줍니다. 어제도 그 자리에 떠올랐는데 해가 바뀌었다고 생각하니 여느 때의 태양이 아니고 한해를 잘 이끌어 줄 것만 같은 정겹고 다정한 태양입니다.

태양은 변함없이 우리를 돕고 있는데 경제가 어렵다고 아우성입니다. 육십갑자를 넘어 과거 병신년 때보다야 더 어렵겠습니까? 물질이 풍부한 시대에 겪는 어려움은 쉽게 해법을 찾을 수 있습니다. 자기중심의 이기적인 생각이 서로 충돌하여 반목과 갈등이 생기고, 어려움을 몰고 옵니다. 이웃과 사회와 나라를 위한 생각이 앞선다면 어려움이 침범하지 않습니다.

정치와 경제도 나라와 백성을 생각하는 마음이 크다면, 당리당략黨利黨略과 사리사욕私利私慾에 좌지우지左之右之하게 되지 않겠지요. 여야의 불통이 계속되고 남북 간 협상도 지지부진한데, 하늘이라도 우리의 염원을 듣고 도와주길 바랍니다. 물질에 취해 근본을 외면하고 하늘을 등지는 풍조도 사라지길 바랍니다.

등따습고 배부르면 변화를 두려워하는 게 우리의 모습입니다. 우리 사회가 모래알처럼 흩어져 자기 이익에 몰두하니 어려움이 풀리지 않습니다. 나를 버리고 내려놓아야 나도 살고 남도 살고, 나라도 삽니다.

앞만 보고 허겁지겁 달려왔으니, 옆을 보고 뒤를 보고 멀리 내다보면서 차근차근 갑시다. 비우고, 놓고 버려서 새로운 것을 담을 수 있게 빈 그릇으로 둡시다. 내려놓음이 씨앗을 심는 것과 같다고 합니다. 새해에는 모든 사람이 무량대복無量大福을 뿌리고 심고 가꾸어서, 소망하는 모든 만사가 성취되길 간절히 기원합니다.

습관이 병을 키운다

——————— 몸이 정상적으로 움직이지 않을 때는 분명 이유가 있습니다. 유전적으로 오는 이유도 있겠으나, 평소의 습관에서 기인하는 경우가 많습니다. 한두 번 또는 몇 번의 학습 효과로 몸에서 알리는 신호가 있는데도 불구하고, 또 그것을 잊고 과정을 소홀하게 여겨 탈이 발생합니다. 예컨대 잘 체하는 경우가 그런 예입니다. 급하게 음식을 섭취하거나 소화가 잘 안 되는 음식을 먹든가, 원인을 알면서도 습관이 쌓여 무리하다 보니 몸의 톱니가 맞물리지 않아 고장이 생깁니다. 육신이 탈이 나면 자동으로 고통이 따르기 마련이지요.

고통이란 원인을 찾아서 빨리 몸을 정상으로 돌려놓으라는 신호입니다. 체했다면 소화제를 먹든가, 운동하든가 아니면 바늘로 손톱 밑을 따든가, 체기가 가라앉도록 조치를 하여야 합니다. '괜찮겠지, 내 몸이 알아서 방어하겠지.'하고 미련을 피우다 보면 호미로 해결될 일에 가래를 쓰기도 합니다. 인간이 어리석은 것인가? 미련한 것인가? 항상 알면서도 섭생에 습관이 쌓여 고통을 자초합니다.

육신을 보존하기 위해 음식이 필요한데, 그 이상 맛에 길들여 있다 보니 통제가 어렵습니다.

맛에 이끌려 습관을 고치지 못하다 몸이 고통을 당하는 것을 알면서, 육신을 지배하는 영혼도 간사한 혀 하나를 마음대로 조절하지 못하는 것과 같습니다. 본래 인간이란 하잘 것 없는 것을 통제하지 못하는 어리석은 존재라는 것을 깨닫게 됩니다.

손님을 기다리는 행복

─────── 손님을 기다리는 시간은 참으로 행복합니다. 낯선 이 보다는 구면인 이들이 더 설레고 오랜만에 만난 분들은 더욱 마음을 설레게 합니다. 무엇을 얻거나 주고 싶어서가 아니라 그냥 보고 싶어서 설레는가 봅니다. 초면인 사람과의 만남은 조금 두려움도 있습니다. 아군인지 적군인지 모르니까요. 막상 대면하고 보면 초면이건 구면이건, 다 서로 부족한 에너지를 주고받는 것인데 득실을 따지게 됩니다.

보험이나 물건을 팔려고 만나자는 경우에는, 핑계를 대서 일단 피하고 보는 게 사람들의 심리입니다. 이해타산利害打算이 먼저이다 보니 만남이 좋게 이어지지 못하고 일회성으로 끝이 납니다. 우리는 인생 자체가 늘 만남의 연속이라는 사실을 잊고 삽니다.

인생길에 누구를 만나느냐에 따라서 순풍에 돛단배처럼 항해하는 분들도 있고, 잘못 만남으로 거친 파도 속에서 허우적거리는 사람들도 있습니다. 곗돈을 붓다가 보증을 섰다가, 주식을 하다가 건강도 재산도 잃어버려 험난한 인생길을 걷는 분들도 있습니다.

사람을 만난다는 것은 자기가 내뿜는 에너지의 질량에 따라 그 수준에 맞는 인연이 오기에 끼리끼리, 유유상종類類相從이란 말이 나온 거 같습니다.좋은 스승을 만나 인생길을 멋지게 안내받으려면, 백일 정성을 들여야 그런 인연이 온다고 하니, 평소 어떠한 생각을 품고 사느냐가 인생을 좌우한다고 생각해봅니다.

인생은 연습이다

─────── 준비 없는 인생은 없습니다. 우리의 생은 준비의 연속입니다. 쉬는 것도 자는 것도, 공부하는 것도 일하는 것도 준비의 과정입니다. 무엇을 위한 준비인가? 영원히 살기 위한 준비입니다. 삶은 그냥 살아지는 것이 아닙니다. 조물주는 나도 모르게 삶을 위해 준비를 하게 합니다.

무엇이 준비인가? 연습이 준비입니다. 일상의 하나하나가 연습이요. 보는 것, 듣는 것, 맡는 것, 느끼는 것 오감을 통해서 받아들이는 것이 연습이고 준비입니다. 풀 한 포기, 나무 한 그루, 곤충들, 짐승들을 잘 관찰하십시오. 세상 사는 이치가 다 그 속에 담겨 있습니다. 자연은 본래 그렇게 존재하는 것이지만, 인간을 위한 배려가 숨겨져 있습니다.

마지막으로 출현한 인간을 위해 자연은 부단하게 진화를 거듭해 왔습니다. 그래서 인간을 만물의 영장이라고 합니다. 자연에서 인간을 학습시키고 준비시켰기에 인간이 자연을, 우주를 운영하는 주체입니다. 넓디넓은 우주의 어디에 지구보다 더 좋은 별에 또 다른 인간이 존재할 수 있겠으나, 우리는 특별한 존재입니다.

기운으로 존재하는 영혼은 또 다른 차원에서 존재하는 인간이라고 믿습니다. 그것을 우리는 4차원 저승세계라 부릅니다. 이승과 저승은 동시에 존재한다고 합니다. 동전의 양면처럼…. 우리가 육신을 덮어쓰고 백 년 내외로 사는 것도 저승에서 어떤 역할을 위해 주어지는 특별한 삶입니다. 우주의 원소로서 기운만이 존재하는 또 다른 세계에서 역할과 질량을 높이기 위해, 우리의 삶은 끊임없이 갈고 닦는 준비이며 연습의 과정입니다.

석가탄신일

_____ 사월 초파일은 부처님께서 고통받는 중생들을 구제하기 위해 이 땅 사바세계에 태어났다고 합니다. 그러나 석가 탄신일은

어느새 하루 쉬는 날로 변질하여 가고 있습니다. 불자들은 가까운 절에 가서 등이나 달고 가족들의 안위와 소원성취를 빌어 보자는 생각이고, 일반인들은 산이나 들로 봄 소풍을 떠나고자 들떠 있습니다. 많은 분이 토요일과 공휴일이 중복되어 아쉬워합니다. 정부에서 사월 초파일과 성탄절을 공휴일로 정한 데는 다 깊은 뜻이 있는데, 쉬는 날로 착각을 합니다. 성인들의 출현이라 축제의 뜻도 있겠지만, 하루라도 그분들의 가르침을 실천하라는 뜻도 숨겨져 있다고 봅니다. 그러니 어떻게 하루를 보내는 것보다, 어떤 생각을 하고 행동하느냐가 더 중요하지 않을까요?

이천오백육십 년 전에 태어난 한 인간이 지금까지 회자 되는 것은 분명 큰 가르침이 있는 것인데, 실천보다는 마치 부처를 신으로 받들어 복을 구하는 것으로 흘러 왔습니다. 종교를 깎아내리는 것이 아닙니다. 과학과 문명의 질적 향상과 흐름에 따라 이 시대의 국민 정신도 바뀌어야 합니다. 돌멩이와 나무 조각상에 빌고 복을 구하는 것보다는 가난한 이웃, 병들어 아파하는 이웃을 한 사람이라도 더 보듬고 살펴 주는 것이 위대한 성인들이 남겨준 가르침이 아닐는지요.

오늘을 사는 우리가 이웃에게도 왜 그리 인색한지, 이기주의가 판을 치게 되었는지는, 국가도 사회도 책임질 일이 아닙니다. 환경은 시시때때로 변하는 것인데 우리 마음이 변하지 않는 것이지요. 마음이 점점 희노애락喜怒哀樂에 끌려다니다 보니 사랑과 자비 정신은 멀어져 가고, 이익과 향락을 좇는 탐욕스런 동물로 변하게 합니다. 인간 싯달타로 태어나 깨달음을 이루어 부처의 칭호를 받은 본래의 뜻이 무엇인지, 이 시대의 진정한 부처의 정신이 무엇인지 헤아리는 하루가 되기를 바랍니다.

봄비의 축복

_____ 밤새 봄비가 내립니다. 지붕의 빗물이 홈통으로 지나는 소리가 시끄러워 잠을 설치다 보니, 온갖 상념들이 떠오르네요. 이것저것 보고 들은 온갖 정보를 두뇌에 담다 보니, 쓸데없는 생각이 납니다.

봄비 내리는 소리를 듣자니 학창시절 배운 시조 한 수가 생각납니다.

가만히 오는 비가 낙수져서 소리하니.
오마지 않는 이가 일도 없이 기다려져.
열릴 듯 닫힌 문으로 눈이 자주 가더라.

육당 선생의 시조인데 새삼 그 맛을 느껴봅니다.

봄비가 손님을 몰고 오려는지 예나 지금이나 반가움의 상징 같아 보입니다. 봄비는 모든 생명에는 감로수와 같아서 많은 사람이 노래했는지도 모릅니다. 얼마나 마음을 들뜨게 했으면 주현미는 혼자 걷는 영동교에서 그 사람은 모를 거라면서 하염없이 걷고 있는 자신의 심정을 노래했을까요.

오월에 봄비가 많으면 개울마다 물이 넘치고 물고기들이 산란하러 상류로 올라옵니다. 저수지나 강에서 작은 도랑을 타고 올라오는 붕어와 잉어를 맨손으로 잡던 어린 시절도 망상으로 왔다가 사라집니다. 어린 시절 가끔 우리는 웅덩이에 고립된 물고기를 잡아 매운탕 맛을 보곤 했는데, 지금은 인공적인 것에 길들여 있다 보니 자연에서 일어나는 일은 무덤덤한 느낌으로 변했습니다.

봄비가 오고 나면 산과 들판도 온갖 생명이 자라는 모습이 눈에 보일 정도로 빠르게 진행됩니다. 보임이 없는 속에 자연은 봄의 축제를 펼치고 있습니다.

비가 그친 다음에 새와 벌레들의 울음소리도 평소와 다르게 들립니다. 짝을 구하는 애절한 절규인지는 모르나, 우리 귀에는 아름다운 자연의 하모니로 다가옵니다. 봄비의 아침이 행운의 좋은 하루를 열어 줄 것만 같은 그런 느낌입니다.

인생은 대기자

_____ 잇몸이 아파서 치과에 가니 대기 중인 환자가 많아서 예약하고 그사이 인근 세차장에서 사랑하는 애마를 닦아 주었습니다. 한 시간을 보내고도 또 대기해야 하니 치과가 노다지를 캐는 직업군에 들어간다고 볼 수 있겠네요.

오복 중의 하나인 치아를 잘 관리해야 몸을 유지하는데, 맛만 찾는 혀에 속다 보니 치아와 잇몸이 연식이 오래되면 제 역할을 못 하고, 다른 놈으로 교체하거나 주기적으로 치료해야 합니다. TV에서도 잇몸에는 '00돌'이라고 선전을 해댑니다.

가장 강한 치아가 부드러운 혀보다 일찍 고장이 나는 것을 보면, 부드러움이 강함을 이긴다는 평범한 진리를 떠올리게 합니다. 강한 태풍에도 부드러운 풀들은 끄떡없는데, 나무들을 쓰러지고 부러집니다. 인생도 누운 풀처럼 자기를 낮추고 겸손하게 살아야 더욱 빛이 납니다.

진료 순서가 오기를 기다리면서 눈앞에 있는 분들을 바라봅니다. 옆에서 같이 대기하고 있는 분과, 간호사에게 사전에 예약했다거나 바쁘다고 떼쓰는 분들도 보입니다.

면접시험이나 사랑하는 청춘남녀가 양가 부모에게 인사 가서 기다리는 마음은 어떨까요. 불안, 초조, 긴장의 순간이 되겠지요. '인생은 대기자다.'라고 짧게 정의를 내려도 틀린 말은 아닌 것 같습니다. 우리의 삶이 매 순간 대기자와 같기 때문입니다.

이 와중에 새치기하는 것(인생살이에서 방해꾼)을 보면서 전에는 불끈
해서 따져 묻고 했는데, '지금은 새치기하는 분도 사연이 있겠지. 다 자
기 복이지.' 하면서 내 차례를 기다려 봅니다. 이래도 한세상 저래도 한
세상인데 열 받으면 나만 손해이지요. 한동안 인기리에 방영된 TV 드
라마 '육룡이 나르샤'에서 이방원이 포은 정몽주에게 던진 말이 와 닿
는 대기자의 심정입니다.

"이런들 어떠리 저런들 어떠리. 만수산 드렁칡이"

… 중략

힐링은 인내로부터

_____ 스트레스가 없는 가정, 학교, 직장이 있을까요? 아무
걱정거리 없이 농사짓는 촌부도 비가 안 오면 안 온다고, 많이 오면 많
이 온다고 서리가 내렸다고 날씨 탓을 하며 스트레스를 받습니다. 느슨
한 거 보다 적당한 긴장은 오히려 생활에 활력이 되어 건강에 도움이
된다는 주장도 있습니다. 그런데 요즘 우리는 너무 스트레스에 민감합
니다. 교통체증 천국인데 약속에 조금만 늦어도 야단법석을 떨지요.

특히 젊은 층은 인내심을 찾아보기 어렵습니다. 사건·사고는 참지

못함에서 찾아옵니다. 특히 '묻지마 사건'은 분노가 올라오는 마음을 충동적으로 분출해서 생긴 것인데, 이런 사건이 일어난 후에는 사회적으로 물의가 뒤따르게 됩니다. '강남 지하철 묻지마 살인 사건'은 우리를 슬프게 했지만, 한편으로는 모두의 책임이기도 합니다. 우리가 언제 옆에 있는 사람들에게 따뜻한 눈길 한번, 마음 한 번 보낸 적이 있나요. 개미군단처럼 사람들이 오고 가고 부딪쳐도, 나와 관계없으니 그냥 스쳐 지나갈 뿐입니다.

'옷깃만 스쳐도 인연'이란 말은 인구밀도가 낮을 때, 사람만 보아도 반가운 시대에 나온 말로 치부 합니다. 현대에는 전철에서 교차로에서 하루에도 수백 명, 수천 명이 옷깃을 스쳐 갑니다. 그러니 특별하게 만나지 않는 한 무슨 인연이라고 생각을 하겠습니까? 이런 생각들이 더욱 인정이 메마르고 팍팍한 현대를 살아가게 합니다.

그런 사회적 분위기가 '묻지마 사건'과 같은 끔찍한 사건으로 돌아와서 우리에게 경고합니다. 마음을 다스리고 인내를 키우는 연습이 학교 교과목에 들어가고, 평가기술을 개발하여 입시 과목에도 넣어야 밝은 사회가 될까요? '급할수록 돌아가라'는 말처럼 현대생활이 바쁘게 돌아가더라도, 자신을 돌아보고 마음을 다스리는 훈련이 필요한 때입니다.

정치판은 진흙탕

_____ 정치는 예나 지금이나 권력을 향한 발판입니다. 인간들의 무리를 질서 있게 다스려서, 모두가 안전하고 편안하게 만드는 것이 정치라고 할 수 있죠. 권력이란 무력에서도 나오기도 하지만, 현대는 각자의 의견이 모여서 선거에서 투표로 선출됩니다. 국민의 권력을 위임받은 자들이 잘못 칼을 휘두르면 나라도 백성도 모두가 힘들어지고, 어려움에 직면하게 됩니다.

동서고금을 통해 많은 제국이 흥망성쇠興亡盛衰를 거듭해 왔는데, 모두 정치권력 때문이었습니다. 권력을 가진 자들의 생각에 따라 나라가 흥망의 길을 걸었습니다. 과거 왕조 시대는 접어 두고라도 근현대사에서 권력자들의 한 생각은 어떠했습니까? 한국의 근대화도 권력자의 한 생각으로 현재의 번영이 주어졌고, 삼팔선 이북에서는 권력자 한 생각이 백성들을 어려움으로 몰아넣었습니다.

기업이나 중소 정당들도 리더의 한 생각이 회사와 정당을 키웠다, 없앴다, 살렸다가 죽이기를 반복했습니다. 리더들이 한 생각을 바르게 해야 하는데 그렇지 못하면, 가정도 사회도 나라까지 어려워지고 힘들어집니다. 독재자 중에서 나라를 어렵게 하고 본인도 비참하게 최후를 마친 대표적인 사례가, 이라크의 후세인 대통령입니다.

우리의 정치판을 흔히 진흙탕에 비유합니다. 여·야가 국가의 이익보다는 당리당략黨利黨略이 앞서기에 정당의 수명이 몇십 년을 가지 못했습니다. 정당의 뿌리는 존재하더라도 당명은 진보건 보수건 수없이 바뀌어 왔습니다. 대한민국 미래의 정치는 변하게 될까요? 맑은 물로 바꾸긴 어렵더라도 진흙탕물은 생성되지 않도록 해야, 후손이 살아갈 미래가 있을 것입니다.

일본의 축소문화

──────── 일본은 크게 네 개의 섬으로 되어 있어, 산수가 바다와 어우러져 우리나라 금수강산 못지 않게 아름답습니다. 일본에서 분재와 조경이 발달한 것은, 산수를 축소해서 즐기려는 그들의 욕구가 분출했던 것이 아닐까요?

도로가 좁고 가로수도 없으며 차도와 인도의 구별도 없습니다. 작은 공간을 철저하게 활용하고 있습니다. 거리는 담배꽁초나 비닐조각, 과자봉지 하나 보이지 않습니다. 독일 못지 않게 깨끗하게 되어 있습니다. 어디를 가나 깨끗한 환경과 교차로와 버스 승차 등 질서 정연하게 줄을 서서 기다립니다.

유아부터 초등·고등까지 공공질서가 교육으로 체계화되고, 사회적 분위기가 남에게 피해를 주거나 무질서에 지저분한 환경을 용납하지 않습니다. 독일 문화에서 배웠는지 너무나 닮았습니다. 끔찍할 만큼 깨끗합니다. 기차역 주변에 가야 경우 담배꽁초를 볼 수 있습니다.

도로의 차선폭이 좁아 자연이 크게 훼손되지 않습니다. 다다미방에 보일러가 없어, 자연 친화적인 문화가 발달 되어 왔습니다. 우리는 6·25 이후 미군정시대부터 크고 넓은 미국문화가 자리 잡았지요. 일본 관공서의 집기문화를 보아도 축소문화입니다.

일본 축소문화의 장점은 실용적이고 합리성이 내재하여 있는 것인데, 그것이 나름 선진국의 기반이 되었습니다. 아기자기한 공예품 도자기 분재 정원에서 일본 축소 문화의 진수를 볼 수 있습니다. 물건과 요리를 만들고 파는 공인들과 상인들이 긍지를 갖고 최선을 다하는 장인정신이 지금의 일본을 있게 하지 않았나 생각합니다. 산수와 같이 개인적인 성품도 조약돌처럼 유하고 약해 보이나, 모이면 단합되어 바위보다 강한 힘을 발휘합니다. 개인의 희생을 감수하면서 조직과 사회와 나라를 먼저 생각하는 그들의 정신은, 분명 우리가 본받을 정신입니다. 지나치게 남을 의식하는 소심함은 개선되어야 할 과제이기도 합니다. 그들의 소심함이 잃어버린 20년이 되었는지도 모릅니다.

일제와 현충일

─────── 오늘은 호국영령과 순국선열을 기리는 국가 기념일인 현충일입니다. 6·25는 강대국들이 만든 사상과 이념으로 인해 우리 민

족이 겪은 희생이라서 씁쓸합니다. 현충원엔 나라를 위해 희생된 파월 장병들이 국가부흥과 조국 근대화의 촛불이 되었습니다. 그래서 국민 모두의 가슴 속에 남아 추모를 받고 있습니다. 가족들에게는 많이 부족하지만, 보상금도 주고 있습니다.

　조금 더 역사를 거슬러 일제치하에 투쟁했던 선열들과 그 후손들은 어떻습니까? 나라가 누란累卵의 위기에 있을 때 가족을 떠나 머나먼 중국 또는 일본에서 혹독한 감시와 고문 속에서 일생을 보낸 의사와 열사, 애국지사는 대전현충원에 묘와 비만 있습니다. 후손들 상당수는 국가 번영의 혜택을 누리지 못하고 가난 속에서 살고 있지요.

　사회와 국가는 이들의 후손들에게 좀 더 따뜻한 배려의 손길이 필요합니다. 사회적 관심이 적을수록 국가와 사회를 위해 누가 몸을 던져 희생하겠습니까? 나와 내 가족만 하는 이기적인 생각이 팽배해지면 나라는 힘을 잃게 되고, 결국 일제 치하와 같은 불행이 재현될 것입니다.

　오늘 하루라도 순국선열들을 추모하는 마음으로 보내거나, 가까운 현충원에 들려 꽃다운 청춘을 국가와 사회와 이웃과 후손을 위해 헌신하신 애국선열들의 넋을 기리는 것이, 내 삶을 살찌우고 덕행을 실천하는 길이라고 생각해 봅니다.

일본과 한류

─────── 일본의 뿌리는 한반도와 무관한 것도 아닌데 문화는 차이가 큽니다. 한국과 중국은 동적인 데 비해 일본은 매우 정적입니다. 어려서부터 남에게 피해를 주지 않는 교육이 일상화되어 조용한 것이 생활화되다 보니, 정적으로 흘렀나 봅니다. 우리나라의 무질서, 시끄러움, 자기중심적인 것도 동적인 것에 해당합니다. 중국도 대륙이라 우리보다 더 동적입니다. 정적인 일본은 사무라이 문화가 지금의 정적인 일본 문화를 고착하게 하지 않았나 생각합니다.

주택도 의복도 한국과 중국은 화려한 빛깔인데, 일본은 밝은 것보다 좀 어두운 빛깔이 정적문화를 대변하는 것 같습니다. 지금 일본이 침체기에 있는 것도 급변하는 시대에 동적으로 변해야 하는데, 정적인 문화에 너무 익숙하지 않았나 생각해 봅니다. 음양오행에서 음과 수의 기운이 지배한다는 것이지요. 우리도 과거엔 백의민족이라 너무 정적으로 흘러왔는데 현대에 동적으로 바뀐 것 같습니다. 음악의 한류가 이를 대변하고 있습니다. 크게 보면 고구려·백제·가야의 후손들이 현재의 일본을 만들었는지도 모릅니다. 충남 부여를 찾는 일본인들이 뿌리를 소중히 여기는 것을 보면서, 한일 간의 갈등 문제를 해결할 열쇠를 찾아봅니다.

과거의 아픈 상처를 딛고 미래를 상생으로 발전해 나가려면, 현재

두 나라의 국민들이 서로를 인정해 주고 존중해 주어야 합니다. 과거사에 생긴 상처를 언제까지 계속 끌어안고 살 수는 없습니다. 후손들에게 미움의 기운을 남겨서 나라가 잘될 수 있을까요? 국가 간의 미움이 없어지고 뿌리에 기인한 사랑이 시작될 때, 갈등을 푸는 해법을 찾을 수 있지 않을까 사유^{思惟}해 봅니다.

신의 천국 일본

_____ '신을 논하는 자 일본에 가라'고 말하고 싶습니다. 일본이 신의 천국이기 때문입니다. 집집 마다 터신과 조상신을 모시거나 동네마다 구역마다 관장하는 신을 모시고, 예경^{禮敬}하는 것이 생활화되어 있습니다. 각 종파의 절들이 한국의 예배당과 경로당보다 많은 것 같습니다. 조상님들도 사찰에 비석이나 위패로 모십니다.

유교문화가 우리나라에서 조선 시대에 꽃을 피웠다면, 불교문화는 신라·고려보다도 일본에서 현재 꽃을 피우고 있는 것 같습니다. 장례와 제사에 허례허식이 없고 실용적이며, 합리적이고 현대적입니다. 조상신이나 지역 신을 매일 경배하는 것은 질량이 높은 이 시대에 맞지 않는 측면도 있다고 봅니다.

제사는 3년, 7년 등 특별한 기념일에 추모하고, 평소에는 절에 모신 위패에 기도하는 것이 전부입니다. 우리는 매년 제례 음식을 거하게 마련해서 조상님께 바치는 유교 문화가 주류를 이루고 있습니다. 근래에는 일부에서 기독교식으로 기도와 찬송으로 간소하게 제례를 치르기도 하지요.

일본은 섬의 특성상 자연재해가 잦아, 나름대로 신과 조상을 섬기는 방법이 극진하면서도 합리적으로 정착되어 온 거 같습니다. 그러나 우리로선 이승과 저승이 유별하기에, 집에서 매일 조상신과 잡신에게 예경하는 것은 지나치다는 생각이 듭니다.

우리나라는 제사 때만 되면 음식을 거하게 준비하지만, 절반의 음식은 버리게 됩니다. 설과 추석과 기일 등 제사 증후군으로 스트레스를 받고 사는 것이 오늘날 우리 주부들입니다. 가정불화와 이혼의 원인이 되기도 합니다. 물질보다는 정성이 들어 있는 제례 법이 앞으로 우리가 개선해야 할 새로운 방향이라고 생각해 봅니다.

일본의 노인들

──────── 일본과 우리나라 노인들이 대비되는 것은 열정적인 활동입니다. 우리는 공직이나 회사를 퇴직하고서 마땅한 일자리가 주어지지 않는데, 일본은 노인층에서 하는 일들이 많습니다. 가벼운 노동력이 필요한 것은 노인들이 맡아서 하고 있다는 것입니다. 주차관리

에서 운전, 관광지나 문화 유적지 해설도 노인들의 몫입니다. 수학여행 온 학생들에게 진지하게 설명하고 안내하는 노인들의 열정에서 일본 희망의 불빛을 보았습니다. 대형마트에도 장 보러온 주부들보다 노인들의 숫자가 많아 보입니다.

식당에서 요리하고 서빙 하는 노인들을 보면서 사회보장제도를 의심했으나, 그들이 자발적으로 일자리를 찾아서 사회에 공헌하고 있었습니다. 다른 어떤 것에 견주어 보아도 아름다운 모습이었습니다. 우리 주변의 노인들은 어떨까요? 농촌 지역은 노인들이 일을 거들고 있으나, 도시는 각종 모임으로 놀러 다니거나 공원에서 무리 지어 보기 안 좋은 모습으로 여생을 보냅니다.

살기 어려운 분들이 폐지를 줍고 있거나 공공근로 사업으로 환경정비 하는 것 빼고는, 일본처럼 노인들이 왕성하게 일하는 모습은 보이지 않습니다. 정부가 이들에게 일자리를 찾아 주어야 합니다. 질량 있는 사회봉사 시스템을 갖추어 주어야 합니다.

노인들은 다양한 사회 경험과 기술과 지식을 습득한 분들입니다. 새로운 정보에 둔감할 뿐 인생 자체에 삶이 고스란히 녹아 있어 지혜가 풍부합니다. 고령화 시대에 청년 백수가 늘어나고, 경기는 어렵고 노인들을 부양해야 하는 젊은이들의 장래가 걱정됩니다. 인생경험을 전수하는 일에 노인들의 역할이 필요합니다. 나라를 이끌어 나갈 리더들이 앞으로 100세 시대에 노인 정책을 어떻게 펼치느냐에 따라서, 우리나라의 운명이 좌우될 것으로 생각해 봅니다.

일본과 역사적 교훈

─────────── 오사카 난바에서 숙소를 찾지 못해 일본 젊은이의 도움을 받았습니다. 그 젊은이는 무슨 인연인지 또 다른 한국 여행객에게 붙잡혀 길 안내를 하는 것입니다. 어머님이 한국을 무척 좋아한다니 욘사마(배용준)가 출현한 드라마 같은 한류의 힘이 아닌가 생각해 봅니다. 우리 같았으면 손짓 몇 번 하면 끝나는 것인데, 자기 볼 일을 미루고 끝까지 우리 일행을 안내하는 것입니다. 젊은이들은 저렇게 선하고 바른데, 정치하는 리더들은 과거사를 사과하지 못하고 계속 우리의 심기를 건드리는지 이해가 되지 않습니다.

임진왜란의 장본인 풍신수길(도요토미 히데요시)이 살던 오사카 성을 관람하면서 우리 조상들이 당했던 고통을 생각하니, 무능한 조선의 왕 선조와 정치에 참여했던 우리 조상들이 원망스럽게 느껴집니다. 외세에 대비하지 못하고, 의병과 살신성인의 장군들마저 등져야 했던 당시의 정치 상황에서 뼈저린 교훈이 되어야 합니다. 조선 말기 치욕의 경술국치도 힘을 키우지 못하고, 미리 개방하지 못한 정치 부재에서 생긴 일이 아닌가요. 역사는 아이러니하게도 시대가 흘러야 깨닫게 되나 봅니다.

우리나라는 허리가 두 동강 나서 반쪽끼리 적대적으로 반목하고 있습니다. 국토의 경계를 이루는 중국과 일본과 러시아가 주적이어야 하는데, 형제가 서로 총부리를 겨누는 아주 이상한 상황이 무려 칠십 년간이나 계속되고 있습니다. 일본과 선의의 경쟁을 펼치려면 영호남과 진보와 보수가 합쳐지고, 남북이 합쳐질 때 가능하다고 봅니다. 국론이 분열된 현재로써는 일억 이천 인구의 일본을 이길 수 없고, 미국도 언제나 우리 편일 수 없습니다. 일본의 정체성은 국민성과 그들의 노력으로 보아 다시 진일보할 것입니다. 우리도 정신을 바짝 차리고 일본에 배울 건 빨리 배워야, 미래의 빛나는 한국을 만들어 나갈 것입니다.

가깝고도 먼 나라 일본

——————— 일본 규슈지역을 다니다 보니 새삼 느끼는 게 많습니다. 우리 인식에는 흔히 일본이란 나라가 가깝고도 먼 나라라고 말합니다.

역사적 사실과 현재 정치적 상황 때문에 그렇게 불리고 있지요. 우리가 일본을 여행하는 것은 공무든 사무든, 그 나라에서 무언가 내게 필요한 에너지를 채우라는 것입니다.

지식이든 정보든 나를 깨닫게 하는 요소가 다 에너지입니다. 일본의 일반 시민들은 남에게 피해를 주지 않으려 하는 국민성이 돋보이고, 모든 일에 최선을 다하는 성실함이 엿보입니다. 공공기관이나 호텔이나 식당에서도 친절함이 몸에 배어 있는 것 같습니다.

농업용 폐기물 등 쓰레기 없는 깔끔한 농촌 지역과, 도심 구석구석에서 보이는 토목·건축 등 완벽한 건설 시공은 우리를 다시 돌아보게 합니다. 산림을 잘 가꾼 것도 예외는 아니지요. 우리는 빨리빨리 문화 덕에 지금의 위치에 오게 되었는데, 문제가 곪아서 터지고 있습니다. 이제는 빨리 보다는 완벽이 필요한 때입니다. 한 예로 매년 보도블록을 뜯고 수리하고 하는 것이 보편화 되었는데 달라져야 합니다.

그러기 위해 기본적인 것부터 고쳐 가야지요.

기초부터 잘 다지고 단계적으로 차근차근 실행에 옮기는 습관을 키위야 합니다. 한번 실패한 것을 뼈저리게 느껴서 반복되는 일이 없도록 해야겠지요.

세월호, 임 병장 총기사고 등 요즘 과거의 성장 속에 감춰졌던 문제들이 우리를 아프게 하고 있습니다. 원인을 분석하면 다 근본 이유가 있겠지만, 큰 틀에서 보면 그동안 우리가 간과했던 것 중 기본에 소홀했기 때문입니다.

기본에 충실하면서 변화를 수용해야 하고 내가 먼저 변해야 합니다. 남과 세상을 변하게 한다고 생각하면 오산입니다. 내가 변하면 모든 게 다 변하는 게 세상의 이치라고 합니다.

내가 스스로 변해야 할 줄 아는 것.

그것이 나만의 깨달음이 아닌가 생각해 봅니다.

폭염주의보

_____ 폭염 경보, 주의보가 연일 휴대폰을 울립니다. 정부에서 자연재해에 대해 대비하도록 사전에 정보를 제공하는 시스템은, 가히 선진국이나 할 수 있는 제도입니다. 최첨단 IT시스템을 갖춘 우리는 선진국이라 해도 손색이 없습니다. 추위와 태풍도 호우도 사전에 알려주니, 정보에 정확을 기한다면 불편과 위험한 환경이 없는 세상에서 살게 됩니다.

20년, 30년, 50년 후에는 어떤 시스템이 우리 생활을 더욱 편리하게 할까요? 자동차 운전과 집 안 청소도 요리도 모든 걸 기계가 다 해주면, 우리의 손과 발은 일을 대행하는 기계를 다루는 일에만 몰두하게 될까요? 과학과 문명이 고도로 발달하면 언젠가 그 폐해로 인해 다시 원시로 복귀하는 시대가 되지 않겠느냐 생각도 해봅니다. 기계가 모든 것을 대행하면 분명 삶의 목표도 고도화되어야 합니다. 지금처럼 무엇을 이루고 쌓으려 한다면 시대착오적인 현상들이 벌어질 것이며, 사회가 정체될 것입니다.

우리가 수십 년 전에 공상 속에서 만화나 영화를 보았는데 그것들이 현실화되는 것을 보면서, 인간이 마음먹은 데로 이루어짐을 알게합니다. 특별한 옷을 입고 하늘을 날고, 원근이 따로 없이 순간 이동도 하고, 사후세계와도 교류하고 과거로의 여행도 해보고, 이 모든 것이 과학 역사에 비추어 불가능하다고 할 수 없습니다. 100세 시대에서 150세 시대, 200세 시대가 오면 인간과 신이 둘이 아니요. 사람이 곧 부처요. 알라요. 하느님이란 것을 실감하게 될 것입니다.

현생의 과업

─────────── 지금 시대의 공통적인 과업이 무엇일까요? 아직도 우리의 소원은 통일인가요. 조국 근대화, 새마을 운동, 경제개발, 민주화, 정의사회 구현, 이런 용어들은 국정 지표이기도 하지만 시대가 요구하는 과업이었습니다. 지금은 '국민 행복'이 절실한 시대적 과업이 되었지요.

환경은 우리 역사상 없었던 부와 지식과 기술을 주었습니다. 그러나 빈부격차, 자살률 세계 1위, 높은 실업률과 범죄 발생률 등은 행복과 거리가 먼 어두운 질량의 에너지들입니다. 많은 사람은 나라의 정치와 경제가 행복을 가져다줄 것으로 알았는데, 발전은 오히려 탐욕을 부채질하고 부모 자식과의 관계도, 형제간의 관계도 올라가는 부동산 시세만큼 멀어지게 합니다.

고생이 많았던 우리의 근대화 시기나 개도국인 네팔, 티베트, 부탄 등 경제가 뒤진 나라들이 행복지수가 높다고 합니다. 부가 계속 축적되고 살기 좋은 현대에 왜 자살률은 높아만 질까요? 문제는 만족을 모르기 때문입니다. 없으면 괜찮은데 아홉을 가졌으니, 열을 채워야 하니까 현대의 삶이 더 어려워지게 됩니다. 발전을 지속하려면 계속 욕망이 솟구쳐야 하기에 우리는 부족함을 느낍니다.

인류가 멸망하기 전까지는 욕망의 늪에서 벗어날 수 없을 것 같습니다. 그래서 만족이 행복의 화두가 되었습니다. 만족하려면 비우는 연습을 해야 합니다. 울창한 숲 속에서 새소리, 물소리, 벌레 소리, 바람소리를 들으며 호흡을 관찰하는 명상이, 행복한 곳으로 이끌 것입니다. 행복을 명예나 권력이나 돈으로 사지 말고, 그냥 건강하며 이만큼 누리고 사는 것에 감사한 생각만 품고 다녀도, 행복은 거기에 있다는 것을 깨닫게 될 것입니다.

마음 밭에 씨를 뿌려라

_____ 성현들의 말씀엔 "마음 밭에 씨를 잘 뿌리라."고 합니다. 쭉정이나 썩은 종자는 싹이 트지 않으니 사전에 걸러내서 튼실한 종자를 선택해야 합니다. 바른 생각, 바른 행동이 튼실한 종자인 줄 알았는데 바름의 개념이 어렵습니다. 세상살이에 이익을 추구하는 것은 누구나 같은 공통 목표인데, 이익보다는 손해를 보는 삶이 바름의 기준이 되기도 합니다.

살다 보면 때론 이익도 손해도 발생합니다. 나중에 이익이 화로 변한다면 차리리 손해가 더 나을 수도 있겠지요. 병자나 불우 이웃을 돕고, 사회에 재물이나 재능을 기부하는 등의 행위는 복덕(마르는 샘, 예금통장)이라고 할 수 있습니다. 복덕에 지혜를 더한다면 공덕이 되어 마르지 않는 샘(연금)과 같다고 합니다. 예컨대 남이 잘되기를 바라는 마음으로 돕는 것은, 공덕이라고 합니다.

우리는 과연 손해를 보면서 사회생활을 합니까? 모두가 이익된 생활을 바라고 삽니다. 그게 정상이고 손해 보는 삶은 비정상이라고 판단하기 쉽습니다. 손해 보는 비정상적인 삶을 인생 적금과 보험이라고 보는 견해도 있습니다. 보통 사람들은 단돈 몇 푼의 손해나 몸뚱이의 수고가 와도 마음이 불편하다고 합니다.

욕 안 먹고 살면 된다는 노래도 있으나, 살면서 욕을 안 먹고 사는 사람이 있습니까? 내가 바르게 살아도 비슷한 직업군이나 같은 계층의 사람들이 욕먹을 짓을 하면 도매 급으로 욕을 먹으니 바르게 살기가 쉽지 않습니다.

우리 사회가 시대적인 문화로 흘러가야 하는데 제도적 틀에 끌려가는 꼴이 되었습니다. 각자의 마음 바탕에 충실한 종자를 뿌리면 좋은 열매가 맺는데, 김영란법의 테두리에 갇혀서 사회 문화를 만들어 나아가야 하니 세상이 어떻게 변할지 자못 궁금합니다.

마음수련이 최고의 가치

━━━━━━━ 마음을 어떻게 써야 잘 쓸까요? 우리는 소원을 성취하고자 목표를 달성하고자, 먹고 살기 위해, 남을 돕는다는 등의 이유로 마음을 쓰고 삽니다. 마음을 잘 쓰기 위해 기도 명상 등 종교적인 방법으로 마음을 닦고 수련을 합니다.

수련한답시고 거창한 결과를 생각하지만, 결과의 열매는 맛도 못 본 채 한평생 수련만 하다가 또 다른 세상으로 훌쩍 떠나게 됩니다. 많은 사람은 흔히 신통과 영통을 수련의 결과물로 생각하지요.

축지법을 쓰고 기문둔갑奇門遁甲을 하고 앞일을 내다보는 예언 능력이 수련의 결과물로 압니다. 도술은 하늘에서 인간에게 필요한 곳에 잘 쓰라고 주는 능력입니다. 도술은 신통이며 영통이지 마음수련과는 구만리나 멀다는 것입니다. 옛날 성인들이나 도통한 선사들은 신통을 썼을까요? 그분들이 세상에 내놓은 것은 평범한 진리, 마음자리 그 이상도 이하도 아닙니다.

후세들이 가르침을 주고 간 분들을 신격화하였습니다. 마치 북한에서 김일성 부자를 신격화하듯 종교에서 한 소식한 분들을 사람으로 보지 않고 신으로 여겼기에, 오늘날 지구 상에서 벌어지는 제각각의 종교적 논리가 모순과 시비를 낳게 된 연유인지도 모릅니다.

마음 하나 잘 쓰면 사람답게 사는 것이고, 마음을 잘못 쓰면 동물이나 짐승이 되어 세상을 어지럽히게 됩니다. 마음을 잘 쓰는 길의 최종 목표는 나도 이롭고 남도 이롭고 사회도 국가도 인류도 이롭게 하는 것이지, 신통이나 영통을 부려 재주나 초능력을 보여주는 게 아닙니다.

사람의 능력은 무한하여 마음을 집중하여 비우는 수련을 하다 보면 여러 단계의 체험을 거치는데, 우리는 이런 공부 단계에서 오는 현상에 현혹되기 쉽습니다. 마음 수련은 오로지 동물의 근성에서 벗어나 가장 사람답게 사는 것이 최고의 가치가 아니겠느냐는 생각을 가져봅니다.

변덕스러운 마음

——————— 어제는 날씨가 청명하더니 오늘은 비바람이 몰아쳐 스산한 느낌이 듭니다. 늘 좋은 날씨만 계속된다면 얼마나 좋을까요? 비약하자면 계속 밝은 낮만 있고 어두운 밤이 없기를 바라는 것과 같습니다.

밤이 없으면 변화도 없고 우린 쉬지도 못하고 일만 하는 세상이 되겠지요? 비바람도 없으면 어느 한쪽이 균형을 잃어 고장 난 벽시계처럼 돌지 않는 세상이 될지도 모릅니다. 아마도 많은 종의 생명도 없어질 것입니다.

모든 게 왔다가 가는 게 자연의 이치입니다. 태초부터 비바람은 생겼다가 없어졌다 하고, 밤낮이 번갈아 오고 가는 것처럼 사람 마음도 변덕이 죽 끓듯 하는 것은 하늘이 깔아 놓은 프로그램 같습니다. 마음은 언제나 좋았다가 나빴다가 밝았다가 어두웠다가 하는데, 우리는 늘 좋고 밝은 상태가 유지되기를 바랍니다.

우리의 마음이 변화무쌍變化無雙하다는 사실만 알고 있어도 어두운 마음이 올라오는 것을 쉽게 알 수 있습니다. 어두운 마음을 알아채는 순간 그 마음이 없어집니다. 다른 표현으로 깨어 있다고도 합니다. 깨어 있다는 것은 살아 있다는 것과 같지요. 올라오는 마음에 이리저리 끌려다니면 짐승과 별반 차이가 없는 삶을 살게 됩니다.

인간끼리 정한 약속(법)을 지키지 못하는 것도 범죄라는 것도, 순간의 마음을 다스리지 못해서 생기는 현상입니다. 외부의 자극으로 올라오는 마음을 미리 알아 대처를 잘하는 사람을 군자와 같은 사람이라 생각합니다. 당신도 올라오는 마음을 볼 수 있다면 군자의 반열에 오른 것입니다. 알아차린 그 마음, 지혜 있는 마음으로 세상을 이롭게 실천하는 행(공덕)을 많이 쌓은 사람이, 만인이 우러러보는 성현과 같지 않을까 나름 기준을 세워 봅니다.

고집을 버려야 미래가 열린다

—————— 과거의 것을 너무 고집하면 미래를 세울 수가 없습니다. 지금의 문화는 시대의 변화에 맞추어서 발전된 것들입니다. 요즘

누가 한복을 입나요. 전통 혼례 복장도 폐백 때만 입게 됩니다.

웨딩홀에서 입는 턱시도와 드레스도 세월이 가면 새로운 의상으로 바뀔 것입니다. 자동차, 비행기, 무기도 바뀌고 음악도 바뀔 것입니다. 사람 마음도 시대에 맞게 변해 가지요. 생각의 틀이 너무 고정관념에 잡혀 있으면 앞으로 나아가지 못합니다.

옛것을 소중히 여기는 나라 일본은 부모가 유명을 달리하면 직업도 버리고, 대를 이어 가업을 이어갑니다. 이런 풍조는 득과 실이 공존합니다. 장인정신으로 이어지는 가업은 훌륭한 듯 보이나 새로운 것에 관한 발전에 한계가 있고 사회의 기운도 정체되기 쉽습니다.

우리는 새것을 너무 좋아합니다. 아웃도어 패션, 건축, 첨단기기 등은 새것을 좋아하는 문화의 결과물입니다. 역동성 있게 사회가 돌아가는 것으로 보입니다. 조선 시대 말기에는 통상수교거부정책으로 험한 꼴을 당하더니, 지금은 새것을 받아들여 온 나라가 자고 나면 바뀝니다.

모질게 변한 사람의 이기적인 마음은 알박기와 반대투쟁 등 가히 민주주의 천국에 도달했습니다. 무기배치도 사람 쓰기도 어렵습니다. 흠이 있을 것으로 비쳐 보이면, 언론 등 사회가 난도질을 해서 능력을 펼칠 기회를 주지 않습니다.

세상은 온통 흙탕물인데, 조금만 묻어도 능력과 관계없이 도덕성이란 잣대로 공직을 반대합니다. 땅 투기 등 과거에 약삭빠르게 사신 분들은 사회를 이끌 명분이 없어집니다. 김영란법은 국회에서 만들었으니 소크라테스처럼 악법 운운하지 않아도 됩니다. 경제적 위축은 있겠으나 정신문화와 삐뚤어진 사회 풍조를 바로 세우는 데 역할을 할 것으로 기대해 봅니다.

기차역에서 만나는 사람들

_____ 월요일 새벽에 기차역에서 만나는 사람들이 있습니다. 멀리 있는 학교에 다니는 대학생들이 있고, 출퇴근하는 직장인들이 있고 사업상 왕래하는 사람들과 역무원들이 있습니다. 모두 한결같이 얼굴이 밝아서 아침 공기가 상쾌하게 느껴집니다. 특히 월요일은 한 주가 시작되기에 만나는 사람들의 기분이나 표정이 한 주의 일을 풀어가는데 영향을 줍니다.

사람들의 표정을 보고 눈으로 인사를 합니다. 눈으로 받아들이는 에너지가 제일 많기에 보이는 것들을 될 수 있는 대로 소중하게 여기고 존중하며 배우려 합니다. 안내 방송에 귀를 두드리면 눈 다음으로 귀가 열리지만 반복되는 멘트이기에 그냥 흘려보냅니다. 기차가 지나치거나 멈추는 소리도 크게 들리나 보는 것은 방해되지 않습니다. 우리는 이동하는 수단으로 기차를 보지만, 기차는 우리를 등에 업고 달리는 말이기에 항상 우리를 주인으로 받들고 있습니다.

주인이 늦으면 기다려 주진 않습니다. 다음에 오는 말에게 맡기고 제시간에 탄 주인들을 목적지로 모시고 갑니다. 예부터 사람들이 타던 명마나 마차나 소달구지나 현대의 자동차는 다 주인과 한몸이 될 때, 승리도 얻고 탈도 생기지 않습니다. 콩가루 집안처럼 너와 나 기차와 승객이 따로따로 논다면, 배가 산으로 가는 거와 같겠지요. 온전하게 자기를 맡기는 지혜가 필요합니다. 오늘 하루라는 시간에 맡기고 하늘과 땅에 맡기고 찾아오는 인연에 맡기면, 하는 일이 잘 풀릴 것입니다. 꼭 내가 아니면 안 된다고 고집을 피우니 막히고 박혀서 굴러가지 않습니다.

기차에 몸을 맡기고 먼 길을 떠나듯, 나라고 하는 물건도 대자연에 맡겨 두어야 합니다. 나를 없애고 비우는 것이 생활의 밝은 지혜를 얻는 길이요. 싱그러운 아침 햇살처럼 눈 부신 행복의 문으로 들어가는 길이 아닐까 생각해 봅니다.

메아리의 법칙

_____ 메아리는 소리만 돌아올까요? 세상 모든 것이 메아리처럼 작동됩니다. 사랑도 존경도 신뢰도 호흡도 다 먼저 주어야 메아리처럼 돌아옵니다. 원래부터 있는 법칙인데 우리는 주지는 않고 받기만하려고 합니다.

"복 많이 받으세요." 라고 인사하는 것도 정석이 아닙니다. 지은 게 없는데 복을 대출받아서 쓰면 언젠가는 갚아야 합니다. 그래서 좋은 일이 생기면 지은 복을 까먹는구나 하면서 오히려 경계하고, 단속해야 합니다. 우리는 좋은 일이 생기면 호들갑을 떨며 자랑하고 교만이 하늘을 찌릅니다.

좋은 일이 더욱 좋아져야 하는데 관리를 못 해서 도리어 화로 변합니다. 복권이 당첨되었는데 자랑하다 도둑맞은 원리와 같습니다. 하늘이 선물을 줄 때는 다 이유가 있는 것이지요.

선물은 필요한 데 유용하게 쓰라고 주는 것인데, 우리는 돈이 생겼으면 잘 쓸 것을 고민해야 하는데, 쓰지 말아야 할 곳에다 탕진하거나 사기를 당하거나 모아 놓기만 해서, 움직이는 에너지인 돈을 귀하게 여기지 않고 숨도 못 쉬게 합니다.

현명하고 지혜 있는 자는 복을 쉽사리 받으려 하지 않고 지으려고만 합니다. 대출통장처럼 복 받는 것만 밝히면 장래가 없습니다. 연금통장처럼 복을 지속해서 받기를 원하시나요. 그렇다면 좋은 일은 양보하고 남들에게 먼저 선물 보따리를 주어 보세요.

틀림없이 이자가 따따불이 되어 마르지 않는 샘처럼 도로 자기에게 돌아올 것입니다. 먼저 주어야 받는 것이 메아리의 법칙입니다. 아침에 잠에서 깨어, 제일 먼저 오늘은 세상에 무엇을 줄까? 라는 마음이 복 짓기의 시작이라고 생각합니다.

밝은 빛을 비추어라

─────── 동굴 속에서 성냥이나 라이터로 불을 켜면 작은 불빛 하나가 온 동굴을 환하게 비춥니다. 마음도 이와 같아서, 어둡고 칙칙한 상태에서도 밝은 소식을 접하거나 밝은 생각을 내면 금방 밝아집니다.

우리가 내는 욕심은 어떤 빛에 속할까요? 욕심이 세상을 이끌어 가기에 큰 욕심은 태양처럼 밝은 빛과 같습니다. "세상 모두를 행복하게 해줄 거야."라는 욕심은 맑고 거룩한 빛과 같습니다. 나와 가족만을 위한 걱정은 이기주의적 욕심이므로, 하늘과 소통되기 어려워 희미한 불빛과 같습니다.

살면서 자식과 가족을 걱정 안 하는 사람이 있습니까? 이런 걱정은 짐승도 하므로 사람이 하는 걱정으로서는 질량이 너무 작다는 것입니다. 홍익인간의 정신으로 널리 모두를 이롭게 하는 마음을 가져야 사람답고 짐승과 차이가 있다는 것이지요.

요즘 장기 불황으로 청년 백수의 문제가 욕심을 내도 쉽게 해결되지 않습니다. 하늘은 오직 실력과 이념에 따라 일할 자리를 점지해 줄 뿐입니다. '실력'이란 인생의 쓰디쓴 맛을 체험한 경험이고, '이념'이란 인류공영에 이바지하는 것입니다.

부모의 지원으로 학력을 쌓고 자격증을 따고 외국 유학을 하는 스펙 보다는, 직접 접한 다양한 경험을 선호하는 시대가 되었습니다. 산전, 수전, 공중전을 겪은 사람은 일을 맡겨도 감사하게 생각하며 조직 생활도 적응을 잘합니다.

기성세대는 모든 청년이 실력과 경험을 갖추어 각자의 역할에 충실하기를 발원해야 합니다. 내 자식만 취업하고 잘되기를 원한다면 하늘이 도와주지 않습니다. 모든 청년이 자기 역할을 할 수 있도록 바라는 마음은 큰 광명의 빛과 같은 기도라고 할 수 있습니다.

염라대왕의 질문

──────── 세상을 살아가는 데는 기준이 없습니다. 사람 각자가 기준을 세워갈 뿐입니다. 어떤 분은 재미있는 표현으로 우리를 깨우칩니다. 저세상으로 갈 때 염라대왕이 몇 가지 질문으로 갈 곳을 정해 준다고 합니다.

첫째, 이생에서 너 자신을 위해 무엇을 하였느냐? 둘째, 세상을 위해서 무엇을 하였느냐? 셋째, 이웃과 인연을 위해 무엇을 하였느냐?라고 묻는다고 합니다.

우리는 몸뚱이의 영화를 위해 공부하고 일하였지 영혼을 맑히기 위해 노력했다고 하지 않을 것입니다. 세상을 위한다기보다 편승·활용하였고 이웃과 인연들을 위한 게 아니고, 그들을 이용해 왔기에 대답이 궁색할 것입니다. 남을 도왔다는 것도 나 자신의 불편한 마음을 달래기 위함이지 진정으로 위하지 않았습니다. 세상과 이웃을 위한다고 물건을 만들었으나, 장사만 하고 이익만 챙겼지 그 이상도 아닙니다. 요즘 회자되는 핵, 사드, 신무기 등은 과연 세상을 위한 것일까요. 성인들은 오늘의 세상을 어떻게 볼까요.

과거 인류는 물질이 없어도 잘 살았습니다. 시대적 상황이 전쟁의 연속이었지만 진화와 발전을 거듭해 왔습니다. 지금 시대의 무기발전은 생명을 살리기보다 죽이기 위한 탐욕의 결과물입니다. 세상이 모두 행복해지려면 모두를 한 몸으로 여겨 존중하고 사랑해야 합니다.

자신을 위해서 영혼을 맑히는 공부를 했습니다. 세상에는 직업으로 맡은 역할을 다 하였고, 이웃과 인연엔 사랑이란 씨앗을 뿌렸습니다. 명답은 아닐지라도 염라대왕도 길을 막지 않고, 더 좋은 세상으로 안내하지 않을까 재미있는 상상을 해봅니다.

옷이 날개

_____ 옷이 날개라고 합니다. 입는 옷에 따라 인물이 다르게 보입니다. 여인들이 수수하게 청바지를 입다가도, 드레스나 한복을 입으면 선녀로 변합니다. 허름하게 작업복을 입던 노동자도 양복에 넥타이를 매거나 한복을 입으면, 신사나 귀공자로 다시 태어납니다.

입으면 품위가 망가지는 옷이 있지요. '개구리복'이라 불리는 예비군복을 입으면 수준 낮은 인간으로 변모합니다. 선배들이 아무 데서 볼일 보고 풀밭에서 낮잠 자고 했기에, 이미지가 고정되었습니다. 고위 공직자의 현장 방문에는 민방위복이 대세입니다. 흰 모시 한복과 개량 한복만 입어도 수도자처럼 보입니다. 학생들이 입는 교복은 젊음의 상징이 되었지요.

밝은 기운을 주는 색감이 어둡고 칙칙한 색보다 좋아 보입니다. 사람의 성격에 따라 옷의 색깔도 변합니다. 격조 있고 밝은 사람은 옷도 밝고 고운 색을 고릅니다. 무슨 옷이든 용도에 맞게 입는 사람이 지혜로운 사람 같습니다. 계절에 따라 날씨에 따라 옷도 각각 제 역할을 하기 때문입니다.

옷은 사람을 변하게 하는 역할을 하는데, 정작 사람은 남을 위해 자기를 돕는 것들을 위해 어떤 역할을 하는지 자신에 대해 잘 모르고 지냅니다. 옷은 햇볕을 가리고 추위를 막기 위해 입는 것이 아니고 사람의 맵시에 더 이바지합니다.

우리는 그러한 옷을 아끼며 소중하게 생각합니까? 많은 사람은 오 년에서 십 년이 넘도록 옷을 옷장에다 처박아두고 아낀다고 말을 합니다. 옷을 진정으로 아끼는 마음은 한 번이라도 더 입어주는 것입니다. 옷을 잘 입어주듯 우리에게 오는 인연도 정성스럽게 잘 대한다면, 옷과 같이 멋진 역할을 하지 않을까 궁상을 떨어 봅니다.

영혼은 지식을 먹고 산다

─────── 우리는 육신을 유지하고 건강하게 보존하려면 공기와 물을 마시고 밥을 먹어야 합니다. 영혼은 무엇을 먹어야 할까요? 지식을 쌓는 것이 영혼의 질량을 채운다고 합니다. 그 영혼의 질량으로 사회를 발전시키고 이롭게 하는 게 인류가 출현한 이유가 아닐까요.

사람이 짐승과 다른 점은 본능을 억제하면서 점점 나은 세상을 만들어 간다는 것입니다. 그래서 모든 경사스런 행사에는 '축 발전'이란 표현으로 마음을 모읍니다. 다른 또 하나는 마음공부를 한다는 것이지요. 육신을 이끄는 마음이 나인데 많은 사람이 껍데기인 몸뚱이를 '나 자신'이라고 합니다. 좀 더 예뻐지고 젊어지려고 화장품으로 도배하고 성형외과를 내 집처럼 드나듭니다.

좀 더 가지고 더 많이 누리려고 가는 세월도 못 가게 붙잡으려 합니다. 끝없는 욕심을 채우려 하는 것이지요. 언제까지 영화를 누리겠습니까? '권불십년權不十年 화무십일홍花無十日紅'입니다. 몸뚱이도 영혼이 사는 집이니 비가 새어 들어오거나 추위가 느껴지지 않게 관리를 잘해 주어야 하겠지요. 그러나 주객이 전도되지 않도록 우선순위를 확실하게 해야 합니다.

육신에 투자하는 노력의 30%를 영혼에 투자하십시오. 영혼이 맑으면 얼굴에 화장품을 바르지 않아도 예쁘고 지적이고 광채가 납니다. 마음수련이 깊으면 천진난만한 어린아이의 얼굴같아 보입니다. 세상을 위해 늘 기도수행 하는 여인들의 얼굴은 천사의 얼굴, 관음의 얼굴이 됩니다. 세상을 이롭게 한다는 생각을 유지하며 실천하는 행, 호흡을 관찰하며 깨달음을 추구하는 것도 다 마음 수련입니다. 한 차원 높은 수련은 눈앞에 펼쳐지는 현상들의 이치를 살펴 흡수하는 것으로 생각합니다.

밤 문화와 생사의 구별

──────── 인구 대다수가 몰려 사는 도시의 밤 문화는 활력이 넘쳐 납니다. 반면 농어촌은 밤을 밝히는 불들이 일찍 꺼지고, 내일을 위해 지친 몸을 쉬며 에너지를 충전합니다. 정중동靜中動이라고나 할까

요. 조물주는 사람에게 낮에 눈을 떠서 활동하게 하고 밤엔 눈을 감고 살라고 만들었는데, 사회가 발전하다 보니 밤과 낮이 따로 없는 시대로 흘러갑니다.

밤이 깊은 자정에도 도시의 많은 사람은 잠을 청하지 않고 일을 하거나, 유희를 즐기거나 공부를 하면서 밤을 낮처럼 사용하고 있습니다. 산업현장인 공장들도 낮과 밤이 따로 없습니다.

도시의 밤 문화가 산골처럼 적막강산이라면 도시로서 가치를 잃게 되겠지요. 우리의 마음도 늘 환하게 비추어 도시처럼 밝아진다면 좋을 텐데, 언제나 어두운 구석이 존재합니다. 외부에서 보이고 들리는 경계에 따라 어두운 마음이 발동하지요. 그렇다고 눈을 감고 귀를 닫고 살 수는 없으니, 스스로 덜 보고 덜 듣게 조절을 해야 합니다. 나이가 들면 잘 보이지 않고 잘 들리지 않으며 잘 생각이 나지 않는 것도 하늘의 섭리가 있는지도 모릅니다.

별빛만 빼곡하게 하늘을 수놓는 깊은 산골에서, 리듬체조를 하는 반딧불과 정적을 깨는 여치와 귀뚜라미의 생의 찬미를 듣습니다. 간간이 희미한 부엉이 소리를 들으며, 또 하루를 접는 문화도 분명 밤의 문화입니다.

눈과 귀가 밝은 청년들이 젊음을 발산하는 도시의 밤 문화, 그리고 오감이 퇴화하는 나이에 겪는 산골의 밤 문화는 따로 있는 것이 아님을 깨닫습니다. 다름은 단지 과정을 겪는 절차라고 생각하니, 문득 생生과 사死도 따로따로 아니고 우리가 구별한 결과에 메어 있는 것을 알게 됩니다. 밤의 문화나 생사의 구별은 결국 인류가 만든 허상이 아닌가, 방점을 찍는 초가을 밤입니다.

병고病苦는 원래부터 있는 법칙

─────── 몸이 아프신가요. 기계를 대표하는 자동차를 보세요. 평균 수명은 약 15년인데 10년도 못 타서 고장 나고, 사고가 나서 갈아치웁니다. 태생부터 결함이 있어 리콜되기도 하지요. 사람도 살면서 병원과 약국을 내 집처럼 드나듭니다.

생로병사生老病死가 인생이라면 병고를 당연한 것으로 받아들여야 마음이 편해집니다. 건강을 지키려면 세상 경전을 활용하면 됩니다. 유전적 요인도 있겠으나 음식, 운동, 휴식, 환경과 습관, 탐욕이 건강을 지키는 열쇠입니다.

무슨 일이든 억지로 하면 자연스러움에 역행하여 병고가 오기도 합니다. 그릇은 정해져 있는데 너무 많은 것을 담으려는 탐욕도 병을 불러옵니다. 스트레스가 생기고 뚜껑 열릴 열을 받기에 체온이 떨어져 암癌이 찾아듭니다.

병은 생활습관을 바꿔야 낫는데, 고집불통인 자신은 남의 말도 귀담아듣지 않고 주장만 강하니 잘 낫지 않습니다. 암과 아토피 등은 환경을 바꿔주면 없어지기도 합니다. 도시에서만 사신 분들이 산속에서 살면 병세가 없어지기도 합니다. 자연에 순응하는 이치를 알았기 때문은 아닐까요?

보왕삼매론寶王三昧論에 '몸에 병이 없으면 탐욕이 생기기 쉽나니 병고로서 양약으로 삼으라.'고 했습니다. 원래 병은 늘 방문하는 손님이니 친구처럼 생각하고 받아들이면 있어도 없는 듯하지 않을까요? 칼을 들이대고 싸우자 하기에 화가 치솟아 붙어 보자고 덤비는 것입니다. 수술도 재발의 개연성이 있다는 것이지요.

취미도 지나치면 집착이 됩니다. 오히려 몸과 정신의 균형을 잃게 하는 요인이 됩니다. 모든 것에 중용을 지킨다면 병고도 우리가 버틸 만큼 적당하게 작용하지 않을까 짧은 소견을 내봅니다.

복福 통장을 채워라

──────── 하는 일이 잘 풀리지 않고 꼬이거나 재앙이 잦으면, 원인이 무엇인지 살펴야 합니다. 복 통장에 잔액이 없기 때문입니다. 복을 지어 통장에 저축을 해야 합니다. 복 밭에 씨를 심는 것을 기부(보시)라고 합니다. 서양에선 기부가 보편화 되었는데 아직도 우리는 인색합니다.

우리나라는 기업이나 기관단체 국민들의 성금 모금을 공개적으로 알립니다. 겨울이 오면 김치 담그는 행사도 홍보전을 방불케 합니다. 경전의 가르침은 선행을 감쪽같이 해야 하는데, 우리는 작은 선행을 몇 배로 확대하여 세상에 공고합니다.

성인들은 선행을 왜 남모르게 행하라고 했을까요? '왼손이 하는 일을 오른손이 모르게 하라. 머무는 마음 없이 선행하라. 좋은 일 했으면 잊으라.' 등의 뜻은 바라는 마음이 생기지 않도록 무위로써 행하라는 뜻이 아닐까요? 선행에 대가를 바라면 지은 복을 까먹기 때문일 것입니다.

국군장병 위문, 연말 불우이웃돕기 등 국민들에게 눈도장을 찍기 위한 겉치레 행사가 많습니다. 진실한 마음이 우러나서 선한 행을 하는 것이야말로 복 밭에 씨를 뿌리고 복 통장에 적금을 붓는 것과 같다고 봅니다.

거창한 선행보다 작은 것들이 실천하기가 쉽습니다. 전화로 이웃돕기 성금 하기, 만나는 인연과 고객들을 기쁘게 해주기, 주위 사람들에게 관심 두기, 세상을 위해 새벽 인시寅時에 기도하기, 업무적인 일이라 해도 모두를 이익되게 하기, 유무 정물을 사랑하기 등의 실천은 멀리 있는 게 아니고 바로 눈앞에 있습니다.

작지만 맑은 기운들이 모이면 태양처럼 빛나는 에너지로 바뀝니다. 오늘도 복 농사를 잘 지어서 저축하시기를 바랍니다. 그러면 재앙이 멀어져 하는 일이 잘 풀릴 것입니다. 받는 것보다 정성 어린 마음을 나누어줄 때 생기는 기쁨이 참 복, 행복, 무량대복이라고 생각합니다.

엄마들의 집착

─────── 집착은 끈을 묶어서 꼼짝 못 하게 하는 것과 같습니다. 죽어서도 이승을 못 떠나고 인연 자의 주변을 맴돈다고 하네요. 인연에 가벼운 관심과 사랑으로 머무르면 탈이 없는데, 너무 깊고 무겁고 지나칠 때 문제가 됩니다. 남자는 권세와 명예에 집착하는데 여자들은 자녀에게 집착합니다. 성적이 약간 떨어져도 자녀들을 숨도 못 쉬게 몰아붙입니다. 자식들은 엄마를 위해 성적을 올려야 하는 인간 로봇이 되어 갑니다. 신세대가 마마보이·걸로 변해 갑니다. 고부갈등도 자식 집착에서 발생합니다.

나이가 들면 인생은 성적순이 아님을 알 텐데 사람들은 도무지 집착의 끈을 놓지 못합니다. 동창과 친인척과 이웃에게 자녀가 체면을 세우기에, 집착은 피할 수 없는 보통 엄마들의 선택과도 같습니다. 죽음에 이르러도 자식 때문에 눈을 감지 못합니다. 학교도 체면 유지에만 급급합니다. 명문학교의 진출이 선생님의 등급을 결정합니다. 훌륭하고 능력 있는 교사로 또는 유명한 학교로 우리만의 공간에 도장을 찍습니다. 엄마들의 자식 집착을 부채질하고 조장하는 꼴이 됩니다.

지금은 인터넷으로 모든 게 이루어지는 세상입니다. 여러 분야의 정보를 많이 흡수한 사람이 준비된 사람이고 실력 있는 사람입니다. 명문학교에 급급하다면 과거를 쫓는 것입니다. 실타래처럼 얽힌 어려운 문제를 지혜롭게 풀어가는 것이 실력입니다. 앞으로는 인맥을 찾아서 부탁하는 것도 김영란법에 위배 되는 것이 많을 것입니다. 인위적인 인맥보다 앞에 오는 인연이 하늘에서 주는 참 인맥이 될 것입니다. 갖춤도 눈앞에 펼쳐지는 이치를 진리처럼 받아들여야, 지혜가 한 단계 여물고 성숙해질 것으로 생각합니다.

선택은 인생의 반려자

_____ 선택은 피할 수 없습니다. 가장 기초적인 의·식·주 생활부터 고차원적인 정신 공부에 이르기까지 선택은 인생 여정의 반려자이기 때문입니다. 우리는 모두의 이익과 행복을 위해 때론 욕먹을 행위도 선택할 수밖에 없습니다. 매 순간순간이 선택의 연속이기에 선택이라는 울타리를 헤어날 수도 없습니다.

과거엔 서울로 가는 길을 선택의 비유로 익숙히 들어왔습니다. 때론 비행기, 기차, 자동차보다 자전거나 도보가 유용합니다. 하늘길, 철길,

고속도로보다 농로가 빠를 때가 있습니다.

디지털 시대라도 가끔은 아날로그를 혼용해야 합니다. 위기가 닥쳐 첨단장비나 시설이 무용지물이 될 때를 생각해 보십시오. 정전이 되고 수돗물이 오염되고 통신망이 파괴된다면, 편리함에 익숙해진 우리가 어떻게 살 수 있을까요? 무엇이 좋다고 거기에 빠지거나 헤매면 다른 것을 볼 수가 없습니다. 종교나 사상이 대표적인 경우입니다. 시대적이고 지역적인 문화에 따라 보는 관점이나 기준이 천차만별인데, 종교적 사고방식은 아직도 수천 년 전에 머물러 남과 다른 동네를 부정합니다. 보편적이고 객관성 있는 과학과도 충돌합니다. 모든 종교가 궁극적으로 나와 남을 사랑하고 이롭게 하는 것 이외에 더 무엇이 있겠습니까? 보살, 부처, 예수의 행동보다 더 위대한 것이 있습니까?

아직도 기복에 매여 있다면 질량 낮은 과거의 버전에 매여 사는 것입니다. 부처님, 하느님, 알라께서는 다 우리의 마음속에 존재하지 않나요? 내가 마음을 잘 사용하면 즉시 그분들이 보이는데 왜 밖에서 찾느라고 수고하십니까? 오늘 세상살이의 어려움을 푸는 길은 안과 밖 선택의 문제입니다. 마음 깊숙이 박혀 있는 그분이 모든 것을 당장 해결해 주는 신통 자재 한 분입니다. 선택은 오로지 긍정의 마음, 밝은 마음만 내면 됩니다. 그 마음이 오늘날 우리가 겪는 힘들고 괴로운 인생살이를 행복하게 해 줄 것이라고 믿습니다.

진정한 사랑

_____ 이 시대에 사랑을 가장 잘 표현한 말을 어디서 찾을 수 있을까요? 노랫말에 사랑이란 단어가 제일 많습니다. '사랑, 사랑, 내 사랑. 어화둥둥 내 사랑, 사랑이 무어냐고 물으신다면 눈물의 씨앗이라고 말하겠어요. 사랑은 묘한 거야. 때깔도 없는 것이 내 마음을 앗아가네. 사랑이란 두 글자는 외롭고 쓸쓸하고' 등등…

노래방 책자에 사랑이 들어간 제목이 가장 많습니다. 조상들이 사랑을 DNA에 심어 놓아 사랑이 제일 많이 회자 됩니다. 남녀노소가 사랑을 첫 번째 양약으로 삼고 있습니다. 결혼도 사랑이 있어야지 조건만 보다가 나중에 쓰디쓴 아픔을 맛보게 됩니다.

사랑을 애절하게 노래한 유심초의 '사랑이여'는 언제 들어도 설레게 합니다. 별처럼 아름다운 사랑이여. 꿈처럼 행복했던 사랑이여(중략) 사전에는 '애틋하게 그리워하고 열렬히 좋아하는 마음'이라고 하는데 사랑을 풀어서 설명하기가 어렵습니다. 직접 체험을 해야 알 수 있는 묘한 물건입니다. 우리가 마음으로 낼 수 있는 최고의 상품이 아닌가 싶습니다. 사랑은 목숨을 내놓고 희생도 마다하지 않습니다. 성인들은 사랑을 어떻게 말했을까요? 공자님은 인仁으로 부처님은 자비관으로 가르침을 주셨습니다.

가장 리얼한 표현은 '고린도전서 13장'의 사랑입니다. "사랑은 오래

참고 온유하며… 무례히 행치 않으며 믿음, 소망, 사랑 그중에 제일은 사랑이라." 우리는 사랑을 어느 위치에 두고 살까요? 믿음을 사랑 위에 놓고 저울질하지는 않는지요. 봉사활동을 하고 남을 돕는다는 행위에 내 맘 편하자는 이기주의가 깔렸지는 않습니까? 바라는 마음의 유무가 참사랑의 척도가 될 것입니다. 진정한 사랑은 세상의 모든 것을 구별하지 않고 내 한 몸처럼 여기고 보듬어 주는 것이, 온전한 사랑이라고 생각합니다.

동지冬至의 밤

─────── 동지의 밤은 옛 추억을 떠올리는 보물창고와 같습니다. 기나긴 밤에 잠은 오지 않고 미래에 펼쳐지는 모습 보다는 과거의 추억이 한 발짝 더 다가옵니다. 베이비붐 세대의 어릴 때 근대화 시절 (60년대)의 추억이 아련히 떠오릅니다.

그 시절엔 가진 게 없고 가난해도 불행했다고 하지 않았습니다. 나라나 개인이 모두 어려웠기에 그러려니 하고 살았습니다. 엄동설한嚴冬雪寒에 허름한 옷과 고무신, 여러 겹으로 기운 양말 두 켤레, 토끼털 귀마개로 추위를 이겼습니다. 개울가 얼음판에서 팽이를 돌리고 썰매도 탔습니다. 뒷동산 비탈진 눈길을 짚단이나 종이 포대로 미끄럼을 타면서도 가난을 원망하지 않았습니다.

할머니가 화로에 구워주는 밤과 고구마 간식을 하나라도 더 먹으려 형제들과 다투면서 자랐습니다. 도랑을 뒤져 잠자는 개구리를 잡아서 몸보신을 했고, 참새를 잡아 구워 먹던 추억이 있습니다. 그것이 행복이라 여겼습니다.

요즘 아이들은 자연과 벗하는 추억을 만들지 못하는 것 같습니다. 천진난만하고 해맑은 모습은 볼 수 없고 영악한 모습만 보입니다. 게임기와 스마트폰을 들고 부모의 성화에 못 이겨 학원을 옮겨 다닙니다. 세월이 변화의 연속이지만, 추억의 무게가 다른 시대의 차이가 허전함을 느끼게 합니다.

아이들 성장기의 문화를 옛날의 잣대로 볼 수는 없겠지요. 그러나 정서함양을 위해 자연을 벗하게 해주는 것도 어른들의 책무입니다. 인생은 추억을 먹고 산다고 합니다. 아이들이 자라서 동지冬至의 기나긴 밤에 어린 시절의 추억을 꺼낼 수 있도록, 겨울체험의 기회를 만들어주는 부모가 되시기 바랍니다.

병신년을 보내며

─────── 근세기 어느 해 못지않게 시끄러웠던 병신년이 저물어 갑니다. 한해의 끝자락에서 우리들의 잘못이 무엇인지 하나하나 꺼

내서 반성하고 오는 정유년을 마중합시다.

　병신년을 돌아보며 우리 사회의 잘못된 것들이 쏟아지는 것을 봅니다. 그 모순들은 지금 우리가 안고 가기에는 너무 무겁고 큽니다. 버리지 않고 간다면, 잃어버린 20년과 정체된 나라를 후손들이 짊어지게됩니다.

　작금의 사회와 국가는 잘못을 청산하려 몸부림을 치고 있습니다. 우리 자신들은 반성할 점을 찾고 있는지요? 나는 괜찮고 너만 고치라고하는 것도 모순입니다. 내가 변하지 않는데 세상이 변화가 있겠습니까? 요즘 시국에 대처하는 자세가 편향되지 않는지도 살펴야 합니다.
　사회나 국가가 혼돈으로 엉켜 있다면, 그 구성원인 우리 하나하나가평소의 습관이나 의식에 문제가 있는 것입니다. 개개인의 노력이 불씨가 되어 우리 사회도 나라도 건강을 되찾기를 간절히 바랍니다.

　병신년의 보내면서 '남의 탓'을 하는 마음은 없는지 돌이켜 봅시다. 링컨의 연설처럼 '내가 먼저 나라와 이웃을 위해 무엇을 할 것인지.'를생각하는 송년이 되길 바랍니다.
　밝아오는 정유년에는 모든 사람이 덕행을 실천하여 복과 행운이 가득하길 기원합니다.

서설의 심경

━━━━━━━ 올해 들어 처음으로 눈(서설)이 내립니다. 땅에 쌓인 눈을 보면서 마음 한편에 묻어두었던 답답함이 시원스레 뻥 뚫리는 느낌입니다. 아마도 시국 상황에 불편한 무엇인가가 마음속에 깊이 꽈리를 틀고 있었나 봅니다.

세상이 눈 쌓인 모습처럼 순수했으면 좋으련만, 인간의 욕심은 흰 백지 위에 여백 없이 그림을 그려댑니다. 나중에 더 그려 넣으려고 해도 공간이 없습니다. 우리는 인생에 얼마나 여백을 두고 삽니까? 우주의 법칙이 7:3이라 하는데 70%만 채우고 30%는 여백으로 남겨야 하지 않겠습니까?

식사도 일도 70%가 되는 것을 알 수 있습니다. 위를 잔뜩 채우면 답답해서 숨도 못 쉽니다. 온종일 일만 할 수도 없습니다. 적당히 먹어야 하고 간간이 쉬어 주고, 차도 마시고 밖도 보고 세상사 돌아가는 관심사를 나누어야 합니다.

70%를 채우는 일과 역할도 인연因緣따라 찾아옵니다. 일단 인因이라는 씨를 뿌려야 합니다. 그래야 연緣이 찾아옵니다. 노력을 '인'이라고 합니다. 열심히 노력도 안 하면서 좋은 결과를 기대하거나 심지도 않으면서 열매를 바라는 것은, 양상군자梁上君子와도 같습니다.

하늘은 인간들의 어떤 것을 아름답게 여길까요. 아마도 진지하게 노력하는 모습일 겁니다. 선악이 있다면 악을 노력하라고 하진 않겠지요. 인간도 하늘의 품 안에 있기에 우리끼리 정한 약속이 지켜야 할 기준이 될 것입니다. 법은 반드시 준수해야 할 약속입니다. 눈앞의 이익을 쫓다 보면 무엇을 밟고 가는지도 모릅니다. 악법도 법이요. 급할수록 돌아가야 합니다.

한 집에서 자식 세대와 조부모 세대가 서로 갈등하고 부모는 어정쩡한 상태로 지켜봅니다. 자칫 콩가루 집안이 될 형국입니다. 지식층인 부모세대가 서설이 쌓인 백지처럼 사심을 버리고, 공심公心으로 갈등을 조정한다면 이 난국을 벗어날 수 있다고 생각합니다.

성탄절 분위기

_____ 이번 성탄절은 들뜬 분위기가 없는 것 같아 씁쓸합니다. 너무 큰 이슈가 홍수처럼 모든 것을 휩쓸고 가니, 성인의 탄생도 연말연시도 축복의 기쁨으로 흘러가지 않습니다. 모두가 빨리 지나가길 바라는 것 같습니다.

어둡고 긴 터널 속을 달려오면서 모든 국민이 '각성'이란 결과를 얻었습니다. 우리는 무슨 일을 당해야 각성이 찾아오나 봅니다. 세계는 먹고 사는 것 빼고는 크게 변화하지 못한 채 멈추고 있습니다. 지속적인 성장도 중요하나, 가치 있는 일을 찾아서 빛을 내는 것이 더 시급합니다.

　지구환경을 살리고 인류가 다 함께 공존공영共存共榮하면서 평화를 구현하는 목표로 항해야 합니다. 과거로 돌아가 무력을 키워 힘겨루기가 재현되어선 미래가 없습니다. 뿌리와 줄기에서 가지 끝의 열매로 양분을 공급해야 하는데, 서로 눈치를 보며 움켜쥐고 보내질 않습니다.

　지구촌 한쪽에선 굶어서 쓰러지는데, 다른 한쪽에선 식량으로 가축을 키워 고기로 배를 채웁니다. 매년 이때에 등장하는 구세군 자선냄비, 불우 이웃돕기, 크리스마스트리 등 연말 분위기가 시들합니다. 모든 눈길이 시국으로 향하다 보니, 이웃이 아픈지 굶는지 살필 겨를이 없습니다.

　힘들게 사시는 어른들은 우리를 위해 희생하신 분들입니다. 우리는 모두 그분들의 자식입니다. 촛불의 진보도 태극기의 보수도 전부 이 시대 우리들의 자화상입니다. 무엇이 좋다, 나쁘다, 옳다, 그르다는 것은 역사의 몫입니다. 그러나 역사가 쓰기를 바라지 말고 우리가 역사를 쓰는 주인공이라는 것을 잊지 맙시다.

한 호 문 집   제 1 집

2부

을미년乙未年의 사색思索

2015년

설날의 각오

────────── 우리 민족은 감정의 기복이 심해서, 이성보다는 감성이 웃음보다는 눈물이 앞서는 민족이 아닌지요. 영화나 드라마를 보아도 흐름과 결론이 뻔한데, 화면에 속아서 연신 눈물을 훔치게 됩니다. 과거를 들춰 보면서 어려웠던 시절이 생각나는 것인지, 참담했던 민족의 역사와 고행의 시대를 상기하는 것인지, 우리의 부모님과 조부모님들은 무척 눈물이 많으셨습니다.

그런데 베이비붐 세대 이하 세대에서는 슬픈 과거를 체험하지 않아서 그런지 눈물이 많지 않습니다. 눈물이 많은 세대는 일제치하와 6·25 동족전쟁을 겪은 세대가 정점이었고, 고사리손으로 근대화에 참여했던 베이비붐 세대가 절반의 눈물 세대였으나, X세대(30대 후반부터 40대)나 디지털 세대(30대 후반 아래)부터는 눈물이 없어지고, 대신 웃음이 자리한 것 같아 무척 고무적인 현상이라고 생각됩니다. 이들이 한류를 만들고 있지요.

미래를 준비하려면 우리 조상들께서 남긴 한恨을 씻어야 합니다. 우리 조상님들은 한이 너무 많은 역사의 희생자들이지요. 수많은 전쟁을 치르며 후손을 보존시키기 위해 이 땅에 온 것이 그들의 사명이 아니었나, 생각에 젖어봅니다.

다행스럽게 베이비붐 세대부터는 세계적인 문화와 농축된 질량을 받고 태어나서, 새 역사를 창조하고 번영을 누리는 세대이니 빛을 내면서 살면 한도 미련도 없을 것으로 봅니다.

빛나는 삶이란 하늘로부터 부여받은 자기 직분에 충실히 하는 것이고, 나눔과 봉사를 실천하는 것이지요. 중요한 것은 현재의 자기 삶이라고 봅니다. 자기가 세상의 주인공이 되어야 남들도, 이웃도, 사회도, 나라도, 인류도, 살피는 혜안慧眼이 생기지 않겠습니까? 이 세상을 향기롭게 덮으려면 향불처럼 자기 몸을 태워야 합니다. 희생의 삶을 살다 가신 조상님들도 우리가 태우는 향기에 한이 녹아서 우리를 바른길로 안내하고, 위험으로부터 옹호하는 수호신이 되어 주시지 않을까 하는 마음에서 이번 설날의 각오를 다져 봅니다.

새해소망

_____ 해가 바뀌면 개인이나 나라도 좀 더 나아지려나 하는 기대감이 우리 마음속에 자리하고 있습니다.

주역 하신 분들이나 영통 한 분들도 과거 나라의 운세를 예언한 결과를 보면 적중률이 높지 않았습니다.

작년의 경우 세월호 참사만 없었어도 우리나라 국가운영의 양상이 달라졌겠지요. 그런데 태풍이 어김없이 오는 것처럼 나라에도 모든 일은 약속 없이 찾아오는 손님과도 같습니다. 미국의 9·11 테러도, 일본의 쓰나미 원자력 핵사고도 불쑥 찾아온 손님들입니다. 어느 나라건 국민들은 재난을 극복하며 그것을 전화위복轉禍爲福의 기회로 삼습니다.

을미년 우리나라의 국운이 어떻게 될까요? 하늘이 하는 일이지만 우리가 어떤 생각을 품고 에너지를 방출하느냐에 따라서 국운이 변할 거로 생각합니다. 양의 해이기에 그 본성이 반영되겠지요.

양은 순한 짐승 같지만, 한번 뿔나면 고집이 대단해 누구의 말도 듣지 않고 도망가고 덤비기도 하지요. 뿔을 들이대고 씩씩거리며 고집 세우는 모습을 보면 순한 양이 아닙니다.

올해 해운도 작년과 연결해보면 갑오에 시작된 개혁을 추진하면서 조금은 시끄러운 일도 있겠지만, 개혁을 마무리하는 해로서 천천히 전진하는 해가 되지 않을까요.

다만 나라가 평화롭게 번영하고 장기적인 불황에서 탈출하려면 경제를 위해, 정부·기업·종교단체에서 뭔가 패러다임이 변해야 하지 않을까 하는 생각을 해봅니다. 올해는 나라도 개인도 고집을 부리기보다 더욱 양보하는 자세가 필요할 것 같습니다.

상대에게 선물을 바라기 전에 내가 손해를 보더라도 먼저 선물을 주는 자세, 그것이 나라 간에도 통하는 해법이며, 기업과 종교도 장사하는 자세보다 세상 모든 사람에게 이익과 기쁨을 주는 경영철학과 운용방식이 있어야 을미년이 순조롭게 항진할 것입니다.

백성들도 정부를 믿고 기업과 종교단체의 올바른 걸음에 동조하며 힘을 보태야, 순항하는 한 해를 보내지 않겠느냐는 기대를 해봅니다.

스승과 감사

——————— 책 속에 없는 것들도 잘 찾아내고 배워서 한 분야에서 대가를 이룬 분들이 많습니다. 타고난 감각을 활용하기도 하지만, 세상의 이치를 잘 살펴 활용할 줄 아는 사람들입니다. 스승을 만나 바르게 안내를 받으면 더 넓게 세상을 보는 안목도 생기는데, 혼자서 터득한 분들은 고집이 세고 내려놓거나 비우기를 싫어하지요.

어렵게 정보와 지식을 갖추어서 그렇겠지만, 스승의 인도 없이 공부하다 보면 편식하기가 쉽습니다. 그래서 균형 감각이 부족할 수 있습니다. 어울림도 그렇고 나눔도, 베푸는 마음도 부족할 수 있습니다.

혼자 노력해서 한 분야의 대가가 되기란 어렵습니다. 하늘이 돕든 땅이 돕든 누군가는 도와야 우리 인간은 살아갈 수 있고 뭔가를 이룰 수도 있습니다.

성경에 "범사에 감사하라."는 말을 관조觀照해보면 대자연에 대한 감사는 뒤로하더라도, 우리가 자주 접하는 것 중 결혼식장에서는 음과 양이 합쳐서 온전하게 시작함을 알게 하고, 장례식장에서는 살아온 생을 돌아보며 죽음이 닥쳐도 후회하지 않기를 다짐하게 하고, 경기장이나 축제장에 가면 더불어 살 때와 힘을 합칠 때 기쁨이 배가 된다는 배움을 주니, 감사하지 않을 수 없지요.

병원에서는 아픈 환자가 모델이 되어 주어 우리 몸 돌보기를 생각하게 하니, 감사로 시작해서 감사로 끝남이 인생이 아닐까요?

한 달 후면 설이 찾아옵니다. 설날에 웃어른과 은사님을 찾고 하는 것도 덕담을 듣기 위함이요. 감사에 관한 깊은 공부를 하는 것이지요.

설날부터 보름까지는 학식과 덕망과 질량이 높은 어른과 스승님을 뵙고, 보름 이후에는 주변에 아프고 약한 이들도 찾아가 받은 기운을 전하는 것을 권유하는 어느 도인의 강의를 듣고 일리가 있겠다 싶어, 배움과 감사함에 대해 짧은 생각을 옮겨 봅니다.

정중동과 신상털이

_____ '정중동' 조용한 가운데 움직임이 있다는 표현이 있는 데, 지금이 딱 그러하다고 봅니다. 입춘立春이 지났는데 봄소식은커녕 한겨울이 텃세 부리듯 추위가 좀처럼 물러서지 않습니다. 지표면은 얼어서 봄을 찾을 길 없는데, 땅속에서는 새싹을 올릴 준비를 합니다. 고로쇠나무는 물이 올라 봄소식을 정중동으로 알리고 있습니다.

세상살이도 고요하고 적막할 때 불안한 마음이 동합니다.

사람 마음은 간사해서 조금만 평화로워도 불안해하므로, 주변이 시끌시끌해야 안심이 됩니다. 총리 인준 청문회를 보면서 남의 신상을 터는데 익숙해져 있는 모두를 보고, 우리 문화와 국민성을 봅니다. 상처뿐인 영광이란 말이 실감이 납니다.

그런데 청문회 질문자를 포함하여 털어서 먼지 없는 자가 몇 명이나 있을까요? 우리가 만든 과거의 어두웠던 문화를 반성하는 과정이 생략

되었기에 과보 또한 크게 느껴집니다.

미래에도 공직자의 청문회가 유지될지는 모르겠지만, 총리 지명자가 수난을 당하는 것을 보면서 도덕적인 잣대가 기준이 되고 있으니, 공직을 원한다면 본인과 직계존비속, 친인척, 친구, 직장동료들까지도 철저하게 관리해야 하는 투명한 시대 임을 알게 해줍니다.

과거에 적법하게 살았어도 사회 문화에 휩쓸린 것도 문제가 되니, 앞으로 어떻게 살아야 하는지 지표를 제시해 주고 있습니다. 과거 한때는 입대를 피하려는 병역비리가 사회 문제화 되었으며, 개발연대에는 전국 부동산이 들썩들썩했지요. 그때 약삭빠르지 못한 자가 지금의 현자로 등극하니, 아이러니한 상황이 전개되는 묘한 시대에 와 있습니다.

지금 벌어지는 사회현상에서 남이 당하는 일들이 나와는 상관없는 게 아니라, 항상 연결되어 움직인다는 것을 깨달아 타산지석他山之石으로 삼아야 한다고 생각합니다.

인연의 굴레

──────── 인연이란 무엇인가?

왜 우리는 요람에서 무덤까지 인연의 끈을 놓지 못하고 사는가? 전생에 무슨 인연이 있었기에 이생에 또 서로 만나 희노애락喜怒哀樂을 떨치지 못하는가? 이런 생각은 자신에게 가끔 던지는 질문이기도 합니다.

우리가 살면서 만남이 지속하는 것은 어떤 노랫말처럼 우연이 아니고 필연일까요? 산속에서 홀로 새들을 벗 삼아 수행하는 분도, 태평양 한가운데서 원양어선을 타고 참치를 잡는 어부도 대자연과의 만남은 늘 주어지는 일상입니다. 사람과의 만남, 스스로 존재하는 대자연과의 만남이 우리 인생 그 자체이기도 합니다.

어떤 이들은 인연은 자기가 딱 생각한 만큼 주어진다고 합니다. 가령 늘 축구 생각을 하면 축구와 관계있는 사람과 환경을, 문학을 생각하면 문학과 관계있는 사람과 환경을 인연으로 다가오게끔 하늘에서 정해준다는 겁니다. 그래서 사람 마음은 늘 하늘과 땅과 소통이 된다는 것이지요. 유유상종, 끼리끼리라는 말이 이유가 있고, 풍수에서 동기감응이란 논리도 타당하다고 볼 수 있겠습니다.

생각이 현실을 부르고 가상도 언젠가는 현실이 되기에 우리는 그것을 꿈이며 목표이며 이념이라는 것에 가치를 두며 살아갑니다. 요즘 직업군끼리 취미 동호인 그룹끼리 뭉쳐서 극한 이기주의로 각을 세우는 것을 보면서, 우리 몸의 세포도 신체 부위별로 다르듯이 사람도 에너지와 질량이 같은 파장으로 움직이는 게 아니냐는 것을 깨닫게 됩니다.

세상을 시끄럽게 하고 있는 IS 문제도 같은 생각의 기운끼리 모이면 경천동지驚天動地하게 되는 것을 보면서, 어떤 인연을 새로 맺고 끊어야 할지? 우리의 아이들은 무슨 생각을 하고 있는지? 돌아보게 합니다. 그리고 '평소의 생각이 인연을 부른다.'라는 것은 원래부터 정해져 있는 인생 공식이 아니냐는 생각을 가져봅니다.

인생보험

——————— 보험이 무엇이기에 잠을 자고 눈만 뜨면 보험 관련 사건·사고가 뉴스에 나옵니다. 부부나 가족 간에도 보험금을 노리고 목숨을 담보로 하여 고의로 사고를 저지릅니다. 보험이 한탕주의를 촉발하고 사행심을 조장하니, 결코 가볍게 볼 일이 아닌 것 같습니다.

보험 가입할 때의 마음 자세가 복을 부르기도 하고 화를 부르기도 하지요. 보험 계약 시 혹 닥칠지 모르는 불확실한 미래에 대비하여 최소한의 보장을 바라는 순수한 마음이라면 복을 부를 것이요, 분수를 모르고 과잉 기대로 보험을 계약했다면 욕심이 화를 불러 뼈아픈 사고를 유발할 수 있습니다.

보험회사나 당국에서도 보험 계약금이 상식을 벗어났다면, 진정성을 의심하고 사전에 적극 간섭을 한다면 사고를 예방할 수도 있겠지만, 설마 하고 지나치는 방심이 보험의 원래 취지를 훼손하고 여러 사람이 모아준 경제를 낭비하는 꼴이 됩니다.

우리는 눈앞의 이익에 급급하다 보니 진정한 보험의 의미를 잊고 삽니다. 복을 부르는 인생보험을 실천하는 것은 어떨까요? 불우이웃돕기, 사회복지시설, 아프리카를 비롯한 지구촌 난민 구제 등 많은 구호 단체와 프로그램들이 있어 관심만 있으면 실천할 수 있습니다.

복을 짓는 것이 인생보험이란 증거는 쉽게 찾을 수 있습니다. 부자나 잘사는 나라들은 전생이든 현생이든 베풀어서 받는 복이고, 빈천 자는 인색함으로 인한 인과응보라고 하는데 일리가 있다고 봅니다. 기약 없는 내생을 위해 좋은 일 하려 하지 말고, 현생에 부자로 살기 위해 인생 보험을 실천합시다.

'과유불급過猶不及'이란 말도 있습니다.

헛된 욕심으로 보험이란 유혹에 속아 가족관계가 깨지고, 본인 신세도 망치고 사회도 어수선하게 어지럽히는 광경이, 더는 우리의 마음을 무겁게 하지 않았으면 하는 바람입니다.

잔인한 사월

_____ 잔인한 사월이 흘러갑니다. 올해도 사월은 그 이름답게 큰 파도로 우리 사회를 출렁거리게 합니다. 왜 사월을 잔인하다 할까요? 노동계의 춘투, 4·19 의거, 작년의 세월호 사고는 누구나 연상되는 4월의 사건이지만, 한민족 역사 이래 이맘때가 되면 춘궁기로 인심

이 팍팍했던 시기가 아니었던지요.

식량도 바닥나고 초근목피로 연명하였기에 춘궁기인 이시기에 땅을 사지 말라고 가훈을 남긴 경주 최부잣집의 선행을 보더라도, 역사 속에서의 사월도 어려운 시기였나 봅니다.

삼월 삼짇날 하늘에 제를 올리는 것도 어려움을 풀기 위한 선조들의 지혜로 볼 수 있습니다. 4월부터 5~6월까지 보릿고개에는 쑥 개떡으로, 칡뿌리로, 소나무 속껍질로, 옥수수 줄기로 식량과 간식을 대용했던 때입니다.

모든 게 넉넉하고 충분하다 보니 우리가 언제 어려웠는지도 잊고 삽니다. 개구리가 올챙이 시절을 모르는 것과 같은 것이지요.

자연재해나 전쟁이나 정치의 실패로 IMF보다 더 어려운 과거로 회귀한다면, 이 사회가 어떻게 돌아갈지 생각만 해도 끔찍합니다.

과거 왕조시대에도 매년 발전하기보다 경기변동 사이클처럼, 흉년과 질병과 전쟁으로 굴곡이 있었음을 역사는 보여줍니다.

중국도 요순임금 시대가 이상적인 사회로 회자되는 것을 보면, 현대 시대가 첨단을 걷더라도 사람들이 체감하는 삶의 무게는 예나 지금이나 별반 다름이 없는 것 같습니다.

사월을 잔인하다고 하지 말고 도약을 위한 웅크림과 몸부림이요, 계절의 여왕 신록의 오월을 안내하는 마중물이라 여긴다면, 희망의 사월이 되지 않겠느냐는 생각을 가져봅니다.

우리란 모두가 한 몸

_____ 송창식의 '우리는 연인'이란 노랫말을 보면, 이 시대를 사는 우리가 모두 연인을 상징하는 말이 아니냐는 생각이 듭니다. 그 시절 배경에는 사회적 목표를 달성하려는 우리라는 공동체가 있었습니다. 예로부터 내려온 전통도 우리 아버지, 우리 선생님, 우리나라 등 '나의 것'보다 '우리 것'이란 표현을 썼지요. 조상 대대로 써온 용어가 아닌가 싶네요.

우리라는 용어가 언제부터인지 시들해졌고, 그 이후로 하늘에서 힘도 주지 않고 있는 기운도 걷는 것 같습니다. 우리는 태초부터 우주 에너지 원소의 하나였는데, 개별적으로 구별 되어 가는 것에 대한 하늘의 경고요, 질책인지도 모릅니다. 우리라는 사회성으로 향하는 자는 하늘이 도와서 하는 일이 잘 풀리고, 나만 알고 개인주의로 향하는 자는 점점 어려워져 하는 일도 꼬여져 가는 것이 아니냐는 생각이 듭니다.

나만 내 가족만 잘살고 남은 불행해도 괜찮은 것인지, 개인주의가 이 사회를 어둡게 하고 있습니다. 다 함께 잘살고 다 함께 행복한 세상이 우리가 꿈꾸는 세상이며 사는 목적이고, 반드시 이루어야 하는 과업을 부여받고 인간 몸을 받고 태어난 이유일 것입니다. 남을 쓰러지게 하고 남의 회사를 망하게 하고 오로지 나만, 내 회사만, 내 조직만의 안위만을 추구한다면, 개인도 사회도 나라도 하늘의 도움은커녕 땅의 도움도 못 받고 도태될 것입니다.

요즘 대기업 오너 2세, 3세들의 작태를 보면, 우리라는 사회성 보다 나라는 개인만을 추구하다가 철퇴를 맞고 있습니다. 대기업의 회장도 모 대학의 총장도, 오만과 독선으로 우리 모두의 것을 자기 개인 것으로 여기다가 화를 당합니다. 설립이념의 계승 없이 3세, 4세에게 물려 준 회사나 조직은, 국민적 외면과 하늘의 버림을 당할 것입니다. 모든 물질은 내 것이 아님을 알고 하늘이 우리에게 잠시 빌려 주었음을 알아야 합니다. 선거 때만 되면 '우리가 남인가?'라고 하는데 평상시에도 우리가 모두 한 몸으로 남이 아니라는 사실을 안다면, 이 시대의 어려움이 풀리지 않겠느냐는 생각을 가져 봅니다.

부처님 오신 날

──────── 부처님 오신 날, 사찰에 가서 소원을 빌고 연등을 달고 아기 부처에게 관욕을 하고 축가를 부른다고 부처님이 기뻐하실까요? 아닙니다. 가난한 이웃을 찾고 병상에 누운 환자에게 희망을 주고 주변 사람들에게 삶의 환희를 느끼게 하는 작은 행위가, 우리가 행동하고 실천할 덕목입니다.

가정의 안락을 빌고 자녀의 합격과 남편의 건강과 승진을 바라는 것은 공통된 소원이기는 하나, 부처님께 하나님께 빈다고 그것이 선하고 복을 부르는 행위라고 생각한다면, 붓다의 가르침과는 천리만리 동떨어진 생각입니다. 부처님의 공덕을 칭송하고 축하를 하는 것은 석가 탄신일에 걸맞은 행위가 될지 모르지만, 본질은 내가 부처가 되는 훈련을 위해 작은 선을 실천하는 일입니다.

팔만사천법문 중 하나라도 바르게 알고 이해하여 이웃에게 실천함으로써, 부처의 경지에 한 발짝 다가가는 것입니다. 깨달음이 부처인데 기복 행위 자체로는 깨달음에 이르지 못합니다. 비우는 것은 수행하는 데 보조적 수단은 될 수 있으나, 본질은 나의 마음이 어떻게 움직이는지 관찰하고 알아차리는 것입니다.

잠시 잠깐 무슨 생각을 하고 있는지 끌려다니지 말고, 그 마음을 보면 걸림이 없다고 합니다. 프랑스의 철학자 데카르트의 말처럼 우리가 생각하므로 존재하는지 모르나, 바른 생각이 바르게 일어나야 아름다운 세상이 펼쳐진다고 봅니다. 힘을 가진 자의 올바른 생각이 세상을 천국도 만들고 지옥도 만드는 것을, 우리는 목격하며 살고 있습니다.

동서고금에서 전쟁은 권력자의 잘못된 생각에서 비롯됨을 배웠습니다. 인류가 공영의 길로 나아가는 지름길은 하루에도 육만 번이나 일어난다는 것을 여실히 바라보고, 바른 생각이 일어날 때 올바른 행동을

하는 것입니다. 나는 지금 무슨 생각으로 무엇을 하고자 하는지 바로
봅시다. 부처를 밖에서 찾지 말고 내 안에서 찾읍시다. 자기를 바로 보
자고 말씀하신 성철대종사의 한마디가 새롭게 느껴집니다.

부자로 살자

_____ 부자로 산다는 것이 흔히 물질적 만족감으로 알고 있는데, 지금 시대에 의식주 해결부터 취미생활까지 장애가 있습니까? 상대적 박탈감이 자신을 빈곤하게 만드는 것이지요.

행복지수가 부자인지 아닌지 기준이 될 거 같습니다.

수조 원의 재물을 가졌지만, 자신의 몸뚱이를 위해서는 몇백억, 몇십억도 못써보고 누워있는 분도 있습니다. 재물은 모으는 질량이 큰 사람들이 대신 관리할 뿐이지 영원한 소유는 아닙니다. 특히 지식인들에게는 하늘에서 재물을 주지 않는다고 합니다. 지식이 재물을 활용하는 원리가 있기 때문이라고 합니다.

재물은 움직이는 기운이 있어 시절에 따라 관리하는 사람들이 바뀔 뿐이지요. 흐르는 물과 같아서 모이고 쌓이면 똥과 같이 악취가 나지만, 골고루 뿌려주면 거름이 되어서 모두를 유익하게 합니다. 부자란 갖춘 지식을 사회를 위해 잘 펼치고 돈이란 에너지를 잘 활용하는 자입니다.

부동산 많아서, 회사를 차려서, 벼슬이 높아서 부자라기보다 하는 일이 보람되고 즐거워 스스로 행복하다고 느끼는 사람이 부자입니다. 옛적에는 고래 등 같은 기와집에서 건강복, 재물복, 벼슬복, 자식복, 명예복 등 오복을 누려야 부자라 했는데, 역사 속의 부자들은 자취가 없고 잘 살다 가신 분들의 행적이 후세에 전달됐습니다.

누란의 위기에서 나라를 구하거나, 사상과 철학이 있어 문집이라도 한 권 남기거나 예술 작품이라도 한점 남긴 분들이, 결국 부자이지요. 본능과 사리사욕만을 채우고 산다면 짐승과 다를 게 있겠습니까?

부자처럼 살려고 대기업이나 공무원 같이 짜인 조직만 찾다 보니, 청년 백수가 많습니다. 중소기업이나 3D 업체나 우리보다 못한 나라에 가서 할 일을 찾는다면, 나라에 애국하고 빚 없이 살 수 있습니다. 젊은이들을 지구촌 곳곳으로 보내서 지식과 기술을 펼치는 정책을 실행하는 것이, 정부와 기업과 대학들의 책무라고 봅니다. 부자로 죽지 말고 부자로 살아갑시다.

봄비와 산불 걱정

—————— 봄비가 흠뻑 내려 주었으면 하는 간절한 마음을 내어 봅니다. 어찌 보면 하늘에 비를 달라는 기우제인 셈이죠. 장소나 의식이 다르지만, 인시寅時에 잠에서 깨어 반가부좌를 틀고 명상에 앞서, 제일 먼저 생각한 것이 봄비인 것을 보고 '직업이 무엇이기에 생각이 그 범주를 벗어나지 못하는구나.'를 깨닫습니다.

요즘 날씨가 너무 건조해서 전국에서 크고 작은 산불이 발생하여, 그에 대한 걱정이 잠재의식 속에 쌓여서, 고요한 새벽 시간에 툭 하고 튀어나온 거 같습니다. 전국의 산과 숲이 5~60년대 민둥산에서 7~80년대 녹화사업으로 울창해졌는데, 산불로 인해 한순간에 잿더미가 되는 것을 보면서 관계자의 한사람으로 속이 까맣게 타들어 가는 심정입니다.

좀 더 깊고 넓게 살펴보면 산불로 인해 산림이 파괴되고 진화에 따른 경제적 손실도 발생하지만, 중요한 것은 그 숲 속에서 삶의 터전과 목숨을 잃는 수많은 생명이 있다는 것이지요. 우리와 더불어 사는 이들이 소리 없이 사라집니다. 시간이 지나면 새로운 생명이 움트는 것이 자연의 이치라지만 인간생명이 중요한 만큼, 미물들의 생명도 가벼이 여길 수 없습니다.

그 생명의 집합으로 결국 우리 인간도 존재하는데 어찌 한몸이라 생각하지 않을 수 있겠습니까? 쓰레기와 논밭 두렁을 태우고, 등산길 순간의 방심이 국민들의 피땀과 같은 세금이 낭비되고, 무수한 생명이 피해를 보는 것을 생각하니 이 새벽에 제게는 그 문제가 걱정이었던 모양입니다.

제 마음을 들여다보니 많은 인생사 중에 산불이 있었는지도 모릅니다. 주말 휴일에 다른 분들처럼 가족과 함께하지 못하는 아쉬움도 깃들어 있었던 게 아니겠느냐는 생각도 가져봅니다. 천안함 사건도 동시에 오버랩 되면서 역할은 다르지만, 어느 분야에서건 누군가는 해야 하는 일도 함께 늘 존재하는 것이 인생사요, 공동운명체라는 것을 알게 하는 토요일 새벽입니다.

봄꽃들의 향연

            어디를 가나 꽃 대궐이 꾸며지고 있습니다. 벌써 뜰 앞의 목련은 시들하고 강변의 벚꽃은 꽃망울을 터트리고 있습니다.

새벽에 걸쳐 입은 겨울옷 속으로 봄꽃들의 향기가 젖어오면서 계절이 어김없이 순환되고 있음을 실감합니다.

전국이 산수유, 진달래, 개나리, 매화, 목련 등으로 물들고 이제 벚꽃까지 가세하니 어디를 가나 자연이 살아 있음을 느끼게 합니다.

봄꽃 축제로 전국이 시끌시끌하면 침체하였던 경제도, 겨우내 얼어붙었던 우리 마음도, 한층 여유와 생기가 나겠지요.

이원수 선생께서 '고향의 봄'을 작사한 덕분에, 온 국민이 이맘때면 고향의 뒷동산으로 달려가 조상 산소도 돌보고, 실개천이 흐르는 고향 마을 구석구석을 돌며, 아련히 떠오르는 어릴 적 정서를 더듬으며 봄이 주는 축복을 누리고 삽니다.

복숭아꽃, 살구꽃, 아기 진달래에서 벚꽃, 철쭉꽃, 이팝꽃으로 봄이 넓어지고 있습니다. 사과, 배, 자두 등 과일 꽃도 봄꽃의 대열에 합류하면 봄이 절정에 와 있음을 알려줍니다.

전통적으로 우리 민족은 화려한 색상을 좋아하여, 궁궐에서 입던 옷과 아이들과 새색시의 색동저고리와 백성들의 흰옷, 무녀들이 입는 옷들도 봄꽃 색깔을 연상케 하니, 한해를 시작하는 봄에 화려한 꽃을 선호하는 것이 전통처럼 굳어지지 않았을까요.

이제 2015년의 꽃피는 봄날은 다시 오지 않습니다. '명월이 만공산하니 쉬어가라.' 한 황진이 유혹처럼 봄꽃의 향연과 유혹에 잠시 심신을 맡기고 일상의 시름을 내려놓고, 감사와 사랑의 마음으로 행복을 충전하는 소중한 봄날이기를 기원해봅니다.

봄꽃과 인생

_____ 봄꽃들이 자기의 존재를 드러내려고 기지개를 켜고 있습니다. 지난번 봄비로 뜰 앞의 화단에 산수유가 첫 선을 보이더니 산자락에서도 노란 꽃의 생강나무가 봄이 왔음을 일러줍니다.

잎도 피기 전에 꽃부터 신고하는 나무도 있고, 잎이 먼저 나오고 꽃이 피는 나무도 있지만, 잎보다 꽃으로 단장한 나무들이 봄소식을 알려주는 전령사들입니다.

이른 봄에 꽃을 피워 벌과 나비를 부르고, 바람을 마중하여 종족 번식을 위한 긴 여정에 들어갑니다. 봄꽃들과 새들을 보며 우리 인간들의 생애와 견주어 봅니다.

꽃피는 봄은 인간의 이삼십대와 비슷합니다. 짝을 만나고 2세를 생산하고 사회생활을 시작합니다. 여름은 꽃에서 맺은 열매가 왕성하게 자라는 시기로, 인간들이 일에 열중하는 사오십대와 비슷하지요.

열매가 익는 가을에는 인간들의 육칠십대로 그동안 쌓은 경험과 지혜로 무장한 시기라고 볼 수 있습니다.

나무들이 잎을 떨구고 동면을 하는 겨울은, 인간들에게는 팔십부터 백 세까지 사는 노년기와도 같아 보입니다. 쓸쓸하게 보이지만 인생을 마무리하고 반추하며, 다음 생과 사후세계를 준비하는 것이지요.

결국, 우리 인간도 나무들과 같은 패턴을 유지하며 살아갑니다.

이 봄꽃이 필 시기에는 한해 농사를 짓기 위해 설계를 하고, 씨를 뿌리고 어린 묘를 심어서 키울 준비를 합니다. 지금 게으름을 피워 주춧돌 놓기에 소홀하면, 올 한해는 희망과 기대가 공염불이 될 수도 있습니다.

이제 봄기운이 완연합니다. 겨우내 구상하고 준비했던 것들을 하나하나 꺼내서 사용해야 합니다. 화려하게 꽃피우는 봄이 우리에게 주는 메시지가 무엇인지 세밀하게 관찰하여 실천한다면, 가을에는 풍성한 열매의 수확을 기대해도 될 거 같습니다.

본성을 회복하자

─────── 어떤 조짐이 보이면 꼭 그 일이 발생하게 됩니다. 좋은 일과 나쁜 일이 발생함을 차원계에서 사전에 알려주는데, 인간들은 그

것을 알아차리지 못하고 일을 당한 뒤에야 땅을 치게 됩니다.

우리가 살면서 어떤 환경이 계속 발생하면 그런 환경이 온다는 것을 알아차리면 미리 대비할 수 있습니다.

예컨대 자동차 사고는 운전 습관이 나쁘거나 정비가 불량하면, 자연 계에서 미리 다른 사고를 보여 주거나 작은 사고를 접하게 하여, 미리 습관을 고치고 대비하게 도움을 준다는 것이지요.

다른 예도 이와 같습니다. 인간들이 감지하지 못하는 것은 본성을 잃었기 때문입니다. 쓰나미나 지진도 사전에 징조를 보여 주는데 알아 차리지 못한 것이지요. 자연이란 신은 항상 우리를 돕고 보호하려 하는 데, 우리는 탁한 에너지로 내면을 채우다 보니 다른 동물에 비해 대처 능력이 떨어질 때가 많습니다.

생태계의 반응을 잘 살피면 천재지변도 알 수가 있는데, 우리는 사 건·사고의 홍수 속에서 살아갑니다. 영적인 감각을 회복할 수 없을까 요?

늘 세상을 이롭게 한다는 각오를 새겨도 좋은 방법이 되겠지요.

영적 진화를 위해 저마다 논리를 내세우는 수련단체가 많습니다. 논 리는 항상 변하기 때문에 수학공식처럼 딱 맞아 떨어질 수 없습니다. 각자에게 맞는 것을 골라서 사용하면 됩니다.

인생의 성패는 타고난 복과 지은 복력이 차이가 있어서 운이 엇갈린 다고 봅니다. 사주, 풍수, 노력, 운, 조상 공덕 등이 작용하겠지요.

노력은 성취의 열쇠이기도 하지만 운이 없으면 수포로 돌아갑니다.

운이란 잘 돌리는 것인데, 복권에 당첨된 분들이 뒤끝이 좋지 않은 것을 보면 운을 잘못 돌린 것입니다. 운을 어떻게 돌리느냐에 따라서 복과 화가 결정되고 인생의 성패도 영향을 준다고 생각합니다.

제2의 인생길

─────── 이른 시간의 흐름을 두고 세월의 무상함이 왜 노래로 전해졌는지, 조금은 이해할 수 있을 거 같습니다. 주변의 지인들이 일터에서 물러나고 제2의 인생길을 개척하는 것을 보면서, 금세 닥칠 저의 문제를 고민해 봅니다.

사람마다 분야마다 하늘이 부여한 역할을 마무리하는 시기가 다르지만, 평균적으로 육십갑자가 아닌가 싶습니다. 과거 생에서 미진했거나 빚이 있으면 현생에서 갚을 기회를 주는데, 배우고 익혀서 갚을 기간을 환갑의 나이까지 주고 그 이후에는 쉬면서 부족하게 살았던 인생을 보완하고 정리하라는 명령인데, 제대로 빚을 청산했는지 살필 겨를도 없이 행하니 세월만 흘러갑니다.

한 갑자가 지나면 인생도 덤으로 산다는데, 100세 시대에 퇴직 이후가 사회적 문제로 대두합니다. 정년이 없는 자영업이야 덜하겠지만 대부분은 직업을 바꾸거나 쉬거나 하면서 인생의 속도를 조절해야 하는데, 수명이 길어지다 보니 후반부 인생길이 편한 길이 아니라 가시밭길

같아 보입니다.

육칠십 년 동안 산전수전 공중전을 겪은 인생경험을 살릴 수 있도록 사회가 적당한 일을 주어야 하는데, 현실적으로 따라와 주지 못하는 것 같습니다. 대안을 제시해 본다면 교육사업에 더욱 많은 프로그램을 만들어, 각 분야에서 갈고 닦아 축적한 비법을 후배들에게 전달하는 것이 필요해 보입니다.

특히 베이비붐 세대들은 6·25 폐허 속에서 부모의 희생 속에 온몸으로 세상을 겪고 공부하면서 저마다 소질을 계발했는데, 그 기술과 질량을 재활용하게 해야 우리 사회가 한 단계 도약할 수 있지 않을까요.

노인 인구는 증가하고 이를 부양하는 세대들의 숫자는 줄어들고 있습니다. 퇴직금과 연금으로 어정쩡하게 인생 후반을 걸어가야 하는 현실에서, 정부뿐만이 아니고 사회구성원 모두에게 깊은 고민이 필요하다고 생각합니다.

메르스에 대한 사회적 현상

─────────── 오월에 가정이란 무엇인가를 공부해야 하는데, 깊이 생각할 겨를도 없이 유월이 오고, 현충일도 추모 열기보다 사회 이슈에 묻혀 지나갑니다. 이달에 우리는 호국영령을 생각하고 희생된 선열들의 넋을 기려야 나라의 근본이 서는 것입니다.

6·25사변이 있어서 호국 보은의 달로 정한 것 같은데, 오월을 가정을 중시한 '효의 달'로 보면 유월은 국가를 중시한 '충의 달'이 되지요. 국가에 충성하다 희생된 호국영령을 기리고 어루만지는 것은, 국가라는 테두리 안에 사는 우리가 가져야 할 기본자세요 덕목입니다.

역사를 보면 국가에 총칼로 충성할 시대도 있고, 붓으로 충성할 시대도 있고, 말(입)로 충성할 때도 있으나 지금은 과학기술로 충성할 때인가 봅니다. '메르스'라는 전염병 때문에 서울 장안을 넘어 전국이 긴장의 도가니 속에 들어 있습니다.

언론에는 연일 대서특필이고 공중파나 종편을 막론하고 방송화면을 도배하고 있으니, 작년 이맘때 세월호에 버금가는 핵폭탄이 터진 거와 같이 사회에 충격을 주고 있습니다. 이럴 때 우리가 어떤 자세를 지녀야 할까요?

모든 것이 지나고 보면 잠시 왔다 가는 것인데, 목전에 닥쳤다고 호들갑을 떨고 있는 우리의 모습을 보게 됩니다. 전염성이 강하다고 과잉

대응, 초기대응, 권한 이양 하면서 남 탓을 하고 떠넘기기 하는 모습을 보니, 성숙하지 못한 우리 사회의 단면이 노출되는 것 같아 씁쓸합니다. 모든 매스컴과 SNS상에서는 좀 더 의연하게 조용하게 착실하게 대응하고, 국민들도 전문가들이 제시하는 매뉴얼에 따라 행동하는 것이 어떨까요?

신라 문무왕 시대에 화엄 사상을 확립한 의상조사께서 법성게에 '무량원겁 즉일념無量遠劫 卽一念', '일념즉시 무량겁一念卽是無量劫'이란 가르침을 진지하게 참구하면, 어려운 이 시기를 지혜롭게 넘기지 않을까 생각합니다.

마음 거울

_____ 하루에도 몇 번씩 보아야 하는 물건이 있지요. 특히 여성분들은 가지고 다녀야 하는 필수품입니다. 자신의 얼굴을 들여다보기 위해 거울을 보고 또 봅니다. 아침에 일어나서도, 차 안에서도 식당에 가서도 사람을 만나기 전에도 보면서 한 몸처럼 간직하는 것이 거울입니다.

털털한 남자들이야 하루 한두 번 보는데, 여자들은 화장한 얼굴과 단장한 머리를 만지느라 거울을 보는 데에 황금 같은 시간을 투자합니다. 정작 우리가 자주 들여다보아야 할 거울은 '마음 거울'입니다.

요즘같이 사회가 오염된 시대에서는 보고 듣고 맛봄으로, 마음에 때가 있기에 마음 거울을 자주 청소해야 합니다.

마음 거울을 보고 때를 닦는 것을 근사한 용어로 '회광반조回光返照'(자신을 성찰)한다고 합니다.

우리 사회가 세상을 등진 어느 분의 메모지 한 장 때문에 갈피를 못 잡고 이리저리 표류하고 있습니다. 시간이 흐르면 어떤 식으로든 나라라는 커다란 배가 제대로 방향을 잡아 나아가겠지만, 지금은 거센 파도에 크게 흔들리고 있습니다.

이럴 때일수록 모두가 마음 거울을 보고 또 보아 본래부터 때가 들어온 것이 아니라, '자성청정自性淸淨'함을 안다면 사회도 나라도 거센 풍파에 덜 흔들리고 중심을 잡지 않겠느냐는 생각을 가져봅니다.

남 탓하지 마라

─────────── '내 탓이요.'라고 하는 사람들이 사는 세상은, 남의 탓을 하고 사는 이 오탁악세五濁惡世보다 더 좋은 세상이겠지요. 주변을 보아도 남 탓만 하지 내 탓을 외치는 모습은 보이질 않습니다. 우리가 꿈꾸는 최상의 목적지인 천국과 극락은 남 탓은 하지 않겠지요. 현세를 살면서 내 탓이요 라고 외치며 사는 세상이 우리가 누리는 천국이요, 극락이 아닐는지요?

국제사회를 보아도 모두가 남 탓만 하고 있네요. 나치 전범 국 독일만 내 탓을 외치며 반성하는 모습이 아름답고, 그들의 세상이 천국이 아닌가를 가늠해 봅니다. 남한과 북한은 피를 나눈 형제이지만, 우리의 소원인 통일도 남 탓에서 벗어나야 한 발짝 다가갈 수 있습니다.

험하고 탁한 세상을 안전하고 아름답게 바꾸려면 '남 탓하지 말고 내 탓이요.' 하면 해결되지 않을까요? 크든 작든 모든 사단은 남 탓에서 시작됩니다. 우리가 겪는 고통과 괴로움도 남 탓에서 시작되지요. 자식을 비롯하여 남이 내 맘에 들지 않기 때문입니다. 원래 남들도 세상도 내 맘에 안 들게 되어 있다는 게 법칙이라고 합니다. 해법은 내가 남들 마음에 들면 되는 것이지요. 남에게서 세상에서 정답을 찾으려니 고통을 자초합니다.

하느님도 부처님도, 야훼도 알라도, 천국도 지옥도 우리 마음속에 있다는데, 우리는 어디로 누구를 찾아서 여행하고 있는지를 바로 보아야 합니다. 내가 나를 잘 볼 수 없기에 안내하는 스승을 찾아 공부하는 것입니다. 부족한 에너지를 채워서 남의 탓 하지 않으려고 스스로 노력하며 살아가고 있는 것입니다.

을미년 새해 1월에는 새로운 각오를 다지는 함성의 메아리가 곳곳에서 울려 퍼졌습니다. 그 함성 속에 '잘못은 내 탓이요, 잘됨은 남 탓이요.' 라는 의미가 녹아 있어, 맑고 밝은 기운을 몰고 와 국운이 융성하길 기원해 봅니다.

기업인의 자살

──────── 스스로 목숨을 던진다는 것은 하늘의 뜻을 거역하는
것일까요?

일반 서민들이 세상을 등질 때는 사회가 그러려니 하는데 유명세가
있는 분들은 그냥 두지 않습니다.

하나의 희생으로 여러 사람을 곤경에서 구하고자 생을 마감하는 결
행 하였을 경우에는 영계에서도 관대하겠지만, 그동안 쌓은 명성이 훼
손되고 수치심이 크다고 자기에게 주어진 인연들을 버리고 천명을 거역
한다면, 하늘에서도 관대하게 처분하기 곤란할 것 같습니다.

인생길에서 때로는 유명세를 타기 전에 정상 근처에서 내려오는 것
도 필요해 보입니다. 정상이 보이는 칠 부 능선이나 팔 부 능선에서 멈
춰서야 탈이 없다는 것이지요. 영광은 덜할지 모르나 잘 드러나지 않기
에, 위험 부담도 적고 주변에서 달려드는 적들도 많지 않겠지요.

사람들은 항상 정상에 있는 분들을 이용하려고 그냥 두지 않습니
다. 정상에 올라가면 거센 바람을 맞을 각오를 해야 합니다. 정상에서
비까지 가세하면 모진 비바람에 그 자리에 안주하기가 힘이 듭니다. 그
래서 정상을 차지하는 것보다 지키기가 더 어렵다는 속설이 있지요.

역사 속 황희 선생과 근래에 정승을 두 번씩 했어도 모진 비바람을
맞지 않은 분들이 계십니다. 이분들의 공통점은 미리 바람이 몰아치는
것을 알고 대처했거나 납작 엎드려서 바람을 잘 피했다고도 볼 수 있습

니다. 처세의 달인들입니다. 정상에 있을수록 무리수를 두지 않고 겸손을 유지하면, 나도 살고 남도 살리는 이타행과 같습니다.

잘 나가던 모기업 회장의 극단적인 선택이 사회적 파문을 일으키고 있습니다. 비난과 동정의 저울 무게가 어디가 큰지는 알 수는 없지만, 한 인간으로서 인생길을 어떻게 걸어야 하는지를, 정상에서 어떻게 바람을 피해야 하는지를, 혼탁한 오늘을 사는 우리에게 시사하는 바가 큽니다. 삼가 고인의 명복을 빌며 하루빨리 우리 사회가 안정되길 희망합니다.

괴로움의 원인과 치유

────────── 우리가 겪는 괴로움의 원인은 수없이 있으나 욕심과 연계된 것들이 많습니다. 부부, 부모, 자녀, 형제자매, 일가친척, 직장 상사, 부하, 동료, 스승과 제자, 연인, 거래처 등 인간들이 서로 관계를 맺고 있는 사이에서 발생하는데, 모두 자신에게서 시작됩니다. 상대방이 내 마음에 들지 않기 때문에 일어나지요.

괴로움은 본인의 습관이나 욕망에서도 비롯됩니다. 좀 더 채우기에 급급하다가 도를 넘을 때 찾아옵니다. 주식이나 부동산 투자에서, 가게를 넓히고 사업을 확장하려고 무리수를 두거나, 취업이나 승진이 되지 않아서, 법이나 규정을 어겨 대가를 치를 때, 하는 일이 잘 안 풀릴 때 괴로움이 오기도 합니다. 이것들은 바라는 마음을 버리고 비우는 연습으로 해결됩니다.

심신으로 오는 괴로움은 각종 사고나 현대의학으로 치료되지 않는 질병으로도 기인합니다. 이런 질병과 사고는 평소의 습관과 생각의 부정적인 에너지가 뭉쳐서, 용량이 커지면 발생한다고 합니다. 그래서 원인을 치료하지 않고 증세만 보고 처방하는 것은, 임시방편적 치료이지 항구적인 치료가 아닙니다.

괴로울 때의 고통도 기쁠 때 주는 희열과 같다고 생각하며 자연스럽게 받아들이는 것이, 쉽게 이겨내는 방법이라고 봅니다. 모든 것이 때가 되었으니 오는 것이고, 또 때가 되면 가겠지 하고 받아주면 쉽게 극복이 된다는 것입니다. 좋은 것도 싫은 것도, 선도 악도 그런 관점에서 바라보면 분별하는 마음이 덜 생길 것입니다.

구름이 하늘을 가려도 지나가고, 어둠도 자고 나면 없어지고, 달도 차면 기울고, 돈도 있다가 없고 없다가 또 생깁니다.

괴로움과 슬픔은 누구나 때가 되면 받고 또 사라지고 하는 것을 알고 친구가 되어 준다면, 즐거움과 괴로움을 구별하지 않는 힘이 생겨서 좀 더 행복한 세상으론 이끌지 않을까? 라는 생각을 가져 봅니다.

윤사월

——————— [송홧가루 날리는

외딴 봉우리.

윤사월 해 길다
꾀꼬리 울면,

산지기 외딴집
눈먼 처녀사,

문설주에 기대어
엿듣고 있다.]

박목월의 '윤사월'인데 지금이 딱 시속의 계절입니다. 송홧가루가 황사처럼 날리고 먼지처럼 쌓여 달갑지 않은 불청객입니다.

한때는 송홧가루를 모아서 제상에 올릴 '다식'이라는 과자를 만들기도 했지요. 50~60년대 시절이 아닌 듯합니다. 왜 박목월 선생은 지금의 계절을 산지기 외딴집 눈먼 처녀의 귀로 끌고 갔는지 궁금했습니다. 어떤 메시지를 전하려 했을까요? 꿈보다 해몽이라고, 박목월 선생의 진의와는 관계없이 시가 주는 느낌을 이렇게 풀어 봅니다. 꾀꼬리가 우는 지금의 세상은 온통 연두색으로 변하여 설레고 수줍은 처녀의 마음과 신록이 하나로 일치되고 통일되는 순간입니다. 계절의 순수함을 더하기 위해 외딴 봉우리와 산지기의 외딴집으로 봄을 끌고 왔습니다. 싱그러운 봄이 내 안 깊숙이 꿈틀대고 있네요.

꾀꼬리 소리가 둘로 분리된 시간과 공간을 하나로 연결하는 끈이 되었습니다. 농익은 봄의 절정을 멈추도록 눈먼 처녀의 귀로 옮겨 놨습니다. 가장 순수하고 아름답고 경이로운 서정적인 감성이 이입되어 나는 없습니다. 무아가 된 것이지요.

자칫 비약하면 산지기 부모는 일터로 가고, 눈먼 딸이 홀로 집에 남아 있기에 동정심으로 빠질 수 있습니다. 작가는 연둣빛 세상의 황홀한 봄의 순결을, 눈먼 처녀와 꾀꼬리 소리에서 느끼고 싶은 맑고 투명하고 영롱한 동심입니다.

다른 각도에서 보면 하지도 아닌데 윤사월의 해를 길게 본 것은, 암울한 일제치하를 은유적으로 표현한 시대상이 엿보입니다. 그리고 울타리에 갇혀 있는 백성이지만 좋은 시절이 올 것을 염원하는 기다림의 절규입니다. 오늘날 우리에게는 본성을 찾고 이분법을 버리라는 순수한 가르침을 줍니다.

어버이날

─────── 어버이날 어떻게 효도를 합니까? 부모님이 계신다면 뭐니 뭐니 해도, 신사임당 머니Money를 두둑하게 흰 봉투에 담아서 드

리는 것을 제일 좋아하시겠지요. 과거의 풍습은 꽃을 달아 드리고 작은 선물을 드렸는데, 지금은 현금으로 변해갑니다. 부모님 대부분은 자식들이 오늘도 이 사회에 보탬이 되는 삶을 살고 있으면 그것으로 만족합니다.

전화 한 통화면 행복해합니다. 자식들이 무탈하면 당신 마음도 안심하고 평화롭습니다. 자식이 아프거나 일이 안 풀린다면 부모님 마음도 편치 않고 걱정 속에서 살아갑니다. 최상의 효도는 자식들이 세상에 이익 되게 빛을 내면서 사는 것입니다.

자식의 죄를 대신해서 벌을 받고 불구덩이도 뛰어드는 것이 모정母情이요, 부정父情입니다. 당신은 옳지 못해도 자식이 바른길을 가지 않으면 회초리를 치는 것이 부모의 마음입니다. 어린 시절 부모님께서 모시옷 차려입고 십 리가 넘는 읍내 장터에 장 보러 가시면 고갯마루 솔밭까지 마중 나가 부모님 오시기를 학수고대鶴首苦待했습니다. 자식들도 부모님 품을 그토록 그리워했습니다.

사탕이나 개똥참외라도 사오시려나 하는 기대도 있었지만, 부모가 잠시라도 주변에 안 계시면 불안했습니다. 이순耳順을 바라보는 나이에도 하늘에 계신 부모님의 살아생전 정이 그립습니다. 무엇으로 이 마음을 전해야 하나요?

간절한 기도가 부모님 영혼과 통한다면 이렇게 외치겠습니다.
"아버님 어머님, 오늘 이 불효 자식은 통한의 눈물을 삼키며 그동안 두 분을 속인 죄를 회개하며 용서를 빕니다. 넘치면서도 부족했다고 손 벌린 죄, 자식을 선 순위에 두고 늘 뒷전에 둔 죄, 좋고 비싸고 맛있는 것을 차지하고 안 그런척한 죄, 동생들과 친척들과 이웃들을 보살피지 못하고 이기적으로 살아온 죄, 조상님들을 제대로 섬기지 못한 죄, 당신께서 아파하실 때 돌보지 못한 죄, 동네어른들께 자식 자랑거리를 만들어 드리지 못한 죄 등등을 회개悔改합니다.

훗날 저세상에서 불초한 이 자식을 보시거든 용서치 마시고, 회초리를 쳐서 미안한 마음의 찌꺼기를 벗겨주세요. 오늘 참회의 피눈물을 흘리며 부모님 영전에 기도합니다. 이제 자식들에 대한 걱정을 훌훌 털고 영면하시옵소서!"

아카시아 꽃

_____ 출퇴근 길에 만개한 아카시아 꽃향기가 걷는 행복을
더해 줍니다. 아카시아 나무가 최고의 밀원식물로 꿀도 제공하고 꽃을
효소로도 쓴다고 하네요. 산소 주변에서는 천덕꾸러기가 되기도 합니
다. 급속히 뿌리로 번식되기 때문에 제거하기가 어렵다는 것입니다.

아카시아 나무는 척박한 땅에서도 잘 자라는 나무입니다. 산림이 황
폐한 50~60년대에 녹화를 위해 외국에서 수입한 수종으로, 그동안 산
림녹화와 꿀밭으로 제구실을 다 하고 이제 은퇴할 시기에 놓여 있습니
다. 사람으로 보면 노년기에 와 있지요.

우리는 아카시아 나무 덕분에 정서적으로도 자연과 친해질 수 있었
습니다. 대중가요나 시인들의 노랫말에도 아카시아 나무는 한 시대를
장식한 효자 나무입니다.

탐하는 무리가 많기에 가시로 온몸을 두르고 있습니다. 어릴 때 아
카시아 꽃을 따서 간식으로 먹던 생각이 납니다. 잎은 토끼에게 주었
지요. 긴 가시는 이쑤시개나 다슬기 속살을 빼먹을 때 사용하기도
했습니다.

아카시아 꽃이 만개한 숲 속 오솔길에 데이트하는 청춘 남녀들의 모
습을 보니, 아직은 아카시아 나무를 버릴 때가 아닌 것 같습니다. 꿀도
따야 하고요.

아카시아 나무는 팔등신 미녀와도 같습니다. 벌과 나비가 몰려들고 코끝을 스치는 향기가 있고, 곧게 자란 줄기가 미녀들의 각선미와 같고, 가시는 예쁜 여자들의 표독스런 성격과도 같습니다. 철저하게 자기보호를 하는 점이 미인과 매우 닮은 모습이지요. 아카시아 나무를 심은 지 50여 년밖에 안 되었는데 쇠퇴하고 있습니다. 꿀도 줄어든다고 합니다.

한 시대를 장식하고 아름답게 퇴장하려는 아카시아 나무의 모습에서, 아낌없이 주기만 할 뿐 갖고자 하는 것이 없음을 배웁니다. 모든 생명은 오로지 주기 위해 태어나고 존재하고 사라져 간다는 사실을….

가정의 달

_____ '가정의 달'답게 오월은 기념일과 특별 공휴일이 많습니다. 근로자의 날, 어린이날, 어버이날, 스승의 날, 성년의 날, 부부의 날, 석가탄신일 등 챙겨야 할 것이 많은 달입니다.

인간들의 가정사와 비교해서 짐승들과 곤충들의 가정사도 크게 다르지 않습니다. 하늘을 나는 새와 땅을 기는 짐승과 곤충들도 무리 지어 살고 있습니다. 모든 생명은 혼자 사는 것보다 더불어 사는 구조로 되어 있다는 것이지요.

단독생활을 하는 사람들은 성격이 유별나거나 사회성이 부족한 것으로 비칠 수도 있겠지요. 깊은 산중에서 나 홀로 생활하시는 분들은 건강, 수련, 공부 등등의 사연이 있겠으나, 물질문명보다는 자연이 이웃이고 사회고 친구이기에, 받는 것보다 나라는 존재를 주기 때문에 속세를 떠나지 않았겠냐는 생각이 듭니다.

인간이나 동물들이 단체 생활을 하는 것은 서로의 필요도 있겠으나, 뭔가를 주어야 하는 속성이 있지 않을까요? 어른들은 아이들에게 인생살이를 가르쳐야만 하고, 아이들은 어른들에게 꿋꿋하게 자라는 모습을 보여 주어야 합니다. 사람들은 서로서로 협력하는 모습을 보여 주어야 합니다.

오늘날 우리는 무리를 이루고 살면서 남이나 이웃에게 사회에 무엇을 주고 있나요. 각자의 맡은 역할이 주는 것이기도 하지요. 역할 연기를 잘하는 것이 우리가 해야 할 일이고 아낌없이 주는 것입니다. 명배우가 되려면 뭐든 잘 주는 훈련이 필요합니다.

사찰을 운영하는 스님의 보직을 '주지'라고 합니다. 어느 분은 주지가 절을 지키는 것이 아니고, 신도나 관광객들에게 '무엇을 주지.'하면서 늘 줄 것을 생각하고 실행하는 것이 주지라고 합니다. 무리와 단체를 이루며 사는 우리는 오월, '가정의 달'에 가정과 사회를 위해 무엇을 주어야 하는지 가정의 '주지'가 되기를 희망합니다.

임 병장의 총기 난사 사건

─────────── 임 병장의 총기 난사 사건을 보면서, 그동안 잘못된 우리 사회의 어두운 면을 들춰 보고자 합니다. 80년대와 90년대에 민주화와 올림픽 등 정치, 경제와 문화의 고속성장 시대에 교육은 시행착오로 문제가 많았습니다.

교육제도는 삼 년이 멀다고 바뀌어 학생들은 교과목 선택부터 입시제도에 눈치 보느라 학업보다는 교육정책에 관심을 가졌고, 부모는 8학군 등 유리한 학군을 찾아서 이리저리 주거공간을 옮겨가야 했습니다.

자녀들은 야생마처럼 키워 독립심을 길러야 하는데 우리의 아이들은 유리온실에서 자랐습니다. 자녀들이 한두 명밖에 되지 않으니 가정의 중심이 아이들 위주로 흐르고, 아이들은 너무 이기적으로 성장하고 말았습니다.

인터넷 사이버나 주변 환경도 댓글이나 폭력게임이 보편화 되면서, 아이들 성격은 곧지 못하고 참을성도 없어지고 정신력은 나약해졌습니다.

베이비붐 세대가 어렸을 때 당신들이 자랐던 가난한 환경을 물려주지 않으려고 자식들을 너무 보호한 원인도 있습니다.

그 결과 선생님이 학생들을 엄하게 교육하려고 회초리를 들어도 부모들이 학교로 달려가 선생님을 욕하고, 멱살을 잡고 혼을 내고 교권이 땅에 떨어지게 하였습니다.

자녀들을 학교에 맡겼으면 체벌을 가해도 부모는 모른 척해야 했는데, 아이들에게 부모들이 너무 집착하다 보니 인성교육은 이루어지지 못했습니다.

지금 우리 사회는 스마트폰과 게임에 중독되어 가는 아이들이 늘어나고 있습니다. 이들이 군에 입대하고 나서 또 다른 임병장이 생기면 어쩌나 걱정입니다. 과거에 관심병사 용어가 있었습니까? 임병장을 탓하기에 앞서, 이 사회의 시스템과 기성세대인 우리들의 잘못을 먼저 짚어야 합니다.

지금이라도 늦지 않았으니 우리의 아이들을 제대로 훈육합시다. 영 아니다 싶으면 과감하게 회초리도 대고 고난의 환경을 만들어 줍시다. 회초리를 맞고 눈물을 삼키며 자란 아이가 이 나라를 제대로 이끌어갈 미래의 주역이 될 것입니다.

인연의 탐구

_____ 새로운 일터에서 인연이 무엇인가를 살펴봅니다. 태어나서 부모·형제를 만나서 기초를 다지고 인생길을 여는데 약 30년을 보내면서, 선생님과 친구들과 연인과 선후배와 이웃이란 인연을 만납니다.

그리고 인류가 진화하면서 남겨놓은 지식이란 에너지를 만나 흡수하게 됩니다.

30이 넘어서는 부부·자식·동료·상사·부하 그리고 사회구성원들과의 인연이 오고, 마지막에는 질병과 생을 마감하는 환경이 찾아옵니다.

이런 인연과 환경이 끊임없이 반복되면서 찾아오는데 우리는 늘 허전하거나 외롭다고 합니다.

하늘에서는 내게 꼭 필요한 만큼의 환경과 사람이라는 인연을 주는데, 그 인연 속에서 배움을 채우는 것을 잊고 신기루 같은 허망한 욕심을 채우기 위해, 인생이란 열차는 종착역도 모른 채 달려가고 있습니다.

만나고 헤어짐을 이어 오면서 성장을 하고, 그 사람 속에서 인생도 저물어 갑니다. 한 생을 마감하는 것은 어찌 보면 혼자가 아니라 나와 연을 맺고 있는 모든 것들과 함께한다는 것도 깨닫게 됩니다. 잘 살펴보면 결코 허전하거나 외롭지 않다는 것이지요. 인연이 이어지듯 생도 마감과 생김이 연속된다는 것입니다. 인연의 고리에서 찾는다면 그 어려운 불생불멸不生不滅의 뜻도 이해가 됩니다.

풀을 뽑아도 나무를 베어도 시간이 흐르면 언제나 또 그만큼 있듯이, 우리 인간도 모양만 바뀔 뿐 언제나 그 자리에 있음을 알게 됩니다.

인연이란 결국 하나에서 시작했으나 시작됨도 없고, 하나로 끝나지만 끝남이 없다는 천부경의 가르침을, 어렴풋이나마 환경의 변화를 통해서 헤아려 봅니다.

인생은 채무자

─────── 우리는 인생이 끝날 때까지 영원한 채무자입니다. 모두가 빚을 지고 삽니다. 돈 많은 대기업도 은행빚을 지고 국민들이 물건을 팔아주기에 존재합니다.

국민들도 이웃이 서로 도와야 살고 자연이 도와주기에 살고 있습니다.

호흡을 5분만 멈추어도, 식량과 물을 열흘간 먹지 않아도 살지 못합니다. 주위의 모든 것들로부터 도움을 받고 사는데, 자기가 잘나고 똑똑해서 살고 있다고 착각하며 삽니다.

자수성가自手成家라는 표현은 노력이 남다르다는 표현이지 자기가 잘나서 성공했다는 표현이 아닙니다.

인간이나 동물이나 식물들도 태어나면서부터 주위의 도움을 받고 살지요. 부모·형제의 도움, 친구의 도움, 주변의 도움 없이 홀로 커서 존재할 수 있을까요? 그래서 성경은 범사에 감사하며 살아가라고 가르칩니다. 나라도 마찬가지이지요. 우리는 6·25 전쟁 폐허에서 한강의 기적을 일구었지만, 우리를 도와준 나라가 있어서 지금의 대한민국이 있습니다.

병력과 물자와 구호 약품과 경제를 지원받은 사실을 잊고 삽니다. 은혜는 짐승도 갚는다는데, 무역 10위권인 우리는 국제사회에 무엇을 갚고 삽니까? 장사만 하고 살고 있지는 않은지요. 근래에 와서야 국가에서 종교 및 사회단체에서 조금 눈을 뜨는 것 같습니다. 우리가 국제사회에 6·25의 은혜를 갚을 때 진정한 대한민국으로 거듭나지 않을까요.

오늘도 이웃과 사회와 나라에 무엇으로 빚을 갚을지, 국제사회에는 무엇으로 은혜를 갚을지, 각자의 위치에서 채무자라는 사실을 상기해 보는 시간이 되시길 바랍니다.

고스톱 문화

──────── 우리의 고스톱 문화가 이 시대의 놀이문화를 대변합니까?

이천 년에 접어들기 전에는 어느 식당에 가도 고스톱 치는 소리가 났었지요. 장례식장에서도 고스톱을 치며 밤샘을 했었는데 지금은 그런 문화가 사라지고 있습니다. 고스톱이 너무 흥할 때는 나라가 잘못되지 않나 걱정도 되었는데, 컴퓨터·스마트폰이 발달하면서 고스톱 문화는 아날로그 경로당 문화로 치부되고 있습니다.

고스톱을 하다 보면 잠재된 성격까지 다 노출된다고 합니다. 매너도 성격도 알 수 있다 하니, 고스톱 현장에는 사주도 관상도 통하지 않고 오로지 운칠기삼(운 70%, 기술 30%)만이 존재합니다.

고스톱이 전 국민들의 사랑을 받는 데는 인생살이의 법칙과 유사하다는 겁니다. 사전에 규칙을 정하고 따르니 법치국가의 운용과 같고, 양반자세에서 몇 시간 동안 바닥에 놓인 패를 보고 팔과 손목을 휘두르니 운동과 집중력 훈련에 그만한 것이 없습니다. 상대방 눈치 보며 머리까지 쓰니 치매 위험이 없으며, 피박 폭탄과 같은 전투적인 용어에서 쌌다, 설사 등 생리적인 용어까지 다양하기에 인생 여정을 보는 거와 같습니다. 욕심이 과하면 어김없이 혼자 바가지를 씁니다.

소탐대실小貪大失의 교훈을 줍니다. 인생을 살려면 때론 무거운 짐도 벗어야 하듯 '비풍초똥팔삼'으로 버리는 순서도 대략 정해져 있습니다.

우리는 살면서 무엇을 먼저 버려야 할까요? 천륜天倫은 버리지 못하니 명예, 재물, 권력 이런 것들은 과감히 버려야 다시 앞으로 나갈 동력이 생깁니다. 내 것만 찾다가 피박·광박으로 몇 배의 대가를 치르듯 기회와 운도 버려야 온다는 것을 고스톱이 증명하고 있습니다.

문명과 욕구

─────── 문명이 욕구를 충족시키는 줄 알았는데 그게 아닙니다. 가정이나 회사나 관공서에 에어컨이 설치되어 있지만, 인간이 더위를 이기는 것은 한계가 있는 듯 보입니다. 근세기 더위와의 전쟁을 살펴보니 많이 나아졌는데 승리는 아닌 것 같습니다.

대한민국 정부 수립 이후부터 60년대에는 부채나 나무그늘이나 물가에서 더위를 극복했지요. 70년대에 새마을 운동으로 농촌에 전기가 들어와, 선풍기라는 문명의 결과물이 보급되어 부채는 뒷방으로 물러나게 됩니다.

아이스크림을 고물이나 낡은 고무신, 빈 병을 주고 바꾸어 먹었습니다. 우물이나 펌프 샘에서는 등목을 하면서 여름을 보냈습니다. 강가나 냇가, 저수지 주변에서는 아이들은 물장구를 치고 어른들은 물고기를 잡고 수영을 하며 보냈습니다.

70년대 초중반에는 피서를 간다고 텐트를 들고 배낭을 메고, 버스나 기차로 피서지를 찾았지요. 석유 버너를 펌프질해서 야외에서 밥도 지어 먹었던 그때의 피서나, 지금 펜션이나 리조트에서 에어컨 틀고 피서를 하는 모습을 보면 시대적으로 사용되었던 물질은 나아졌지만, 더위를 이기는 극복 정신은 별로 나아진 게 없고 오히려 더 나약해지지 않았나요.

여기저기 다른 은행으로 에어컨 바람 쐬러 들어갔던 그 시절이 여름나기가 더 수월했는데, 고속도로나 국도에는 피서지를 찾아 떠나는 차량이 넘쳐나니 여름에 피서 문화는 앞으로 1세대나 2세대에 백 년, 이백 년이 지나도 변함이 없을 것 같다는 생각이 듭니다.

선풍기 틀어놓고 세숫대야에 물을 받아 얼음 띄워서, 수박 한쪽 입에 물고 족욕 하면서 마음에 양식이 되는 책이라도 한 권 읽으며, 이 더위를 극복하는 것이 어떨지 잠시 과거를 돌아봅니다.

영원한 손님

─────── 낯선 손님이 온다고 약속이 되어 기다리는 시간은 설렘과 두려움이 교차합니다. 손님 입장에서 찾아가는 시간은 왠지 긴장감이 앞서지요.

누구를 방문하거나 기다리게 되면 이처럼 전투적이거나 방어자세로 바뀌게 됩니다. 쉽사리 친해지거나 동화되기 어려워서 사위도 백년손님이라고 합니다.

우리가 살면서 인연을 맺는데 백년손님보다야 천 년 형제의 연으로 맺어지면 얼마나 좋겠습니까? 만남을 통해 세세생생世世生生 맺은 원결을 풀어야 하는데 또 다른 척을 지어 헤어지는 경우가 많습니다.

직장이나 사회생활에서 상대와의 관계가 악화하여 결별하는 경우는 무엇이 나의 문제였는지를 잘 살펴야 합니다.

척을 짓고 사는 데는 참지 못함에 그 원인이 있는 것 같습니다.

버럭 한번 화를 내는데 쌓은 공도 무너지지만, 상대에게 치명적인 독이 되어 척을 짓게 되므로 애써 참는 훈련이 필요합니다.

참는 훈련은 처한 환경에서 정반대의 환경을 찾거나 입장이 되는 것입니다. 조용함을 좋아하면 시끄러운 곳을 찾아서 단련을 시키는 것이지요. 욕쟁이를 찾아가서 욕을 많이 듣는 연습도 참는 훈련이 될 것입니다. 척을 지지 않고 사는 지름길은 욱하고 올라오는 마음을 바로 보는 것입니다.

내 마음의 관찰자가 된다면 세상이 편안해진다고 역대 선지식들은 우리를 일깨우고 있습니다.

사랑이 제일

_____ 사랑이 제일이라는 성서의 말씀을 새겨봅니다. 지금은 사랑이 무너져 각종 사건이 난무하고, 나라 간의 문제도 사랑이 결핍되어 골이 깊어만 갑니다. 왜 70년간 남북문제와 한일관계가 계속 답보상태로 이어집니까? 그들이 오직 변하기만을 바라고 우리가 변하는 것에 인색한 것은 아닌지요.

지금도 전방에서는 북한과 대치하고 있으며 휴전한 상태라는 것을 상기시켜 줍니다. 전쟁은 아직 끝나지 않았는데 우리는 전쟁이 끝난 것으로 착각하며 삽니다. 우리가 진정으로 같은 형제인 북녘 동포를 사랑하는 마음이 있는지요?

가깝고도 먼 일본도 결국은 한 뿌리인데 그들을 사랑하는 마음이 있는지요? 역사적으로 아픈 사건들이 마음 바탕에 녹아 있어, 알게 모르게 그들을 적으로 원수로 규정짓고 생각하며 살지요.

구호로만 통일을 외치고 겉으로만 한일관계가 잘되기를 바라는 속 좁은 마음을 발견합니다.

아픈 과거의 허물을 벗고 마음 깊숙한 곳에서 그들을 사랑하는 마음이 우러나지 않으면, 남북문제와 일본과의 관계는 영원한 수수께끼로 남을 것입니다.

부모와 처자식과 애인과 친구를 사랑하듯 북쪽의 동포들과 일본인들을 사랑하는 마음이 솟을 때, 그때 비로소 굳게 잠긴 빗장의 문이 열리지 않을까요. 우리는 인류공영에 이바지한다는 삶을 산다고 하면서 가까운 두 곳에 어떤 마음을 가졌습니까?

믿음, 소망, 사랑 중에 왜 사랑이 제일이라 했는지 화두로 참고한다면, 이 난국이 풀리지 않겠느냐는 생각을 가져봅니다.

죽마고우 竹馬故友

─────────── 가족과 비교할 만큼 친구라는 존재는 우리 삶 속에 깊이 자리하고 있습니다. 한 스승에게 배운 철학과 사상이 같아도 어디에 줄을 서느냐에 따라, 아군과 적군으로 나뉘기도 하는 게 친구 관계입니다.

평생 변하지 않는 친구가 있지요. 죽마고우는 사회생활의 성공 여부를 떠나서, 언제 만나도 묵은지와 잘 숙성된 된장처럼 우리의 마음을 편안하게 해줍니다. 아늑한 고향의 정취를 더듬게 하여 정서를 순화시켜 주는 명약이 되는 존재가 고향의 죽마고우입니다.

젊어서는 각자 살기에 바빠서 등한시하다가, 집안에 큰일이 벌어지거나 고향 땅을 밟을 때 제일 먼저 생각나고 대면하는 자가, 고향에서 자란 고만고만한 또래의 선후배와 초등학교를 같이 다닌 동급생들이 조강지처와 같은 친구들이지요.

사회에 진출하여 일하는 분야는 달라도, 언제나 서로에게 힘이 되어주고 위로하며 하늘에 계신 부모님의 정을 느끼게 합니다. 이순을 바라보는 나이에도 고향 친구들을 만나는 날이면, 예나 지금이나 설레는 마음은 변함이 없네요. 손주 재롱과 며느리, 사위 자랑하는 것을 보니 죽마고우도 가는 세월은 어쩔 수 없나 봅니다.

깊게 패인 이마의 주름에서 세월의 흔적이 묻어나지만, 그래도 고향 친구를 만나면 옛날 그 기분, 그 마음 그대로 있는 것 같습니다. 항상 살갑게 대하고 육두문자(욕설)도 오가며 대화도 순수함, 자체에서 이루어집니다. 모든 것을 내려놓아야 더 잘 통하는 고향 친구들이 없었다면 험한 인생길에서 더 외롭고 지쳤을 텐데, 곁에 친구들이 있다는 것이 얼마나 다행한 일인지 모릅니다.

전화를 받거나 문자만 받아도 엔도르핀이 솟아납니다. 몸뚱이는 할배, 할멈이 되었어도 마음은 늘 동심이 유지하기를 바랍니다. 오늘도 허공을 향해 그리운 마음의 정을 고향 친구들에게 발사합니다.

"친구들아! 삼복더위에 냇가에 가서 물장구치며 물고기 잡고 놀고 싶데이…"

사회적 병리 현상

──────── 요즘 사회적 병리 현상이 눈에 자주 들어옵니다. 보복운전, 동반자살, 근친 상해, 성폭력 등등…

여러 원인이 있지만 모든 게 자신을 통제하지 못하는 데서 비롯되는 것 같습니다. 우리 사회의 무엇이 인내력을 약화했을까요?

5~70년대에는 가난 극복의 시절로 국가 재건운동, 새마을 운동으로 국민들의 에너지가 결집한 시기로 큰 문제가 없었습니다. 8~90년대와 2000년대에 들어와서 민주화와 도시화가 진행되면서 전통적 가치관과 예의범절 등 사회의 기강이 무너지고 계층 간, 세대 간, 이익집단 간 갈등이 깊어지면서 생긴 종기가 곪아서 터지기 시작합니다.

입시 위주의 교육풍토가 인성교육을 멀리하게 했고, 교권이 상실되어 정신교육은 이루어지지 않았습니다. 사회교육도 가정교육도 인내력을 키울 수 있는 마땅한 프로그램도 없었고, 부모는 경제활동에 치우쳐 자녀교육을 소홀히 했습니다. 아이들은 이기적으로 자라서 남에 대한 배려를 모르고, 어른들은 경마 주식, 게임, 음주, 가무 등의 퇴폐와 향락주의, 사행성 한탕주의에 정신이 황폐된 측면이 있었습니다. 결국, 이런 것들이 복합적으로 작용하여 양보와 기다림의 전통적인 미덕도 없어지고, 조급증이 발동하여 인내력이 떨어지게 된 것으로 진단해봅니다.

자식들이 공모해서 자기를 있게 해준 부모에게 효도는커녕 '고려장' 보다 더한 몹쓸 행위를 자행하는 것을 보면서, 경제성장기에 간과했던 암세포가 표출되는 것을 봅니다. '한 마리 물고기가 온 우물을 흐린다.(一魚濁水)'하지만 여기저기서 사건들이 발생하여 자주 듣다 보니 감각이 무뎌집니다. 사회 구성원으로서 깊은 반성을 합니다.

조급증을 고치기 위해서 교육기관, 언론 등에서 중심이 되어 정신교육 운동을 전개하고, 황폐한 마음을 치유하는 사회적 힐링 시스템을 확립해 나가는 것이 필요해 보입니다. 사회구성원들은 각자의 길에서 바른 이념을 실천해 나간다면, 밝고 맑은 에너지가 몰려와 좀 더 나은 사회가 되지 않겠느냐는 믿음을 가져봅니다.

소백산을 떠나며

_____ 소백의 향기에 취해서 547일간을 영주 고을에 머물다가 떠나갑니다. 영축산 자락에서 영남 알프스와 동해의 기운을 받으며 365일을 보내고, 소백산으로 들어와서 새로운 기운을 받았는지도 모른채 월악산 자락 적보산으로 또 다른 구도의 여행을 떠납니다.

누가 인생은 깨달음을 찾는 여행길이라고 했던가요. 소백에서 무엇이 나를 성숙시켰을까 돌아보니 보이는 것은 장엄한 소백의 넉넉한 할머니의 품, 그 치마 속에서 밖을 살피는 어린 손자처럼 그런 느낌으로 십승지에서 나는 누구인지를 찾아보았던 시간이었습니다.

오백 년 전에도 천 년, 이천 년 전에도 이곳에 있던 우리 선조들도 같은 느낌으로, 소백의 숨결 속에서 한세상을 풍미하며 흔적없이 역사속에 묻혀 사라지는 별이 되었겠지요.

소백이 나를 멈춰 서게 합니다. 언제나 다정하게 팔을 벌려 친구가 되어주는 연화봉, 비로봉, 도솔봉, 국망봉이고, 생명을 잉태하고 숙성시켜 주는 서천 내성천이 길을 떠나지 못하게 유혹하는 연인이었음을 깨닫습니다.

왜 금성대군이유이 불의에 항거하려 바위에다 달걀을 던졌는지, 삼봉정도전 선생이 세상을 바꾸려 했는지, 안향 선생이 새로운 기운을 심으려 했는지, 격암格巖 남사고南師古가 말에서 내려 절을 했는지, 모두 소백의 그 무엇인가 있었기 때문이었습니다.

그들의 숨결을 고가에서, 제단에서, 옛터에서는 찾지 못하고 그 정신을 있게 해준 산하(풍수)를 보며 짐작을 해볼 뿐입니다. 후학으로서 진정한 정신을 본받기 위해 노력은 해야, 오늘을 사는 우리의 몫이 아닐까요.

떠나면서 확실해진 것은, 소백은 언제나 그 자리에 변함없이 그렇게 서서 인간이란 어리석은 중생에게 무한한 사랑을 준다는 것입니다. 그러니 할 일은 분명해졌습니다. 머물며 받은 소백의 사랑을 어디를 가든 주기만 하면 되는 것이지요. 사랑을 주는 것이야말로 돈이 드는 것도 아니고 힘이 드는 것도 아니기에, 떠나는 각오를 소백을 향해 다짐해 봅니다. '그대 소백산처럼 사람을 살리리라'

개혁의 기운

─────── 저녁 산책을 하다 보니 귀뚜라미가 요란하게 울어댑니다. 그러고 보니 벌써 말복. 입추로 여름이 최후의 발악을 하면서 달아나려 준비하고 있네요. 계절도 음양과 오행으로 한 치의 오차도 없이 운행하고 있는데, 인간들은 좀처럼 이를 감지하지 못합니다. 화무십일홍花無十日紅이요. 달도 차면 기운다고 여름이 다하면 가을이 오듯, 우리도 현재의 위치에서 멈추어야 할지? 올라가야 할지? 내려가야 할지? 항상 등산하는 입장에서 세상을 살아야 하는 것 같습니다.

그래서 자연은 미리 신호를 보냅니다. 가을을 대비하라고 귀뚜라미가 울지 않나요. 태풍이란 놈도 가을을 예고하는 자연계의 신호입니다.

태풍은 농작물 등에 피해를 주기도 하지만, 강우량이 부족하거나 녹조가 심할 때와 송이 생산 철에는 효자가 되기도 합니다. 항상 둘 다 좋을 수는 없습니다. 요즘 병영 문화가 화두입니다. 수십 년 내려온 악습이 도마에 올라 난도질을 당하고 있습니다.

병영문화가 많이 바뀌었지만 시끄러운 것을 보니 더 바뀌어야 하겠네요. 자식을 군에 보내는 부모의 처지에서 군을 신뢰해야 하는데…

올해 갑오년 개혁의 기운이 세월호로 우리 사회의 시스템을 바꾸라 하고, 군부대의 사고가 군대문화의 악습을 바꾸라고 신호를 보냅니다. 또 다른 사회의 악습은 없을까요? 자연에서 신호를 어떻게 보내는지 잘 관찰해보면 답이 있습니다.

그런 관점에서 보면 일본과의 문제, 북한과의 문제도 새로운 돌파구가 필요하지요. 언론에 매일 오르내리면 뭔가 다른 방법을 찾으라는 신호인데 우리는 둔감하여 패러다임을 바꾸려 하지 않습니다. 그들을 대하는 우리에겐 무슨 문제가 없는지 진지하게 살펴야 합니다.

옛것을 더듬어서 시대에 맞지 않는 것은 버리고 새로운 패러다임을 찾아서 미래를 대비해야 합니다. 삼성의 이건희 회장이 처자식 빼고 다 바꿔야 산다는 말이 더없이 가슴에 다가오는 우울한 팔월입니다.

노후 문제

──────── 많은 분이 노후문제를 걱정합니다.

자식들이 부모를 봉양하는 시대도 아니고 이승에서 저승으로 떠날 때까지 활동해야 하기에, 평소에 미리 노후를 조금씩 준비할 필요가 있겠지요.

100세 시대에 건강이 허락하는 한, 퇴직 후라도 새로운 인생길을 펼쳐 나가야 합니다. 주변을 보니 칠십 중반까지는 이런저런 일로 사회에 참여하고 있는 분들이 많이 늘어나고 있습니다.

정부도 노인 일자리와 복지에 정책적 배려를 하고 있으나 아직은 미미한 수준입니다. 베이비붐 세대들이 현직에서 은퇴하고 귀농·귀촌이 부쩍 늘어나고 있습니다. 농산 촌 골짜기에 펜션이 늘어나고 정적인 시골 마을에도 생기가 돕니다.

그러나 노후를 보내러 시골을 찾을 게 아니라, 현재 있는 그곳에서 무엇을 할 것인지 찾는 일도 중요합니다. 우리는 일을 하러 태어났기에 질량이 적은 일이라도 사회에 보탬이 되면서 노후를 마무리해야 합니다.

똑같이 할배, 할매 소리 듣는데 잘나고 못나고 갖고 덜 갖기보다는, 돈은 안 되어도 놀지 않고 뭐라도 스스로 한다는 것이 노후문제를 푸는 해법입니다. 그동안 쌓고 축적한 전문기술과 비결을 후배들과 후진국에 전하는 것도 값진 노후가 될 것입니다.

늙어서는 건강은 필수이므로 걷기 같은 운동은 친한 친구가 되어야 하고, 정신 의지처인 종교도 애인이 되어야 하며, 혼자가 되었을 때는 이성 친구도 새로운 인생을 사는 활력소가 되리라 생각합니다. 노욕은 힘든 인생길을 재촉하는 것이니 미련없이 버려야 할 물건입니다.

농자천하지대본 農者天下之大本

_____ 아파트 놀이터에서 아이들이 노는 것을 보면서 동시에 농산촌이 오버랩 됩니다. 농산촌은 어린아이들 울음소리가 멈춘 지 오래되었습니다. 초등학교가 거의 폐교 되었고 노인들이 마을을 지키고 있습니다. 칠십 어른이 노인 축에도 못 든다고 하니 농산촌 현실이 갑갑하게 느껴집니다. 농업에서 공업으로 서비스 산업으로 바뀌다 보니, 농산촌에 젊은 사람이 없다가 근래 들어 귀농·귀촌으로 젊은이가 늘어나는 거 같습니다. 농업이 변방으로 밀려가지만 '농자천하지대본'이란 옛말 속에서 근본은 지켜져야 한다고 봅니다.

농지가 도로나 도시부지, 공장 부지로 잠식되어 가고 있는데, 기후변화와 이상기온으로 식량 산업이 위기에 처한다면, 국제사회는 식량이 무기화될 것이며 우리는 어려움에 직면할 것입니다. 돈 안 되는 식량 작물은 국가에서라도 지켜나가야 만일에 대비할 수 있습니다.

입에 들어가는 쌀 한 톨이 어떻게 왔나요. 천지인의 에너지가 모두 결집하여 있습니다.

온·습도와 햇빛이 하늘 기운인 천기요. 땅에서 주는 질소, 인산, 가리 등 필수 미량 원소인 양분이 땅 기운인 거지요. 심고 가꾸고 수확하여 도정하고, 마트에서는 음식으로 팔게 되는데 그 속에 사람 기운인 인기가 서려 있습니다.

식사 전에 두 손 모으고 하나님과 인연들께 감사의 기도를 하는 깊은 뜻을 새겨야 합니다. 그 기도 속에 식량 생산의 주체인 농민을 향한 깊은 사랑과 신뢰가 담겨 있기에, 머지않아 농산 촌에도 어린아이들의 울음소리가 울려 퍼지기를 기대해 봅니다.

말의 에너지

──────── '말 한마디로 천 냥 빚을 갚는다.'라고 했는데 요즘 일부 정치인과 교육자가 역사 인식을 두고 던진 말들이 화가 되어 곤욕을 치르고 있습니다. 오죽하면 옛말에 '침묵은 금이다.' '말해야 본전도 못 찾는다.'라고 했을까요? 한번 던진 말은 쏟은 물과 같아서 다시 담을 수가 없습니다.

말은 그 사람의 인격이 고스란히 투영된 질량 높은 에너지입니다. 그래서 말에 본심이 얼마나 녹아 있느냐에 따라서 상대방에게 비수가 되어 상처를 주기도 하고, 감동을 주기도 합니다. 입이 하나고 귀가 두 개인 것은 말보다는 더 잘 들으라는 것이겠지요.

교육자는 말 한마디가 청소년들에게 영향을 주기 때문에 말에 신중을 기해야 합니다. 생각 없이 던지는 말은, 자기 얼굴에 침을 뱉기도 하고 때론 인생을 나락으로 떨어뜨립니다. 말을 청산유수로 잘하면 언변가라고 하지만 사기꾼이란 평도 듣습니다.

실천하지 못할 약속을 하다 보면 실없는 인간이란 소리를 듣지요. 정치인들의 공약도 실천 가능한 것들을 말로 약속을 해야 탈이 생기지 않습니다. 진정성이 없는 말은 수학공식처럼 언젠가 사고가 터지게 되어 있습니다.

말의 에너지에 대한 검증 사례가 있습니다. 모 방송국에서 흰 쌀밥을 두 그릇에 담아 여자 아나운서가 한 달 동안 좋은 놈 나쁜 놈을 들려주었더니, 좋은 소리를 들은 밥은 푸른곰팡이가, 나쁜 소리를 들은 밥은 검은 곰팡이가 핀 모습이 방영되었습니다. 하물며 사람 간에 말이 복을 부르기도 하고 화를 부르기도 하니, 옛말이 하나도 그른 게 없는 것 같습니다.

말을 하기 전에 무슨 말을 어떻게 해야 할지 잘 생각해서 필요한 말만 하고, 생각 없이 툭툭 던지는 말은 삼가는 습관을 지닌다면 어두운 이 사회를 밝혀주는 리더로 성장하지 않겠냐는 생각을 가져봅니다.

믿음과 긍정

─────────── '믿어서 남 주나.'라는 말을 새겨 봅니다. 사람과의 관계에서 여러 종교에서 제일 강조하는 것이 믿음, 즉 신뢰인 것을 보면 믿음은 긍정을 창조하는 에너지가 아닌가 생각이 됩니다.

현대사회에서 가족관계가 화목하지 못하고 불행한 가족들이 늘어가는 것은, 믿음의 에너지가 없어서 발생한다고 진단해 봅니다. 대기업 일가를 보더라도 믿음이 상실되어, 부모와 자식과 형제간 갈등의 골이 깊어져 남보다 더한 원수 관계로 발전된 경우도 있습니다.

우리 몸속에는 조상 대대로 좋지 않은 유전인자가 있는데 바로 '사촌이 땅을 사면 배가 아프거나 남 잘되는 꼴을 못 본다.'는 시기심과 질투심이 있습니다. 이런 마음의 밑바탕에서 작용하는 것은 결국 믿음입니다. 우리가 자식을 훈육할 때도 믿고 바라보면 되는데 못 믿고 너무 간섭하다가 자식의 장래도 망치고, 세대 간의 갈등을 유발하는 원인이 됩니다.

크게는 사회적 갈등, 지역 간 갈등, 계층 간의 갈등, 나라 간의 갈등도 믿음이 부족에서 발생하지 않나요? 작은 장사나 큰 무역을 하시는 분들의 기본에는 '신뢰'를 제일 높은 가치로 두고 있기에, 결실이 이루어집니다. '믿는 도끼에 발등 찍힌다.'는 속담은 불신을 조장하는 것이니, 멀리하고 차원은 다를지라도 성경에 '믿는 자에게 복이 있나니.'라고 한 이유를 깊어지는 가을에 화두로 올려봅니다.

인생은 피나는 노력

_____ 아침 동산에 올라 떠오르는 태양을 보고 있으니 구름이 앞을 가립니다. 우리 인생길은 구름이 앞을 가리면서 지나가는 것처럼, 항상 걸림돌이 있는 것이 정상이라고 생각합니다.

내가 세상을 비추는 등불이 되기 위해 선행을 해도 앞을 가리는 방해꾼이 나타나기 마련입니다. 그러나 구름이 멈추지 않고 지나가는 것처럼 장애물 또한 사라지는 것을 봅니다.

인생항로를 내가 설계한 대로 달릴 수만 있다면 얼마나 좋을까요? 하늘은 인생은 쉽게 사는 게 아니라고 늘 시련을 줍니다.

살펴보면 나만 어려운 게 아니고 남들도 모두 고민을 안고 삽니다. 그 고민을 어떻게 해결하느냐 노력의 경중에 따라서 인생항로도 달라집니다. 구름에 달 가듯 때론 가시덤불을 헤치고, 휴식도 취하고 오솔길을 걸었다가 신작로도 걷는 것이 우리 인생 아닐까요? 탄탄대로는 누리는 것이고 오솔길은 노력하는 과정과 같습니다.

탄탄대로는 오솔길을 걷고 난 후에야 나타나는 것이기에, 인생은 피나는 노력 그 자체와도 같습니다.

종교와 하늘에 의지하는 것도 방편이 될 수 있으나, 세상을 비추며 인생항로를 찾는 근본적인 길은 끊임없는 인고의 노력에 있지 않을까요?

이 시대를 앞장서서 이끄는 분들이나 역사적 위인들은, 늘 고뇌에 찬 결의와 실천 의지를 품고 살았기에 '존경받는 인물'이란 칭호를 얻은 것 같습니다. 나는 어떤 인물일까요?

변화를 위한 노력

―――――― 귀뚜라미가 늦여름이 빨리 떠나기를 재촉합니다. 저 멀리서 다가오는 가을을 맞이하러, 정적이 흐르는 자정 시간에도 사력을 다해 울부짖고 있습니다.

찜통 같은 무더위로 짜증을 주던 여름도 많은 것을 우리에게 선물하고 떠나려 합니다.

모든 생명을 크고 풍성하게 자라도록 제 역할을 다했나 봅니다.

사백 미터 계주에서 두 번째 주자로서, 세 번째 주자인 가을에 배턴을 넘기려 합니다. 우리들의 삶도 계절의 변화처럼 변곡점이 있습니다. 특히 무엇인가 선택해야만 하는 때가 있지요.

학업을 마치고 생활 전선에 뛰어들 때, 결혼해서 가정을 꾸릴 때, 퇴직해서 새로운 길을 열어 갈 때 등등이 생의 변곡점이 됩니다.

상황에 따라 좋은 일, 나쁜 일이 수없이 교차하지요.

중요한 변곡점에서 길을 잘못 들어 인생을 허비하는 경우도 있습니다. 자기의 분수에 맞게 하늘이 안내하는 데로 가면 되는데, 하늘의 뜻을 어기고 고집을 피우다가 낭패를 당하는 경우가 종종 일어납니다.

자기 그릇의 크기를 알고 소로길, 대로길, 아스팔트길, 철길을 골라 가야 하는데, 욕심과 미련이 앞서기에 크고 넓은 길만 가려다 일을 그르칩니다. 사주를 받아 세상에 올 때는 황새와 뱁새, 양동이와 주전자로 비유되듯 각자 그릇의 크기와 질량이 다릅니다.

타고난 그릇도 안을 어떻게 채우느냐에 따라서 인생이 달라집니다.

보고 들리고 느끼는 것들을 그릇 속에 차곡차곡 채우다 보면, 하늘에서는 더 큰 그릇으로 바꾸어 주지 않을까요.

집착은 하지 않되 주어진 일을 쉽게 포기하거나 안주함이 없이, 변화를 위해 지속해서 노력하는 삶이 지혜로운 삶이라고 생각해 봅니다.

별과 인생

─────────── 칠흑 같은 새벽 옅은 구름 속에 드리워진 별들을 보노라면, 저 많은 별이 각자 우리들의 본향과도 같다는 느낌이 듭니다. 별들의 세계가 없다면 무엇을 보며 꿈을 키우고 사랑을 속삭이고 이별

을 노래할까요?

막연한 생각이지만 별들도 인간의 숫자와 비슷하지 않겠느냐 생각도 해봅니다. 셀 수 없는 별들의 숫자이지만 인간마다 자기별 하나씩은 간직하고 있을 테니까요?

'화성에서 온 남자, 금성에서 온 여자'라는 책 제목도 있는 것처럼, 좀 별나거나 튀는 사람들을 가리켜서 흔히 외계에서 온 사람이라고도 부릅니다. 어릴 적 여름날 집 마당에 모깃불을 놓고 멍석 위에 누워 별에 대한 시조를 외웠지요. "저 별은 뉘 별이며 내 별 또한 어느게요. 잠자코 홀로 서서 별을 헤어보노라." 청년기에는 "저 별은 나의 별."하고 윤형주를 흉내 내곤 했습니다. 제갈량이 별을 보고 큰 인물들의 근황을 점친 것을 보더라도 별은 우리 인간마다 깊은 연관이 있는 듯싶습니다.

북두칠성은 특별한 샤머니즘으로 발전해왔고, 사찰의 삼성각에는 칠성님이 모셔져 있습니다. 우리는 자연에서 나고 돌아가는 존재라 그런지 자연을 벗어날 수 없습니다. 별들도 생각 속에서 자리 잡고 있는 유한 물질 에너지라고 생각됩니다. 멀리 있되 멀리 있는 것이 아니지요. 시간과 공간은 인간들이 정한 개념일 뿐입니다. 우주는 스스로 본래부터 존재하고 별은 성주괴공成住壞空을 반복하는데, 별과 같은 우리는 스스로 틀을 만들어 그 안에 갇혀 살고 있습니다.

바람 같은 사람

─────────── 바람을 여러 가지로 비유합니다. 단전이나 복식호흡을 해도 "배에 바람을 넣는다."라고 합니다. 무가 바람이 들면 음식재료로 쓰이지 못합니다. 불을 피울 때나 풍선을 불 때도 입으로 바람을 분다거나 콧바람 등으로 표현합니다. 이성 간에도 바람을 피운다, 바람둥이라는 표현을 씁니다. 동에서 번쩍, 서에서 번쩍, 빠르게 움직이는 것도 바람 같다고 합니다. 바람 같은 사나이란 말도 있지요.

바람을 비유할 때 좋은 의미보다 나쁜 의미가 많습니다.

"그대 이름 바람, 바람, 바람, 스치고 지나가는 바람." 가수 김범룡의 노래인데 연인들도 서로가 갈라설 때, 또는 애타게 기다려질 때 바람이라 부릅니다. 이성 간의 바람은 관련된 법이 폐지되어 우리가 쳐놓은 장막을 한 꺼풀 벗었습니다. 도덕이 자유를 통제해야 하겠지요.

갑자기 겨울비가 그치고 삭풍이 문풍지 사이로 스며드니 온몸이 움츠러집니다. 봄철의 바람은 식물들이 열매를 맺도록 선물을 주고, 여름철의 바람은 땀을 식혀 주어 고맙다고 여겼는데, 겨울에는 바람이 싫어지니 간사하게 변하는 마음을 발견하게 됩니다. 태풍이건 돌풍이건 지나가면 그만인 바람일 뿐인데….

차가운 겨울바람의 기운이 스미지 않게 내복을 챙기고 창문을 꼭 닫고 커튼을 내리면서 바람이란 놈을 사유해 봅니다. 그리고 인심은 조석 변朝夕變이란 옛말이 일리가 있다고 고개를 끄덕거려 봅니다.

요리 프로 본심을 잃는다

_____ 요즘 TV 채널마다 집밥이니 외식이니 하면서 경쟁적으로 요리 프로를 방영합니다. 의식주 중 먹는 게 가장 중요하지요. 옷과 집은 없어도 살지만 굶고는 살지 못합니다. '금강산도 식후경'이라고 옛부터 먹는 것을 제일 중요하게 여겨 왔는데, 우리의 먹거리에 구름이 드리우고 있습니다. 음식재료가 잔류 농약이 검출되고, 일부에서는 악덕 업자들이 불량식품 수입과 원산지 바꿔치기 등 우리들의 심기를 불편하게 합니다. 그래서 그런지 유기농이란 용어도 친숙해지고, 어느 지자체에서는 이 시간에도 유기농 세계박람회를 열고 있습니다.

조물주는 동·식물 모두에게 살아가려면 영양을 공급하도록 만들었습니다. 육신 없이 정신만 있다면 산소도 먹거리도 필요 없어 살기가 편리할 텐데, 몸뚱이가 있기에 영양소인 음식을 먹어 주어야 합니다.

매일 TV 화면에 소개되는 전국의 음식을 보면서 육신을 보존하기 위해서가 아니라, 간사한 혀란 놈의 맛에 이끌려 자칫 본심을 잃고 먹거리에 집착하지 않을까 걱정이 됩니다.

본향으로 돌아갈 때 맛이란 집착 때문에 하늘 세계도 가지 못하고 이승에 떠돌까 봐 요리 프로 보는 것을 줄여 보자고 스스로 다짐을 합니다.

진정한 행복

_____ 벗님들은 지금 행복 하십니까? 기쁘고 즐거움이 계속되면 행복하다고 하겠지만, 인생살이가 고추보다 맵다는데 항상 슬픔과 고통이란 놈이 따라오게 마련이지요. 스스로 만족하고 더 구하고 바랄 것이 없다면 행복에 가깝다고 볼 수 있나요? 우리는 저마다 행복을 말하지만, 노래 가사처럼 행복이 무엇인지 정말 알 수는 없습니다.

인간들이 공통으로 추구하는 것은 모두가 잘살고 행복한 세상을 만드는 것이라고 봅니다. 그래서 우리는 인생을 걸고 이런 세상을 여는데 이바지하여 보람과 긍지를 찾지요. 일종의 성취감이라 할까요.

진정한 행복은 내면으로부터 일어나지 않을까요. 남을 위하여 내가 행동하고, 그들이 기쁘고 즐거워서 감사해 하는 에너지가 나에게 다시 돌아올 때, 나도 모르게 채워지는 느낌이 행복이 아닌가, 규정해봅니다. 집안에 경사스런 일이 생겼을 때, 자식들이 부모의 명예를 올려줄 때, 일이 잘 풀릴 때 등은 행복의 기준이 아니고 잠시 기쁨이 오는 것이지요. 명예, 재물, 권력, 건강 등과 같은 요소도 행복을 만드는 재료가 된다고도 볼 수 있으나, 핵심은 아닙니다. 지금 시대는 의식주에 부족함이 없습니다. 빈부와 사회적 지위의 차이는 있으나, 정신적 에너지는 물질이 채우지 못하기에 행복을 가져다주는 근본원인은 아닙니다.

물질이 많으면 또 그것을 지켜야 하니까 스트레스가 쌓입니다.

그래서 비우고 살라고 했나 봅니다. 필요 이상 가지지 않는 것이 비우는 삶이라 합니다. 사람의 욕심은 끝이 없어서 본래부터 비울 수 없는 동물입니다. 그러나 나도 이롭게 하고 남도 이롭게 하는 삶은 욕심과 차이가 있어서, 행복을 향한 지름길이 아닌가 생각해 봅니다.

중국을 사랑하는 마음

────────── 중국은 가깝고도 먼 나라 일본과 달리 멀지만 가까운 나라입니다. 문화가 전래 된 역사적 사실들을 들춰낼 필요 없이, 지금 당장 우리의 먹거리에서 생활필수품까지 중국제품이 점령하고 있습니다.

중국으로 사업하러 가신 분들 상당수가 실패 하였다고 합니다. 중국 발전에 이바지하러 간 게 아니라, 장사꾼으로 중국 노동력이 싸다고 이들을 이용하려고 들어갔다가 실패를 했다는 것입니다.

우리나라 사람들이 해외에서 초기에는 악착같이 살아서 성공하려다가 나중에 실패하는 것은, 결국 자기가 사는 나라를 위해 이바지하려 거나 사랑하지 않기에 실패하지 않을까요? 미국 일본 등 선진국에 이민 간 교포들이 과거에는 성공의 일기를 많이 썼으나, 지금은 그런 소식이 들리지 않습니다. 어느 나라에 머무르거나 사는 동안에는 내 나라라는 생각으로 사랑해야 합니다. 사랑이 없이 이용만 하려 하기에 그 지역에서 밀려나는 것이지요.

모국이란 것을 간직할 필요는 있으나, 자기가 공부하고 일하는 그곳이 모국이라는 생각을 가져야 크게 성장할 수 있습니다. 주변에서 교포들이 성공한 경우를 보면, 모두 그 나라를 사랑한다는 넓은 마음의 포용력이라는 공통점이 있습니다. 일터인 직장이나 공부하는 학교는 물론이고 시골에서 났어도 도시에 살고 있으면 도시를, 지방에서 상경해서 서울에 살면 서울을, 외국에 살고 있으면 그 나라를 진심으로 사랑한다면 실패가 있을 수 없지 않을까 하는 생각을 가져 봅니다.

가을 정취

─────── 가을비가 촉촉이 메마른 대지를 적시니, 목말라 하던 많은 생명이 춤을 춥니다. 단풍은 더욱 자기의 색깔을 드러냅니다. 가을이 되면 나무들이 색동 옷을 갈아입고 비바람에 옷을 벗을 때까지, 사람들에게 보는 즐거움을 선사합니다. 사람들은 대자연과 남들에게

무엇을 줍니까?

무엇을 준다는 것은 온전한 나의 존재를 알리는 것이고 살아 있다는 증표이기도 합니다. 모든 식물은 이 늦가을에 자기 몸을 죽이고 2세를 퍼트리기 위해 열매(종자)라는 작은 결정체를 땅 위에 떨굽니다. 동물들도 나름 새로운 삶에 적응하기 위해 변화를 합니다.

곤충들도 겨울을 나기 위해 번데기로 변신하여 땅속이나 나뭇잎 속에 의지합니다. 인간들도 농경사회에서는 일 년 동안 노력해서 수확한 농작물을 소비하면서 겨울을 보냈습니다. 학교도 방학이라는 틀을 만들어 쉽니다. 거슬러 올라가면 겨울은 모든 게 정체된 계절이고, 다음을 준비하는 장고의 시간이기도 합니다. 새로운 시작을 위해 몸을 추스르는 기간입니다. 씨앗으로 남기는 가을 끝자락 겨울의 문턱에서 내년에는 종자를 잘 틔워서 더욱 발전된 삶을 살도록 열심히 달려온 시간을 반추해 봅니다.

잠시, 잠깐 왔다 가는 것이 인생입니다. 우리는 역사적으로 어느 때 어느 시대에 잠시 인간 몸을 빌려, 한 세상 살다 간 흔적 즉 발자국 밖에 없습니다.

후세에 역사가들이 우리 시대를 어떻게 기록할지 또 어떤 인물들이 이름을 남길지 모르지만, 우리 조상님처럼 한 시대 구성원으로서 꼭 필요한 역할은 했다는 생각으로 이 늦가을 정취를 느껴보기 바랍니다.

회자정리會者定離

고갯마루 참나무 고목을 부둥켜안은 채 눈물을 삼키는 시골 아낙을 스쳐 봅니다. 군에 간 외동아들 때문에, 시집간 딸아이 때문에, 집 나간 주정뱅이 서방 때문에 그럴까? 상상력이 발동합니다. 서럽게 그리워하는 모정과 연정이 쓸쓸한 늦가을의 정취와 합일이 되어, 돌던 시계를 멈추게 합니다.

'회자정리'란 사람이 서로 만났다가 헤어지는 것은 당연한 이치와 순리이지요. 그러나 정이란 마음속의 찌꺼기 때문에 떠나는 자를 쉽게 잊지를 못합니다. 인연이 있으면 또 만나게 되어 있는데도 말입니다.

나무들은 어렵게 걸친 색동옷을 벗습니다. 내년 봄 새싹을 내밀 때까지 긴 겨울 동안 찬 서리 눈보라를 온몸으로 겪어야 합니다. 잠시 정지된 시간 속에서 외롭고 쓸쓸함을 맛보며 장고의 시간을 보냅니다.

인생이란 생로병사의 예정된 순서를 밟고 있음에도, 사람들은 항상 그 자리에 머물러 있기를 바랍니다. 부모님의 흔적은 언제나 우리 마음에 있는데 정작 내가 새로운 아버지, 어머니가 되어 늙고 병들어 간다는 사실을 잊고 살지요.

'우리는 만날 때에 미리 떠날 것을 염려하고 경계한 것은 아니지만, 이별은 뜻밖의 일이 되고…'

만해한용운 선생의 '님의 침묵'이란 시구를 읊조리며 소리 없이 뒹구는 낙엽을 밟습니다. 그리고 하늘로 떠난 소중한 분들을 하나하나 그려 봅니다. 그들이 모두 천상에서 행복하고 영생하기를 빕니다. 지루한 가을비 속에 지구촌 한쪽에서 테러라는 이름으로 준비 없이 떠난 이들의 소식을 접합니다. 사회적 희생자인 이들을 기리고 보듬는 마음으로 애도를 보냅니다. 인생도 낙엽과 같은 과정을 겪는 존재임을 깨닫기에 주변 환경에 매이지 않길 바랍니다. 아울러 소중한 오늘 하루를 어떻게 살아야 할지, 순국선열의 날에 각오를 새롭게 다짐해 봅니다.

역사는 후세가 써야

—————— 우리 사회가 역사관을 두고 대립으로 흘러갑니다. 상대도 수긍하는 대화법은 없을까요? 보수와 진보의 시각 차이가 커서 사회가 혼란으로 이어질까 걱정이 됩니다. 상대를 인정해 주지 않으면 조선 시대 사색당파와 다를 게 없습니다.

진보와 보수가 정권을 잡을 때마다 역사가 고쳐진다면, 후손들에게 미래가 있을까요? 바른 역사의 기술은 후세에 맡기고 근·현대사의 이슈들은 잘했다 잘못했다 평가보다는, 사실만 기록하는 자세가 필요합니다.

진보와 보수는 선진국에도 많습니다. 그러나 우리처럼 상대를 인정

못 하는 대립 구도가 아니라, 건설적인 경쟁 관계로 정치와 사회가 유지됩니다. 우리는 무엇이 문제일까요. 몸속에 남을 너그럽게 인정 못하는 DNA가 있을까요? 원래 그런 민족일까요? 임진왜란에서 병자호란, 국권침탈까지 거치며 얻었던 교훈을 잊었습니까?

세상살이에 정답이 없듯 역사관은 보는 이의 관점에 따라 달라질 수 있습니다. 역사책 집필진도 보수와 진보에 속해 있는 분들보다는 중용의 지혜가 있는 분들로 구성되어야 합니다.

자기 생각과 다르다고 시위를 하거나 성명을 내거나 하여 국민들을 선동하는 것은 사회 구성원을 이간질하는 행위입니다. 정치는 생물인데 진흙탕 싸움은 변하지 않네요. 국민 수준에 맞는 정치가 안 되는 이유가 무엇인지 생각해보니, 정치 스승이나 멘토가 없다는 것이지요.

뜨거운 감자일수록 정치로 풀어야 하는데, 사회 각 분야에서 간섭하다 보니 배가 산으로 갑니다. 지금 우리 사회에 현자가 있습니까? 난국을 헤쳐 가려면 산속에 숨어 사는 현자를 찾아서 가르침을 따라야 합니다. 어디에 현자가 숨어 있을까요? 계룡산? 지리산?

누에의 교훈

─────── 누에를 아십니까? 경제개발 성장기에 한동안 우리 농촌에서 많이 키웠던 곤충입니다. 명주실을 생산하기 위해서 축산처럼

장려하여 산업이 되었는데, 이제는 중국에 밀려 박물관에서나 볼 수 있습니다. 번데기는 간식 및 동충하초로 애벌레는 누에그라로 쓰임새가 다양합니다.

누에는 번데기가 되기까지 여러 번 잠을 자는 특성이 있습니다. 한 번 잘 때마다 몸이 쑥쑥 자랍니다. 네 번을 자고 5령이 되면 고치를 만드는데, 일생을 보면 마치 뱀이 허물을 벗고 자라는 것과 같습니다. 인간들도 보이지는 않지만, 누에나 뱀처럼 일정한 틀을 만들며 벗고 삽니다.

배움의 단계인 초등부터 대학까지가 그렇고 공자의 인간 성장 구분 (지학, 약관, 이립, 불혹, 지천명, 이순, 종심)과 맹자의 6단계 성장론, 요즘의 생애주기별 구분이 동물들의 성장과 비슷한 점이 많습니다.

고등동물이나 미물들도 단계나 주기별로 변화가 있고, 변곡점마다 크게 성장을 합니다. 나름 그 세계에서 어른이 되어가는 과정을 겪지요. 하등 동물들도 성장 과정에서 학습 효과를 익히고 지혜를 얻어서 쓰기도 합니다. 꿀벌과 늑대 등에서 찾아볼 수 있습니다.

요즘 청년 백수가 사회적 문제로 떠오르고 있습니다. 청년 지식인들은 하늘이 키운 대한민국의 미래입니다. 칠팔십 년대 우리 기술력이 중동에 진출했듯이 청년 인재들을 세계로 보내야 합니다. 청년 백수에게 수당을 준다는 발상은, 복지를 떠나 인간 성장통의 허물을 벗지 못하게 할 수 있으므로 공론화를 거쳐 추진해도 늦지 않다고 생각됩니다.

만남은 필연

_____ 우리 인생은 만남으로 시작해서 만남으로 끝이 납니다. 세상에 태어날 때 제일 먼저 어머니를 만나고, 떠날 때는 임종을 지켜보는 자식들을 만납니다. 혹자는 의사와 간호사가 날 때도 갈 때도 같이 한다고도 합니다만, 원리는 뿌리와 줄기와 가지 열매와 같기에 조상 부모 자식이 만남의 정석입니다. 서로 빚쟁이 관계로 이어진다고 합니다.

우리가 세상에 나와서 하는 일은 삶을 영위하는 것이지만, 그 삶은 서로 빚을 갚는다는 것이지요. 전생의 빚을 현생에서 갚기 위해 태어났다는 것이라고 합니다. 부부, 부모, 자식, 이웃, 친구, 사제, 동료, 조직의 상하 관계 등등 수많은 관계가 다 우연이 아니고 필연이라는 것입니다.

한날한시에 사고로 이승을 떠나는 것도 공업(공통의 카르마) 때문이라고 합니다. 그 많은 시간과 공간을 보더라도, 서로 긴밀한 관계를 맺기란 낙타가 바늘구멍에 들어가기보다 더 어렵다는 것이지요.

오죽하면 사람 관계를 그 시대를 표현하는 노래로 불릴까요? 관계를 이어주는 게 DNA요, 유전인자가 아닌가 싶습니다. 윤회하고 부활한다는 것도 유전인자하고 관련된 표현이 아닐까요.? 건강진단을 받아도 조상 이력을 확인해야 합니다. 체질도 조상을 닮기에 뿌리에서 줄기로, 가지에서 열매로 이어지는 관계가 모든 생명이 가진 특징이기도 합니다.

얼음이 녹아 물이 되고, 증발해서 구름이 되고, 비가 되고 다시 물에서 얼음으로 돌고 돌기에, 사람도 식물도 유전인자로 다시 태어난다고 했는지 모릅니다. 겉모양만 바뀔 뿐이지 형질은 살아 있다는 것이 윤회와 부활과 상관관계가 있지 않나 생각해 봅니다.

오늘도 우리는 내 앞에 나타나는 자 새로 만나는 자가 필연임을 알고, 나를 둘러싼 자연환경도 과거인을 심어서 연이 생긴 거라고 이해를 한다면, 세상을 산다는 것이 얼마나 경이롭고 환희로운가를 깨닫게 될 것입니다.

명예퇴직

─────── 잔여 임기나 정년을 남겨 놓고 미리 직장을 떠나는 것을 명예롭다고 하여 '명퇴'라 합니다. 일은 내가 하고 싶어도 하늘이 주지 않으면 할 수 없습니다. 명퇴하여 이것저것 한다고 개똥참외 맛보듯 하면 진정한 일이라고 할 수 있을까요?

본인의 노력도 있지만, 준비된 만큼 그 질량에 맞게 일거리를 안내하는 분이 하늘이 아닌가 싶네요. 조직에서의 자리도 공부와 준비가 없으면 그 자리를 감당할 수 없지만, 하늘은 우리 자신도 모르게 훈련을 시켜 새로운 자리에서라도 일할 수 있도록 만들어 줍니다. 소위 내 공을 채워 일을 시키는 것이지요.

어느 분야에서건 약 삼 년을 주기로 질량을 채워서 자리를 이동시켜 줍니다. 아주 큰 자리는 일 년만 지나면 옮겨 주기도 합니다. 이동 수가 오기까지 하늘은 우리 앞에 사람을 보내 줍니다. 가르침을 주는 스승을 보내는 것이지요. 상사, 부하, 선후배, 동료, 고객 등이 우리를 깨닫게 일러 주는 스승입니다.

깊은 산 속에서 나를 찾는 것보다도 생활 속에서 부딪쳐야, 작지만 깨닫는 것이 많습니다. 생활 속에서 얻은 깨달음의 특징은 지혜가 풍부하다는 것이고, 실패를 불러들이지 않는다는 것입니다. 통찰력이 생기고 분노와 탐욕을 조절하는 능력과 실패의 경험이 무기가 된다는 것입니다.

도(선)가와 불가에서는 안으로, 안으로 자기를 찾는 훈련이 사람을 더 지혜롭게 만든다고 합니다. 내면의 자기를 바라보라는 역대 선사들의 말씀을 새겨서, 일상생활 하나하나를 여법하게 생각하고 행동하면 숨겨진 보물을 쉽게 찾는다는 것이지요.

지혜라는 보물은 본인의 노력으로 찾기도 하지만, 더욱 빨리 얻는 길은 경험이 풍부한 어른들께 전수받는 길입니다.

우리 사회의 진단

_____ 지금 우리 사회를 어떻게 진단하십니까? 고속도로를 주행하다 국도로 접어들어 휴게소에서 잠시 쉬고 있는 것과 같아 보입니다. 영혼의 보따리는 고속도로에 떨구어 놓아 몸뚱이와 분리되어 있습니다. 그동안 우린 고속으로 주행하면서 많은 것들을 채우고 누렸습니다.

반만년을 오솔길만 걷다가 육칠십 년대에 신작로를 스치고 아스팔트 길을 찾는가 싶더니, 팔구십 년대부터 고속도로만 질주합니다. 88 올림픽 때 칠 부 능선에서 샴페인을 터트리다 IMF를 만났고, 월드컵 때 정점을 찍었지요. 그동안 무리한 탓에 과열된 엔진 때문에 앞으로 나아가질 못하고 있는 형국입니다. 일본이 잃어버린 20년의 전철을 그대로 밟고 있지 않나 생각해 봅니다.

고무풍선이 어느 정도 바람이 들면 더 불기가 어렵듯, 나라도 한 단계 업그레이드 하기가 힘이 드는 것 같습니다. 정치권을 필두로 국민 의식도 정체되어 있습니다. 과거 버전으로 국민들과 자녀들을 이끌려고 하니 끌려오질 않습니다. 양보 없는 정치, 윤리 없는 기업, 내 가정만의 안위가 하늘과의 거리를 멀게 합니다.

하늘은 새로운 패러다임을 찾으라는 숙제를 안겨주고 보고만 있습니다.

물질에 연연하니 정신이 황폐해지고 사회가 곪기 시작합니다. 저마다 발전시킨 종교적 논리도 편향되게 흘러서 독이 되고 있습니다. 911과 IS 프랑스 테러 등 초대형 사건은 인류가 만든 종교 논리라는 덫에 갇혀서 겪는 아픔입니다. 종교도 사상도 철학도 현재의 난제를 풀지 못하는 상황에, '하늘은 스스로 돕는 자를 돕는다.'라는 옛말이 더욱 새롭게 느껴집니다.

운명이란

─────────── 운명이란 어떤 의미일까요? '특별한 인연이나 어떤 계기가 형성되었을 때' 우리는 이를 '운명'이라고 표현하고 있습니다. 사전의 해석처럼 초인적인 절대의 힘과 일맥상통할 수도 있겠지요. 만남, 사랑, 이별도 운명과 결부시킵니다. 직업도 인생살이도 운명일까요?

모든 게 자기 자신이 짓고 받는 것 아닙니까? 한순간 마음 씀에 따라 나타나고 일어나는 결과인데, 운명이란 단어를 너무 쉽고 넓게 쓰고 있는 것 같습니다.

한자로 '운運'은 돌린다는 뜻이지요. 차를 운전할 때 운자는 잘 돌리라는 것인데, 마치 운을 날 때부터 주어진 것처럼 여기고 있습니다. 운명이 순간순간마다 바뀌고 있는 것이 오늘날의 현실입니다. 우리나라 운명을 보면 누가 지금 이렇게 바뀔 줄 알았습니까? 반만년의 역사가 불과 사십 년 안팎으로 흔적도 없이 바뀌었습니다. 단군 이래 최고의 영화를 누리고 삽니다. 다른 나라도 다 그런가요? 북한도 우리와 다르고 과거에 융성했던 몽골제국이 지금은 어떤가요? 흥이 있으면 망이 있고 음지가 양지 되고 세상은 음양의 변화 속에 이어지고 있습니다.

음양과 변화의 원리를 안다면, 내 앞의 인연과 조건과 환경을 귀하고 소중하게 여겨야 합니다. 그런데 우리는 이런 인연을 사소한 것처럼 스쳐 지나고 있습니다. 불가에서 옷깃만 스쳐도 인연이라고 한 말을 헤아려야 합니다. 우리는 주변에 일어나는 일과 만남과 환경이 운명이라기보다, 한 생각 일어나는 분별 때문에 만들어지는 결과임을 알아야 합니다. 운명에 이끌려 다니지 말고 스스로 운명을 만들어가는 것이 '하늘은 스스로 돕는 자를 돕는다.'라는 격언과도 일치되는 것이 아닌지요. 이제 운명이란 단어는 강물에 띄워 보냅시다.

혹 우리의 인생길에 운명이란 단어를 쓸 일이 있다면, 시나 노래로 상징성을 표현할 때 가끔 쓰는 것이 어떨까요? TV에서 운명이란 용어가 자주 쓰이기에 시대에 걸맞은 단어인지 관찰해봅니다.

을미년 송년의 마음

─────── 을미년을 보내며 한해를 돌아봅니다. 이룬 것이 없어서 잡히는 것이 없습니다. 일터와 매일 만나는 사람들이 바뀌었을 뿐 큰 변화는 없어 보입니다. 개인적으론 평범한 일 년, 무탈한 일 년 같습니다. 사고가 나거나 건강을 망쳐서 아픔과 고통을 겪을 가능성도 없지 않은데 무탈하다니, 그저 하늘과 주변에 감사할 따름입니다. 세월의 흐름에 쓸려가는 을미년이 아닌가 싶네요. 어찌 보면 국가의 큰 흐름에 개인의 삶도 끌려가는 것 같습니다.

'평상심이 도다.'라는 말처럼, 크게 낙담하지 않고 자연재해 없이 무탈하면 태평성대太平聖代라고 봅니다. 모두가 힘들고 어려운 것은 어제 일이 아닌데, 현실이 갑자기 좋아지는 법이 있나요. 뭐든지 서서히 나아지고 좋아지는 법입니다. 침 한 방으로 좋아지기도 하지만, 약을 먹고 서서히 좋아져야지 갑자기 좋아지면 다른 부위가 이상이 오기 마련입니다. 개인들의 체질개선처럼 나라도 구조개혁이나 모순을 찾아 정리하면서 흘러야 건강하고 튼튼해진다고 생각합니다.

국가나 기업이나 사회가 걸어가는 만큼, 우리 개인의 걸음도 비례함을 느끼는 한 해였던 거 같습니다. 좋은 일도 있었고 또 그만큼 좋지 못한 일도 있었습니다. 결과적으로 평균의 한 해이기에 평상심과 비유합니다. 기쁨과 슬픔이 안락함과 근심이 교차해서 찾아오고 떠나가기에, 평범하고 무탈한 한해로 결론을 내고 신년을 맞을 준비를 합니다.

더 나은 삶을 욕심 내기보다 오고 가는 세월은 자연의 법칙이기에 그냥 순수하게 받아들이는 것이지요.

살기 싫다고 몸부림친다고 해결되지 않듯, 오고 가는 세월은 그러려니 하는 것이 지혜로운 삶이 아닐까요. 무엇을 바라면 바란 만큼 실망도 크기 마련입니다. 평상심으로 을미년을 석양과 함께 떠나보내고, 병신년 새해를 담담하게 기다립니다. 새해에는 채우는 삶보다 무엇을 비울 것인지 순서를 정해서 실천하는 해가 되기를 다짐합니다. 비운 공간에 새롭고 신선한 질량이 스스로 채워지지 않을까요.

3부

갑오년甲午年의 사색思索

2014년

갑오년을 맞이하는 설 명절

_____ 갑오년을 맞이하는 설 명절! 양력으로 이미 한 달 전에 새해 인사를 나누었지만, 우리는 조상 대대로 음력을 중시해 설날부터 진짜 새해를 느끼게 합니다. 음력 정월 초하루부터 대보름까지 보름 동안에 어른들을 찾아뵙고, 세배도 하고 명산의 기운도 받아 일 년을 헤쳐나갈 에너지를 축적했지요. 요즘 풍속도는 교통이 발달하여 어른들 찾아뵙기가 수월해졌음에도, 스키장이나 콘도나 외국여행으로 연휴를 보내는 사람들이 늘어나고 있습니다.

하루를 잘 지내려면 아침 기상 후 삼십 분이나 한 시간을 어떻게 시작하느냐, 한 달을 잘 보내려면 첫째 주를 어떻게 시작하느냐가 중요하듯, 일 년은 정월 달에 특히 대보름 이전에 어떤 설계를 하고, 어떤 분들을 만나서 기운을 받느냐가 일 년을 좌우하는 관건이 됩니다.

그래서 일설에 의하면 우리 조상들은 년 초에는 되도록 초상집과 아픈 사람 문병을 삼가고, 보름 동안 크고 맑은 기운을 먼저 받은 다음 그 기운을 돌려주기 위해 문병도 가고 상갓집도 다녔다고 합니다.

아마 세배문화도 이런 맥락에서 이어져 오지 않았나 생각해 봅니다. 인생경험과 내공을 쌓은 어른들을 방문하여 덕담과 가르침으로 에너지를 충전하여, 일 년 동안 지혜롭게 살기 위한 문화가 아니었나 생각해 봅니다. 공사다망公私多忙하더라도 대보름 전까지는 평소에 존경하는 분들과 우리 마음에 늘 자리 잡고 있어, 궁합이 잘 맞는 명산을 찾아 좋은 기운을 듬뿍 받으시기를 권유합니다.

시간을 못 내신다면 인터넷으로 덕망 있고 존경하는 분들의 강의를 한 시간이라도 접해 본다면, 좋은 기운이 충전되리라고 확신합니다. 새해에는 년 초에 충전한 기운을 우리 사회 필요한 곳에 나눔을 실천하게 되기를 소망해 봅니다.

마음의 때를 씻자

───────── 대중목욕탕에서 목욕이나 사우나를 하게 되면, 우리 나라 사람들은 거의 모두가 이태리타월로 때를 닦아냅니다. 때가 무엇입니까? 몸에 있는 세포가 죽은 찌꺼기인 비듬과 먼지, 땀이 마른 노폐물이 등이 아닐까요? 그놈들이 몸에 붙어 있으면 가려움증을 유발하고, 노인들에게는 고약한 냄새를 주어 아이들과 젊은이들의 눈살을 찌푸리게 합니다.

늙어 갈수록 목욕을 자주 하라는 옛말이 있는데, 젊은이나 늙은이나 백일 정도 지나면 우리 몸의 세포가 바뀐다고 합니다. 그래서 백일기도는 세포가 바뀌고 새로 태어난다는 의미에서 연유하지 않았나 생각해 봅니다.

우리 몸의 때는 이태리타월로 닦아지는데 마음의 때는 무엇으로 닦아낼까요? 좋은 생각을 하면 마음의 때가 닦아질까요? 종교나 도파에서는 선이나 기도나 명상이나 묵상을 하면 마음 청소가 된다고들 합니다. 제 생각은 마음의 때는 늘 마음을 관찰하여 무슨 생각을 하게 하는지 알아차려서, 생각에 끌려다니지 않고 바로 마음을 보는 데 있다는 주장에 동의하고 싶습니다. 한 가지에 집중하는 힘도 알아차려서 강화된다고 합니다.

그러니 며칠에 한 번씩 목욕탕에 가서 몸의 때만 빡빡 닦아낼 것이 아니라, 늘 한 생각이 왜 일어나는지 관찰하여 깨닫는 훈련으로 마음의 때를 청소하는 것이 어떨까 권해 봅니다. 마음의 평화를 증득證得했다는 대단한 분들의 공통점은 마음을 잘 다스릴 줄 안다는 점이며, 이러한 분들은 세상을 걸림 없이 살지 않았나 생각해 봅니다.

오늘도 마음의 때를 청소하는 하루가 되도록 우리의 마음자리를 잘 들여다봅시다.

쌀 한 톨에 대한 감사

───────── 아침밥을 지으면서 쌀에 대한 생각에 젖어 봅니다.

이 쌀이 어디서 왔는지? 지금 나에게 들어와 나를 살게 하는 양분이 되는 것인데, 내 몸으로 오기까지의 과정은 어떠했는지?

한 점에서 시작되어 여러 갈래를 겪다 보니 환경에 맞게 진화가 되었겠지요. 볍씨 한 톨이 싹트기까지 여러 요소가 함께 하기에 우주가 다 들어 있다고 하나 봅니다. 쌀 한 톨을 생산하기까지 여러 과정이 함께 합니다. 종자를 보관하여 씨를 뿌리고 가꾸어 수확하는 농부가 있고, 운반 가공하여 도정업에 종사하는 분들이 있고, 마트나 쌀가게에서 판매하는 분들이 있어서 내 몸까지 들어옵니다.

쌀을 생산하기까지 희생되는 생명도 있습니다. 같이 좀 먹자고 붙어 있다가 농약에 희생되는 곤충과 균들이 있고, 물속에서 서식하는 많은 어류와 양서류 등 다른 생명이 희생되고, 같이 있던 죄로 벼와 먼 친척격인 피라는 놈이 피사리라는 명목으로 희생을 당합니다.

이런 생각을 하면 쌀 한 톨이 얼마나 소중합니까? 음식물 찌꺼기를 보면 버리는 것이 너무 많습니다. 버려지는 음식물로 북한 어린이나 아프리카 난민의 많은 생명을 구할 수도 있을 텐데….

너무 배부르다 보니 소중함을 모릅니다. 아낄 줄 모르는데 4만 불을 향한 마음이 따라갈지, 물질만 앞서가는 것은 아닌지 걱정이 됩니다.

과거 국민의례준칙으로 허례허식이 줄어들고 새마을 운동으로 의식도 바뀐 전례가 있듯, 4만 불이 되려면 주변의 모든 것들을 소중히 여기고 감사하는 마음을 유지하는 것이 앞서야 할 것으로 생각합니다.

쌀 한 톨이 소중하고 이것과 연관된 모든 것들에 대한 감사의 마음을 내어봅니다. 감사의 파장이 더 많은 감사를 이끌고 오길 바라면서….

기복과 지식사회

_____ 과거 장독대에 냉수 한 그릇 떠놓고 하늘에 대해 간절하게 자식을 위해 빌던 할머니 세대나, 요즘 성당이나 교회나 절에 가서 무릎을 꿇고 간절하게 비는 어머니 세대나 마음속으로 염원하는 우리 세대나, 공통점은 다 마음에서 우러나오는 간절한 소망이 있다는 것입니다.

종교적 방편으로 익힌 습관에 따라 소망을 표출하는 모습은 달라도 바라는 결과는 같습니다. 우리가 완벽한 존재라면 이런 기복은 절로 없어지겠지요.

죽음에 대한 공포가 있고 살면서 이것저것 가지고 누리고 싶은 욕망이 끊임없이 올라옵니다. 그리고 병이 오기 때문에 병고액난病苦厄難에서 벗어나기 위해서 우리는 부득이하게 하늘에, 신에, 어떤 초월적인 존재에 의지하게 됩니다. 지금은 지식 정보화 시대입니다. 무지몽매無知蒙昧했던 시대와 달리, 원인을 분석하고 결과를 예측하는 현시대는 분명 다른 기운이 돌고, 마음가짐도 변하고 있습니다.

젊은이들이 기성세대가 되는 한 세대 후에는, 기복에 대한 사상도 지식 정보화 시대에 걸맞게 과학적으로 접근될 것으로 보입니다.

지금 기성세대가 애매모호 합니다. 생각은 진보이고 몸은 보수입니다. 그렇다고 중도中道도 아니고….

지금 우리 사회가 홍역을 치르고 있습니다. 앓고 나면 분명 건강을 되찾을 것입니다.

우리의 조상들이 노력했던 것들을 잊지 않고, 한 단계 더 발전시키고 업그레이드하는 것이 우리들의 몫입니다. 틀린 것은 아니지만, 기복에서 지식시대에 맞게 초월적인 존재에 구걸하지 말고 스스로 정도를 찾아 하늘을 감동하게 하는 것이 어떨는지요.

옛 말씀에 '하늘은 스스로 돕는 자를 돕는다.'라고 했듯이 이제는 정법안장으로 인류가 나아감이 어떨까, 라는 생각을 해봅니다.

심신의 단련

—————— 날씨가 꾸물꾸물 한바탕 눈비라도 쏟아 부을 태세입니다. 며칠간 동장군이 맹위를 떨치고 풀릴만하니 구름이 하늘을 가립니다.

날씨에 따라 사람들의 마음도 흔들리는 갈대와 같습니다. 춥다고 방에만 틀어박혀 있다간 정신도 나태해지고 몸뚱이 활력도 떨어집니다.

추우면 추운 대로 겨울철에 알맞은 운동을 해야 합니다.

마음만 중요하다고 몸 돌보기를 아니하는 자나, 몸뚱이만 소중하다고 마음 쓰기를 게을리하는 자나 다를 게 없습니다. 몸뚱이가 있으니 정신도 있고, 둘이 하나임을 알아야 인간답게 사는 것입니다.

견문을 넓히려 세상 구경을 하고 싶어도 몸뚱이가 쇠약하면 그림 속의 떡과 같고, 몸뚱이가 건실해도 마음 씀이 병약하면 나사 풀린 인생과도 같습니다. 인생을 잘 살 것인가, 그냥 대충 살 것인가를 두고 고민할 필요가 없습니다. 신체를 굳건하게 단련시키고 마음을 세상 이치에 맞도록 지혜롭게 쓴다면, 그것이 잘사는 인생이지 위대한 업적을 쌓는 것이 인생이라고 생각한다면 오산입니다.

잘 쓰는 마음과 건강한 육체가 서로 잘 맞물려 돌아가서 가치를 창출하고, 인생을 빛나게 살찌우는 것입니다. 진리를 찾는다고 손에 잡힙니까? 앉아 있는 그 자리, 일하는 그 자리, 밥 먹는 그 자리가 진리임을 알아야 합니다.

내게 주어진 아버지 어머니의 역할, 자식의 역할 직장에서의 역할 등 사회 구성원으로서 하는 일에 최선을 다하는 것이, 역사적 사명을 띠고 이 땅에 태어난 우리들의 몫입니다.

오늘도 어제처럼 내일도 오늘처럼 언제나 처음처럼 그 마음을 잊지 않고 살다 보면 한 자국 발자취를 남기는 것이 인생을 사는 것이라고 감히 외쳐봅니다.

기차여행

_____ 열차로 여행을 떠나는 설렘이 시들해진 것 같습니다. 예전엔 차창 밖 경치를 영화의 한 장면처럼 느낄 수 있었는데, 고속열차가 나타나고부터 기차여행을 즐길 시간이 없어진 것 같습니다.

전국이 반나절 생활권에서 2시간 내 생활권으로 바뀌다 보니 우리는 공간여행에 익숙해지고, 기후를 다르게 느끼다 보니 시간 여행에도 익숙해져 있습니다. 마음만 먹으면 2시간 동안 달려서 바다의 기운을 받고 산악회를 통하여 명산의 정기도 받고, 교통과 통신의 발달로 곳곳의 문화 체험을 누리고 삽니다. 너무 빠르게 변하다 보니 영혼이 미처 급변하는 환경을 따라가지 못하는 경우도 있습니다.

영혼은 덜 준비가 되었는데 환경은 시시각각으로 변하고 있으니, 이를 맞춰서 변화하려면 휴식이 필요합니다. 휴식을 취하지 않고 달리기만 하면 엔진이 과열되어 고장 나거나 폭발을 하듯, 우리의 영혼도 자리를 잡지 못하고 방황하거나 이상이 와서 본심을 잃을 수가 있습니다.

영혼에 편안한 휴식을 주려면, 같이 붙어 있는 몸뚱이를 잘 관찰해야 합니다. 그리고 몸뚱이에 마음이란 놈이 늘 붙어 있으므로, 몸뚱이를 부리는 마음 거울에 오염 찌꺼기가 쌓이지 않도록 깨닫기 위해 공부를 끊임없이 해야 합니다.

한 꺼풀, 한 꺼풀 생각의 오염들이 마음 거울에서 벗겨져 나갈 때,

우리의 영혼도 평안을 되찾고 맑은 기운도 솟아난다고 믿어봅니다.

다른 표현을 빌리면 도 닦기를 하면 영혼도 성숙해진다는 뜻이 아닐까, 저 나름의 해석을 붙여봅니다. 지금 우리에게 필요한 것은 영혼이 따라올 수 있도록 휴식시간을 충분히 주는 것입니다. 허겁지겁 식사하면 체하고 배탈이 나게 마련입니다. 우리 자신을 조용히 관조하는 시간을 가져 영혼이 따라오게 합시다.

인사가 만사

─────── 정초가 되면 어느 조직이건 인사를 합니다. 공직자와 기업체 등등 사람이 모여서 일하는 모든 곳에는 승진, 전보, 신규 채용 등 어김없이 인사이동이 이루어집니다. 사람이라는 큰 질량의 에너지가 이동과 변화를 하면서 맡은 역할을 하고, 다시 다른 곳으로 옮겨 가면서 조직이나 지역에 자신이 가진 지식과 기술을 쏟아내고, 그곳에서 자기를 새롭게 가다듬고 갖추며 성장을 합니다.

저도 정든 사람들과 이별하고 다른 곳으로 터전을 옮겨서, 그곳에서 새로운 사람들을 만나기도 하고 보내 주기도 합니다.

이별과 만남의 반복은 우리 인생의 수레바퀴와 같습니다. 같은 일터에서 퇴직하는 선배나 새로 입사하는 후배를 보면서, 과거부터 미래까지 어느 나라건 조직이건 변하지 않고, 만남과 이별이 있어서 이 사회가 지탱되고, 좀 더 나은 내일로 발전하는 것이 아닌가 생각해 봅니다. 우리는 사람과의 관계에서 이별을 잘해야 합니다. 이별은 만남의 또 다른 시작입니다. 앙금이 남으면 나중에 분명 어떤 일로 또 만나서 그 앙금을 털게 되는 것을 경험합니다.

그래서 원수는 외나무다리에서 만나고, 부부의 연도 천생을 과거 생에서 만났다는 말도 있습니다. 잘 만나서 잘 지내고 상호 교감 속에서 서로의 기운을 채워주고, 잘 헤어지면 그것이 잘사는 인생이 아닐까, 라는 생각을 가져봅니다. 벗님들 주변에 새로 오고 가는 사람이 있습니까? 만남과 헤어짐을 하늘이 하는 일이라고 생각하면, 매일 마주하는 가족과 직장동료와 거래처 등에 관계되는 모든 사람이 한결 따뜻하게 보일 것입니다. 정든 사람들을 다른 일터로 보내면서, 그들의 앞날에 영광과 축복이 가득하기를 기원해 봅니다.

새로운 인간관계

───────── 기러기떼가 창공을 지난 흔적 없는 그 자리에 시선이 멈춥니다. 브이(V)자형의 대열이 남긴 희미한 환영은 물거품과 같고, 번갯불과 같고 그림자와 같아 보입니다. 오늘 하루에서 만났던 사람들과 했던 일도 마음에 남는 것이 있는지 살펴보고 있으나, 언제까지 남을는지는 나도 모릅니다. 계획대로 하루를 보냈어도 스치는 시간처럼, 삶도

그렇게 흘러가나 봅니다. 우리는 사람들과의 관계 속에서 일을 찾고 삶을 이어갑니다. 어떤 사람과는 일이 잘 풀리고, 어떤 사람과는 일이 꼬여서 하는 일을 망치는 경우도 있습니다.

분명한 사실은 사람과의 관계를 형성할 때, 진심을 가진 경우와 가식을 가진 경우는 큰 차이가 있다는 것입니다. 사람과의 관계는 마치 컵의 원리와 같습니다. 컵을 만들 때의 마음이 무엇을 위한 마음이냐가 엄청난 변화를 몰고 오듯, 사람과의 관계도 진실 속에서는 신뢰와 사랑과 우정이 싹트고, 가식 속에서는 미움과 증오와 배신의 싹이 자랍니다. 컵을 예쁘게 만들어 많은 사람을 즐겁고 기쁘게 해줄까, 라는 마음이 창조와 발전의 기운을 몰고 옵니다. 먹고 살 계책으로만 여기며 컵을 만들면, 늘 그 모습의 컵만 생산되고 발전이 없습니다.

사람과의 소중한 관계를 설정할 때 즉, 인연을 맺을 때는 순수한 마음이 깃들어 있어야 관계가 아름답게 발전되고, 서로 상승하는 기운이 뻗쳐서 하는 일이 술술 풀립니다. 당신은 지금 인간관계를 어떻게 만들어 가고 있나요. 서로의 에너지를 교환하여 좀 더 성숙한 삶으로 이어지도록 진실한 마음을 굴리고 있습니까? 어떤 마음이 발동하고 있는지 잘 살펴보는 주말 저녁이 되시길 바랍니다.

회광반조 回光返照

_____ 갑오년 정월 초 이레, 새벽 5시 반에 기상을 하여 자신을 살펴봅니다. 작년과 무엇이 변해 가는지…. 요즘 새벽 기온이 너무 낮아서 아침 산책을 생략하다 보니, 상쾌한 맛이 덜하고 몸뚱이가 약간 무거워짐을 느낍니다. 영축산에서 소백산으로 터전을 옮기고 새로운 환경에서 분주하게 여기저기 눈도장을 찍다 보니, 저 자신에 대한 새해 설계를 하지 못하고 그냥 주어지는 환경에 따라 끌려다니는 것 같습니다.

벗님들은 새해 설계를 하셨는지요? 새해 설계는 무엇인가 결실을 바라고 그것을 성취하기 위한 전략이나 작전이 아닌가 생각합니다.

푸른 말靑馬처럼 앞만 보고 질주하여 목적지에 이르는 것도 있겠지만, 내 안으로 내 안으로 회광반조 하는 질주로 자신을 맑히는 정진에 더욱 분발하는 한 해를 보내는 것이 어떨는지요. 물론 맡은 역할과 일을 기본이고요. 이 나라와 사회를 향한 바람은, 북한과의 관계가 좀 더 진일보하고 노사와의 갈등이 원만하게 풀어져, 대통령 기자회견처럼 4만 불 시대를 향한 힘찬 도약의 해가 되기를 소망합니다.

우리의 각오가 결심입니다. 마음을 하나로 모으면 그 에너지가 우주를 덥고도 남는다 했으니, 자그마한 사회 모순에 정신을 분산하지 말고 일심으로 나와 가족과 이웃과 사회와 나라와 세계를 위한 마음으로,

하늘이 준 소임에 힘써 노력해서 나를 먼저 변화시키는 한 해를 보냅시다. 과거의 갑오년도 개혁의 기운이 컸습니다. 올해도 갑오년답게 자신과 사회의 모순을 바로잡고, 심기일전하는 해로 만들어봅시다.

새해 복 많이 받으시고 일취월장 하시기를 기원합니다

돈의 성질

─────── 돈이란 무엇일까? 세상에서 무엇이 제일입니까? 하고 묻는다면 십중팔구는 뭐니 뭐니 해도 '머니(돈)'라고 대답하겠지요. 어린이부터 노인에 이르기까지 돈 싫어하는 사람은 없습니다.

분명 돈은 우리 인간에 꼭 필요한 존재입니다. 부모와 자식처럼 돈과 인간은 실과 바늘 같은 사이입니다. 그런데 우리는 돈을 부모 모시듯, 자식 사랑하듯 합니까? 돈 속에는 전 세계적으로 제일 존경하는 분들만 모셔져 있습니다. 우리나라만 하더라도 신사임당 모자와 퇴계, 충무공, 세종대왕과 같은 역사적 인물들이 돈 속에 계십니다. 이같이 돈은 귀한 존재입니다.

황금을 보기를 돌같이 하라는 옛 어른들 말씀도 일리는 있는데, 돌보다는 신같이 여겨야 돈이 좋아하지 않겠습니까? 돈은 움직이는 에너지입니다. 핏줄과 같아서 멈추면 고혈압, 동맥경화, 중풍과 같이 온몸이 마비되듯, 경제가 움직이지 않으면 사회가 멈추고 나라가 고장이 나서 모두가 어려워집니다.

쓰지 않으면 탈이 납니다. 장롱 속에 숨기면 사기를 당하거나 도둑을 맞을 수 있습니다. 돈이 움직이는 생리를 가졌기 때문입니다. 혹자는 사는 목적이 돈을 벌기 위해서라고 합니다. 그러나 돈은 내 것이 아닙니다. 지갑 속의 돈이 며칠이나 내게 있을까요?

돈은 천사와 악마의 얼굴을 가진 영원한 신이요, 손님입니다.

대접을 잘하면 우리를 기쁘고 즐겁게 하고 행복도 줍니다. 푸대접하거나 내 것이라고 욕심을 부리면 어김없이 화를 불러옵니다.

요즘 돈을 잘 관리하지 못해 낭패를 보는 잘난 분들이 많습니다. 대기업 회장들께서 돈 때문에 곤욕을 치르고 있습니다. 차가운 영어의 신세가 다 이 돈으로부터 비롯되었다니, 앞으로는 돈을 신으로 받들어야 나라가 조용할 것 같습니다. 지갑에 있는 꾸겨진 돈들을 꺼내서 다리미로 잘 다려서, 신처럼 부모처럼 자식처럼 잘 모시고 피처럼 잘 돌게 씁시다.

어머님 은혜

_____ 어머니가 아버지와 무엇이 다르기에 남녀노소를 불문하고 늘 어머니 품을 그리워할까요? 모든 동물이 모태에서 자랐기 때문일까요?

우리는 어려서 5월 8일 어머니날에 초등학교에서 어머니를 초청해서 행사한 것을 기억합니다. 아버지들이 서운해서 어버이날로 바뀌었지만, 출발은 어머니날입니다. 부정보다는 무엇인가 다른 것이 모정입니다. 부정은 표현보다 마음으로 간직하고 전달되지만, 모정은 표현이 너무 지나치리만큼 솔직하고 자연스럽습니다. 모정은 마치 모든 생명을 품어 주는 넉넉한 대지와 같습니다.

어머님 은혜를 갚는다는 것이 무엇일까요? 용돈 드리고 자주 찾아뵙고, 맛있는 음식과 예쁜 옷 사드리고, 보약 지어드리고 이런 일련의 은혜표시는 일시적이기에, 진정으로 은혜 갚는 것이 아니라고 생각합니다. 어머니 제사를 모시면서 한스럽게 살다 가신 어머님 은혜를 갚는 길은, 내가 더 보람 있고 가치 있는 일로 행복한 삶을 누릴 때 어머님과 조상님들에 대한 진정한 효도가 아닐까 생각해 봅니다.

〈부모은중경父母恩重經〉 자식을 품에 품고 지켜주는 은혜. 해산의 고통을 이기시는 은혜. 자식을 낳고 근심과 고통을 잊는 은혜. 쓴 것을 삼키고 단것을 뱉어 먹이는 은혜. 진자리 마른자리 갈아 누이는 은혜. 젖을 먹여 기르시는 은혜. 손발이 닳도록 깨끗이 씻어 주시는 은혜. 먼 길을 떠날 때 걱정하시는 은혜. 자식을 위해 나쁜 일까지 감당하시는 은혜. 끝까지 불쌍히 여기고 사랑해 주시는 은혜

지도자가 필요하다

──────────── 계절이 춘분이 지나는 시기라 그런지, 두메산골에도 산수유가 피고 목련이 필 준비를 합니다. 남녘은 봄꽃의 대명사인 벚꽃이 폈다고 하네요. 개나리와 진달래도 봄이 온전함을 알리는 상징입니다.

계절은 한 치의 오차도 없이 변하고 있습니다. 자연은 변화의 운행을 지속하는데 잘 변하지 않는 것이 사람 마음입니다. 관념이 박히면 고정되어서 새로운 것과 다른 세상을 받아들이지 않습니다.

비정상적인 것도 어느 시기에 정상이 되어 체감하지 못하고 삽니다. 요즘 기업주들이 수난을 겪고 있지요. 기업을 자기가 일군 것으로 생각하지만, 하늘이 관리하라고 맡긴 것으로 생각합니다.

회사원과 물건을 사준 사람들의 공이 더 큰 데, 자기 것으로 알고 고집을 부리다 줄줄이 영어의 신세가 됩니다. 대기업 경영진들은 자기 자신과 일가의 영화보다 많은 사람을 관리하라는 사명일진데, 이념을 바로 세우지 못해 2. 3세들이 홍역을 치르고 있습니다.

경제 성장기에는 힘을 축적하기 위해 고사리손들이 모은 힘을 관리자들에게 주었는데, 지금 시대는 분배의 가치가 커져서 노조가 힘을 가졌습니다. 그러다 보니 노조가 공룡이 되어 자기의 영역을 벗어나는 일이 발생해서 갈등이 심화 되고 있습니다. 값싼 노동력에 의지하고자 우리나라 제조업의 상당수가 개발국으로 이전됨이 불 보듯 뻔합니다. 과도기라고 생각했는데 우리나라가 노조의 벽에 부딪혀서 경제는 2만 불에 묶여 있고, 정치는 표를 얻어야 하기에 이를 풀지 못하고 있습니다.

나라를 지탱하는 것은 정신인데, 지금 국민 정신의 에너지를 한곳으로 모으는 것이 필요합니다. 정신을 일깨우는 지도자 양성이 필요하고, 통일을 준비하는데 역량을 모아야 한다고 생각합니다.

자기 것만 주장하고 고집을 세우다가 다 같이 공멸하지 않을까 걱정이 됩니다. 지금껏 남북관계가 고집만 세우다 진전을 보지 못했습니다. 젊은이들 상당수가 통일을 원치 않는다 합니다. 나라의 앞날이 걱정스럽습니다. 제대로 이념이 선 지도자들이 이번 선거에서 많이 배출되기를 희망해 봅니다.

재물욕 명예욕

_____ 현대를 살면서 가장 큰 복이 무엇일까요? 많은 분이 돈벼락 한번 맞아 보았으면 하는 바람, 그리고 선거판에 끼어들어 주민들 표 좀 받아 한자리 챙겼으면 하는 생각을 하고 있습니다. 돈이란 참으로 묘한 물건입니다. 우리에게 산소와 음식처럼 살아가는데 필수 요소는 아니지만, 없으면 불편함과 불안감을 초래하는 도깨비 같은 존재

입니다. 이 돈이란 놈이 우리 몸속의 피처럼 이사회에 잘 돌아야 하는데, 어디서 막혔는지 많은 분이 힘들어하고 있습니다. 과거보다 더 풍족해지고 소득도 높아졌는데, 삶은 더 팍팍하다고 합니다.

우리가 사는데 돈은 매우 필요한 물건인데 돈은 그 사람의 그릇에 딱 맞게 하늘이 주는 것 같습니다. 공무원, 회사원, 교육자, 군인, 과학자, 지식인 등등 조직에 몸담은 분들에게는 하늘에서 절대 큰돈을 주지 않는 것 같습니다. 이런 분들에게 큰돈을 준다면 이사회는 더는 발전이 없고 더 퇴보될 것입니다. 그 이유는 이미 태어날 때부터 하늘로부터 역할을 짊어지고 나왔기 때문인 것 같습니다.

지식인들이 돈이 넘치면 그 역할을 할 수 없습니다. 쉽게 살려고 하지 이 세상을 더욱 발전시킬 연구와 노력을 하겠습니까? 돈은 분명 필요한 물건이기는 하나, 최소한 불편함을 덜어주는 이상으로 욕심내지 맙시다. 더 바라다가 인생을 망치는 경우가 종종 목격됩니다.

아침에 일어나서 뉴스를 보면, 각종 사건 사고가 돈으로 인해 발생한 경우가 많아서 우리의 마음을 슬프게 합니다. 명예욕도 마찬가지로 내 명리를 알아보고 도전해야지, 과욕을 부려 나섰다가 선거판이 끝나면 자신뿐만 아니라 사돈에 팔촌까지 어렵고 힘들게 합니다. 재물욕, 명예욕은 지니고는 다니되 너무 크기 전에 싹둑 잘라서 다스려야 할 암 덩어리와 같은 존재입니다. 경제가 팽창된 오염된 이 시대를 살면서 새롭게 찾아야 할 진정한 가치가 무엇인지 고민해야 할 때입니다.

태양 에너지

─────────── 제가 거주하는 소백산방은 영주 고을 서천변에 위치한 아파트 15층입니다. 안방과 거실을 중심으로 정동향 집인 데다, 맞은편 산마루에서 아침 태양이 떠오를 때 저는 매일 매일 다시 태어나는 느낌을 받습니다. 어제의 내가 아니고 한 시간 전 잠자리에서 깨어나기 전의 나도 아니고, 죽었다가 다시 태어나는 그런 느낌입니다. 어제 저녁 석양이 서산으로 넘어간 후부터, 암흑 속에서 잠을 자다 깨어난 뒤라 그렇겠지요.

한옥같이 생긴 앞산 산마루에서 붉은 태양이 올라오면서, 붉은빛에서 점차 밝고 흰빛의 태양으로 바뀌어 갑니다. 태양이 떠오를 때부터 한 십오 분 동안은, 창문만 열고 안방 침대에서 그대로 태양의 에너지를 받습니다. 두 눈도 태양을 응시하고 의식은 태양의 기운을 받는다는 생각에 집중합니다. 매일 아침에 창문을 열지만, 태양기운이 온몸에 회전될 때는 분명 기분이 좋고 힘이 솟아납니다. 일과도 잘 풀리고요. 옛날부터 우리 조상들이 왜 태양을 숭배했는지 그 연유를 조금은 알 것도 같습니다. 태양이 없으면 당연히 생명도 존재하지 못하니 태양을 신으로 받들었겠지만, 태양 빛은 또 하나의 나 자신이기도 합니다.

왜 우리의 삶을 빛과 같이 살라고 모든 성인이 말씀하였을까요? 세상을 밝게 비추라고, 세상에 따스하게 온기를 주라고, 우리가 본래 빛으로 태어났으니 빛의 본성을 찾으라는 뜻이 아닌가 생각해 봅니다.

그래서 저는 이렇게 나라는 존재를 정의해 봅니다. '나는 누구인가? 나는 태양이다. 나는 누구인가? 나는 광명이요 빛이다. 나는 누구인가? 나는 없다. 나는 허공일 뿐이다. 온 데도 없으니 갈 데도 없고 잠시 몸뚱이에 의지에 눈에 보일 뿐, 해체하고 분해하면 나는 본시 없는 존재다.' 철학적 사유 같으나 생각을 확장하면 누구나 같은 생각일 겁니다. 그래서 오늘도 떠오르는 태양의 에너지를 온몸으로 받아들이면서, 세상에 빛을 밝히며 살기를 다짐해 봅니다. 촛불처럼 나를 태워서 어둠을 밝히고, 넓게 세상 사람을 이롭게 하는 홍익인간으로의 삶을 말입니다.

모텔문화의 비정상

─────── 지금 시대의 모순 중에 바로 잡아야 할 좋지 못한 어두운 그림자가 있습니다. 88올림픽을 전후로 급격히 발달한 향락문화이며 독버섯처럼 우리 사회 전반에 뿌리내리고 있습니다. 쾌락의 끝이 무엇인지는 역사가 증명합니다. 고대의 제국도 그러했고 폼페이의 최후가 시사하는 바가 큽니다. 지금 우리 주변은 온통 모텔로 가득합니다. 모텔이 휴식이 필요한 분들에게 숙박의 장소가 되어야 하는데…

불륜을 조장하는 모텔문화가 이대로 가다가 이 사회와 나라에 어떤 먹구름이 몰려올지 걱정됩니다.

현대의 자유로운 기류와 개방적인 풍조 및 서양문화까지 가세하여 비정상적인 사회문화가 조성되고 있습니다. 모텔문화는 분명 비정상 문화입니다. 일부는 정상도 있겠지만, 무수히 늘어나는 모텔이 숙박의 수요인지 불륜의 수요인지 곱씹어 보아야 합니다. 모텔문화가 바뀌지 않고는 선진국도 4만 불도 공염불입니다. 의식이 컴컴하고 정신이 혼탁한데 선진국이 웬 말입니까? 모텔에서 하늘로 올라가는 쾌락의 어두운 기운이 성층권에서 다시 이 땅으로 내려오면 우리나라 앞길은 아수라장이 될 것입니다.

지금은 후천시대로 비정상으로 사는 분들은 하늘에서 힘을 가져간다고 합니다. 지금까지는 확장과 팽창을 위해서 하늘에서 눈감아 줬는데 앞으로는 재물과 힘을 걷는다고 하니, 비정상을 정상처럼 여기는 분들은 깊이 새겨야 합니다. 동물근성에서 벗어나 사람답게 살아야 합니다. 촛불과 향처럼 자기를 태워서 어두운 곳에 불을 밝히고 향기를 뿌려야 합니다. 나와 내 식솔만을 위한 마음으로는 홍익인간이 될 수 없습니다. 남을 위하고 이웃을 위하고 인류를 위하는 것이 나와 내 가족을 위하는 길입니다. 성경, 불경, 도경, 유경, 고전을 통해서 비정상을 정상으로 바꾸는 지혜를 찾아봅시다.

봄의 메시지

_____ 소백산의 정기를 받으면서 벌써 100일을 맞고 있습니다. 시간이 얼마나 빠른지 세월을 화살에 비유한 표현이 공감이 갑니다. 지금 세상은 온통 봄꽃들이 대자연의 생기를 뿜어 주면서 많은 사람을 즐겁고 기쁘게 만들어 주고 있습니다.

여기저기서 벚꽃 축제가 한창이고 모두가 봄을 만끽합니다. 계절의 여왕답게 봄은 어느덧 우리를 깨우며 저만치 달려가고 있는데, 우리는 봄을 아직 잘 모른 채 꽃의 향기에 취해 봄이 주는 메시지를 그냥 흘려보냅니다.

봄은 여름이 오기 전에 잠에서 깨어나, 목표에 맞게 빨리 씨앗을 심으라는 신호입니다. 한해 농사를 시작하기 위해 밭을 갈고 거름을 내고 씨를 뿌려야 하듯, 우리의 흐트러진 정신도 다시 가다듬어서 한곳으로 모으고 좋은 곳에 써야 한다는 뜻이라고 봅니다. 정신이 삐뚤어지면 봄에 뿌리는 씨앗이 싹이 트지 않고 말라죽는 것처럼, 우리를 홍익인간으로 안내하지 않고 동물처럼 육근六根에 지배를 받게 됩니다.

눈, 귀, 코, 혀, 몸, 의식에서 가자는 데로 이끌리다 보면 올 한해 농사는 망치게 됩니다.

초고속 정보화 시대에 문명이라는 놈이 우리 눈을 이리저리 끌고 갑니다. 내 의지와 전혀 다른 세계로 나를 이끌어 홍익인간弘益人間은 커녕 동물처럼 행하는 하등의 인간으로 안내합니다. 고급스럽고 질량 있는 정보와 지식을 잘 흡수하면 좋을 텐데….

봄꽃들이 만개한 이 봄에 우리가 어디로 향할 것인지, 어디에 씨를 뿌려야 하는지를 봄이 주는 메시지를 화두 삼고, 알아차림이라는 마음 훈련을 통해 홍익인간으로 나아가는 길은 어떻겠습니까?

비움의 철학

─────── 이발소에서 대기하면서 우리는 왜 꼭 한 달에 한 번씩 이발해야 하는지를 생각합니다. 신체발부는 수지부모라고 해서 한때는 내 몸 대하기를 부모님 대하는 마음 같아야 한다고 배웠습니다.

손톱 발톱은 잘라 내지만, 머리카락은 구태여 깎지 않아도 되는데 사회 통념이 머리에 가위질하게 합니다. 댕기 머리나 상투를 틀어 갓을 쓰던 100년 전만 해도, 머리카락을 길렀는데, 근대와 현대를 살면서 우리 신체가 많은 변화를 겪고 있습니다. 어찌 보면 몸이 호강합니다. 거추장스러움을 벗어버리고 가볍게 털고 다니는 것이지요. 마음을 비운다는 말이 있는데, 머리를 자르면 몸이 조금은 비워진 느낌입니다. 비운다는 말은 상대적인 개념 같습니다. 비움에 특정한 기준을 둔다면 비움의 의미가 작아집니다. 그냥 그렇게 비움이 생활화되어야 빈 그릇에 물 채우듯, 우리 마음도 새로운 에너지가 차곡차곡 채워지겠지요.

우리 민족의 좋지 않은 DNA 중 하나가 사촌이 땅을 사면 배가 아프다는 것입니다. 축복해 주고 내일처럼 기뻐해야 하는데, 왜서 그런 말이 나오게 되었는지 특이한 현상입니다. 남 잘되는 꼴을 못 봐주는 근성이 있는 걸까요? 반만년 이상을 가난에 찌들었던 탓일까요? 조선 시대 4색 당쟁에서 내려온 몹시 나쁜 전통문화인지도 모릅니다. 벗님들은 머리를 자르면서 무슨 생각을 하십니까?

속고 속이고 사는 것이 우리네 인생입니다. 머리 모양이 달라진 겉모양에 속고, 우리를 치장하는 옷과 차와 집과 재물에 속고, 권력과 명예와 감언이설이 주범인 세 치 혓바닥에 속고 사는 것이 우리의 참모습입니다. 우리는 나는 옳고 너는 그르다는 편견이 지배하는 사회를 살고 있습니다. 과연 나만 옳은 것인지 지금이라도 자신을 바로 봅시다. 내가 누구인지를 비움을 통해서 참 나를 찾아갑시다.

만남은 전생의 빚쟁이 관계

──────── "우리의 만남은 우연이 아니야."라는 노랫말이 있습니다. 우리는 늘 만남을 통하여 일을 도모하고 앞길을 열어 갑니다.

만남을 잘 관찰하다 보면 어떤 분에게는 무엇을 주기만 하고, 어떤 분 에게는 받기만 하고 어떤 분에게는 서로 주고받고 합니다.

상호 거래를 하는 것이 다반사인데 가족관계, 사제관계, 선후배 관계만큼은 거래가 없습니다. 소통의 원칙에서 적용되는 일방통행입니다.

왜 주기만 하거나 받기만 할까요? 해답을 못 찾다가 어느 도인의 강설을 보고 어렴풋이나마 깨달았습니다. 바로 전생 관계에서 빚을 져서 이 시대에 같이 만나서 갚는다는 것을 말입니다.

부모 자식만 보더라도 부모는 일방적으로 주기만 합니다. 자식은 당연하듯 받기만 합니다. 다 자라서 그 은혜를 갚는 것도 아니요. 갚아 달라는 것도 아닌데 말입니다.

그래서 도인들은 이를 두고 전생관계를 이야기합니다. 내리사랑처럼 빚 관계도 자식이 전생의 빚쟁이기에 부모는 갚기만 한다는 겁니다. 하느님이 다 그렇게 깔아놓은 프로그램에 따라, 전생의 빚쟁이가 이생에 꼭 빚 받으러 자기 주변으로 태어난다고 합니다.

전생의 선후배와 전생의 친구도 이생에서 꼭 만난다고 합니다. 조직 사회에서도 상하 간이나 동료 간에 각별한 사이는 어느 생에서 같은 인연이 있었다고 하네요. 그래서 혹자는 한나라에 태어난 것도, 한마을에 태어난 것도, 사제지간도, 부부지간도, 부모 자식도 다 전생에서 몇 생의 인연이 있었다고 이야기합니다.

차원 높은 이야기라 증명할 길이 없지만, 사람과의 관계에서 서로 은혜를 갚기도 하고 원수를 갚기도 하는 것을 보면, 우리가 모르는 하늘에서 깔아놓은 프로그램이 있는 것 같습니다. 우매한 우리는 하느님이 설정해 놓은 프로그램을 헤아리지 못하고, 감정대로 살다가 원수는 원수로 악순환을 계속합니다.

미국에서 일어난 집단 총기 난사 사건이나 인도네시아, 일본에서 일어난 쓰나미도 6·25 전쟁도, 동시에 수많은 사람이 죽는 사건도 이런 관계이며, 간혹 있는 살인 사건도 삼풍백화점 사건도 다 하느님이 설정한 프로그램이라 생각하니 어쩐지 씁쓸한 생각이 듭니다. 한 점의 오차도 없이 우주는 원칙대로 운영된다고 합니다. 즉, 하느님의 프로그램대로 작동된다는 것에 한 번쯤은 숙고해 볼 가치가 있다고 생각해 봅니다.

갈등 없는 사회

_____ 이상적인 사회는 갈등이 없을까요? 방송을 보면 세월호 이외에도 우리를 우울하게 하는 소식들이 넘쳐납니다. 우리 사회의 갈등도 풀기 어려운데, 북한마저 긴장감을 조성하여 스트레스 지수를 높여줍니다.

자칫 이런 현상이 계속되면 불감증이 생길지도 모르겠네요. 한두 번이 아니고 늘 그런 방송이 계속되면, 본래 그런 것인 줄 착각하여 무관심이 불감증으로 발전됩니다. 국민의 알 권리도 중요하지만, 뉴스도 적절하게 배분하고 긴장되는 소식 이외에 진한 감동을 주는 좋은 소식도 많이 발굴하여, 국민들을 좀 더 밝고 희망차고 건강하게 만들어 주면 좋을 텐데….

방송마다 경쟁이 치열하다 보니 기삿거리가 자꾸 자극적으로 이어집니다. 오월의 신록만큼이나 세계의 멋진 풍광이나, 사람들의 진솔한 삶과 이웃을 따뜻하게 하는 소식들이 없을까요? 우리 몸속에 엔도르핀이 돌고 다이돌핀이 샘솟게 하는 소식이, 신문지면과 방송화면을 장식해 주면 세상 사는 맛이 더 달콤할 텐데 말입니다. 방송 드라마도 아침부터 삼각관계나 불륜, 원한과 복수 등 불건전 상태로 비정상이 주류를 이루고 있어, 우리 삶의 방향을 암흑의 터널로 이끌어갑니다. 면면히 이어오고 계승되어온 정신문화가 침몰할 위기에 있습니다.

즐겁고 기쁘게 사는 삶은 행복과도 직결됩니다. 그러나 기쁨과 즐거움이 비정상에서 연유했다면, 분명 또 다른 아픈 대가가 따를 것이 불 보듯 뻔한 이치입니다. 그래서 저는 일주일에 단 하루, 아니 한 달에 며칠만이라도 방송과 휴대폰 등 문명을 떠나, 자연과 하나 되는 기회를 갖길 권합니다. 건강을 잃는 것도 질병에 노출되는 것도 다 자연과 멀어지기 때문이라고 합니다. 짙어가는 녹음 속에 단 하루라도 푹 파묻혀서, 문명을 떠나 우리가 온 곳으로 여행을 떠나시기 바랍니다. 자연으로 떠나고 싶은 마음이 발생하는 순간부터 힐링이 시작될 겁니다.

인간이 본래 자연에서 왔으므로 가장 자연적일 때, 이상적인 사회를 구성하는 것이요. 밝은 세상을 건설하는 것이 아닐까 하는 생각을 가져 봅니다.

호국보훈의 달

_____ 호국 보훈의 달을 맞이하여, 우리는 호국영령과 순국선열들의 넋을 기리고 그들의 숭고한 희생을 기억하고 있습니다. 살펴보면 먼저 나서 가신 분들이나 늦게 나서 먼저 가신 분들이나, 모두 나라를 이롭게 하고 사회를 밝히시다 가신 희생자들입니다. 공직에 봉직한 분들 위주로 현충원에 모셔져 있지만, 누구나 살아서 나라 걱정, 사회 걱정 안 한 분들이 있겠습니까? 그래서 저는 조상님들이나 먼저 가신 모든 분이 역할만 다를 뿐이지, 모두가 호국영령으로 여기고 싶습니다.

현충일을 정하고 호국보훈의 달을 정하고 나라의 발전과 사회에 이바지한 분들의 넋을 기리는 일이야말로, 민족 정신의 기초를 세우는 것이라고 봅니다. 나무의 뿌리가 튼튼해야 잘 자라듯 우리의 뿌리는 조상이요. 호국영령이요. 순국선열들입니다.

지도자들이 새해를 시작하거나 업무를 시작하기 전에 제일 먼저 현충원을 참배하는 모습을 봅니다. 어느 나라건 같은 모습이겠지만 오늘은 과거의 연장이기에, 호국영령과 순국선열들 앞에서 과거의 교훈을 새기며 새로운 각오를 다짐합니다.

현충원을 둘러보면 일본강점기 독립운동을 하시던 분. 6·25와 월남전 참전 용사들. 그리고 군인과 경찰로 봉직했던 분. 소방관, 순직공무원, 고위공직자 역임자 및 국가 사회에 이바지한 분들이 모셔져 있습니다. 우리나라는 개인이나 사회나 국가나 조상과 영령들에게는 정성을 다하고 있습니다. 이런 마음이 우리나라와 이사회를 이끄는 원동력이 아닐까요? 각종 행사에서도 묵념이 생활화되고 있어, 우리 유전인자 속에 충효에 대한 사상이 녹아 있는 것 같습니다.

오늘날 많은 젊은이가 해외에서 공부하고 활동하고 그 나라의 에너지를 받고 있습니다. 그래서 충효의 개념도 지구촌 전체를 아우르는 큰 개념으로 바뀌어야 하고, 호국영령과 순국선열도 비단 우리나라에 국한하기보다 모든 나라의 범주까지 포함하여, 그 넋을 기리는 자세를 가져야 미래를 대비하는 지혜가 아닐까, 하는 생각을 가져봅니다.

초심을 지키자

─────── '화엄경 약찬게'와 의상대사 법성게에 '초발심시변정각'이란 말이 있습니다. 처음 발심했을 때에 바로 깨달음을 얻는다는 뜻인데 저는 이를 초심에 비유해 보고자 합니다. 요즘 우리 주변을 살펴

보면 초심을 잃어서 낭패를 보는 유명인들이 많습니다. 잘 나가는 인생을 살다가 어느 날 갑자기 쓰러지는 걸 봅니다. 이분들 모두는 다 처음에는 발심해서 하늘의 도움으로 목표한 만큼 성취를 했는데, 성취에 취하다 보니 본심을 잃고 미련과 허욕으로 결국 낭떠러지로 굴러 떨어집니다.

우리는 처음 무슨 목표를 설정할 때는 하늘을 향하여 제발 거기까지만 갈 테니 도와 달라고 합니다. 하늘도 이를 불쌍히 여겨 손을 내밀어 줍니다. 그런데 목표지점에 이르면 하늘과의 약속은 저버리고 교만이 넘쳐 안하무인으로 세상을 운용하려다 일을 그르칩니다.

초심을 지키기가 쉽지 않습니다. 그래서 초심은 잘 내야 합니다. 어디까지가 분수에 맞는 목표인지, 운을 불러들이고 계속되는지. 자기 그릇이 얼마나 되는지 이런 요인들이 초심과 균형이 맞아야 합니다.

지금 잘 나간다고 생각하면 한 걸음, 한 걸음을 매우 조심하면서 옮겨야 합니다. 갑자기 악마란 놈이 찾아와서 진흙탕으로 안내합니다. 경제도 호황기 다음에는 불경기가 찾아오고, 상한가가 지나면 하한가가 오는 것이 순리입니다. 복권 당첨자 상당수가 한 5년 지나면 다시 제자리라고 합니다. 하늘로부터 운을 받았으면 운권을 잘 돌려야 하는데, 감당키 어려운 운이 들어오자 악마에 이끌려 주변 환경을 다 바꾸려다 표적에 걸려 다시 제자리로 돌아옵니다. 일장춘몽을 겪는 게지요.

마누라와 차 바꾸고 유흥가에서 흥청망청하다 보면 복권 몇 십억이 5년을 못 넘기나 봅니다. 복권 당첨에 비유했지만 모든 일이 이와 같습니다. 초심을 잃지 않으려면 두 귀를 항상 열어 두어야 합니다. 하나뿐인 입은 굳게 닫고 두 개인 귀로 지혜로운 소리를 경청하면서, 누운 풀처럼 자기를 낮추며 살아야 합니다.

저마다의 역할

─────── 요즘 아침, 저녁 산책길에서 나를 일깨워 주는 놈들이 있습니다. 그놈들은 망초대, 쑥, 금계국, 벚나무, 버드나무 그리고 하루살이들인데요. 이놈들이 모두 나의 스승입니다.

망초대는 과거 수십 년 전에는 눈에 띄질 않았는데 어디를 가나 풀밭을 점령하고 있습니다. 쑥은 과거에도 많았지만, 아직도 풀밭에 어김없이 자리하고 있습니다. 이들의 질긴 생명력이 삶에 관한 강한 의욕을 느끼게 합니다. 이놈들은 잡초라지만 식용과 약용으로도 쓰이고 있어, 나름대로 제 역할을 다하고 있습니다.

금계국은 코스모스를 대신합니다. 늦은 봄에 꽃을 피우지만 도심 가로변이나 공터에 노란 꽃으로 수를 놓아 사람들의 눈을 즐겁게 하고, 벌과 나비에게 일터를 제공합니다. 더위에 밀려오는 짜증을 잠재워 주는 역할도 하고 있네요. 가로수인 벚나무는 매일 마주치는데 꽃으로는 봄을 알리는 전령사요, 잎은 곤충들에게 보금자리를 열매로는 새들에게 먹이를 제공합니다. 날씨가 더운 요즘은 그늘을 주어 산책하는 사람들에게 쾌적한 기분을 만들어 줍니다.

버드나무는 언제나 겸손함을 가르쳐 줍니다. 가지가 아래로 늘어져 있는 모습은 자기를 최대한 낮추어 살라 하며, 바람에 꺾이지 않고 흔들거림은 강함보다 부드러움을 강조합니다. 거센 비바람에도 잘 부러지지 않습니다. 해열진통제인 아스피린의 원료로 쓰인다고도 하니 사랑스럽지 않을 수 없습니다.

하루살이가 산책길에 방해꾼이나 이놈들도 하루를 살더라도 최선을 다하는 모습입니다. 쉴새 없이 춤을 추는 모습에서 저런 열정과 에너지가 어디서 나오는지 부럽기도 하고, 그 열정을 훔쳐오고 싶습니다.

사람도 잘난 체하고 고집 세고 모가 나면 정을 맞습니다. 우리는 이들에게서 끈기와 희생과 열정과 베풂과 겸손을 배워야 합니다. 하잘 것 없다고 여기는 존재인데도 나름대로 하늘이 부여한 자기의 역할을 다하면서 살아가고 있습니다. 사람인 우리는 제 역할을 다하고 있는지? 성찰이 필요합니다.

생로병사의 비밀

_____ '생로병사의 비밀'이란 TV 프로그램을 보고 있노라면, 생활습관이 얼마나 중요한지 새삼 깨닫게 됩니다. 우리네 음식문화는 국물이란 문화가 유별납니다. 각종 찌개부터 국이 밥을 보조하는 식사의 필수 메뉴입니다. 그것도 모자라서 김치도 국물이 있고 라면도 국물이 있습니다. 설렁탕, 곰탕, 갈비탕 등 육류 원료인 탕과 대구탕, 알탕, 동태탕, 생태탕, 매운탕 등 생선을 원료로 한 탕 문화는 우리 고유한 맛의 문화이지만, 자칫 습관화되고 누적이 장기화하면 건강과도 연결됩니다.

저는 요즘 음식섭취 습관을 바꿨습니다. 두 달 지났는데 체중도 3kg 줄고 속도 편안해졌습니다. 국과 찌개 국물은 안 먹고 건더기만 먹습니다. 물도 식후 2시간 이후에 마십니다. 어쩔 수 없는 경우 라면을 먹게 되면 건더기만 먹습니다. 세포가 바뀐다는 100일, 석 달만 실천해 보고 효과가 좋다면 더 연장할 계획입니다. 이 식이요법이 암과 고질병에 효과가 있다고 사찰에서 전해 내려오는 비법이라 하네요. 그동안 식습관에서 제 몸 안에 어떤 질병이 숨어 있을지 걱정이 되어 실천해봅니다.

제가 아는 어느 분은 장기에 종양이 있어 장기 일부를 떼어낼 상황이었는데, 이 식이요법으로 6개월 이후에 검사하니 없어졌다고 합니다. 사람마다 효과가 다르겠지만, 반찬으로 소금섭취가 많은데도 국이나 찌개 국물은 분명 득보다 해가 많지 않을까, 하는 생각이 듭니다.

요즘 TV에서도 전문가들이 식이요법 개선을 권하는 것을 보면서 익숙해진 음식섭취 습관을 바꾸는 데 성공한다면, 담배나 술 같은 기호 식품도 개선하는 데 성공할 수 있지 않을까, 하는 기대가 생기고 넓게는 국민 건강에도 도움이 되리라는 생각을 가져봅니다.

혀란 놈이 맛만 알고 건강을 지켜주는 데는 인색하므로, 혀가 하자는 대로 맛집으로 끌려 다니지 말고, 음식이 몸뚱이를 유지 시켜주는 재료라 생각하고 맛이 없어도 감사한 마음으로 식사에 임해봅시다.

세월호에서 벗어나라

_____ 시계를 거꾸로 돌려 역사가 다시 써지면 좋겠지만, 현실은 냉정합니다. 어제가 있고 오늘이 있고 내일은 어김없이 찾아옵니다. 오늘도 곧 과거가 됩니다. 온 국민이 멈추어선 그 자리에서 뼈를 깎는 아픔과 진통이 가실 줄 모릅니다. 그러나 아픔을 딛고 일어서야 합니다. 희생된 우리의 아들딸과 형제와 이웃들이 저세상에서 바라는 것은, 이대로 주저앉아 나약한 모습을 보이는 것은 아닐 것입니다.

우리 시대에서 계속된 악습을 바꾸고 새롭게 환골탈태한다면, 희생된 분들의 넋을 조금이나마 기리는 것이 아닐까요? 아픔이 너무 크지만, 일어서서 멈추어진 것들을 다시 움직이도록 돌려야 합니다.

지금 우리는 모두 한마음이 되었습니다. 희생자 가족들의 아픔을 나누어지고 함께 걸어야 합니다. 비록 가시밭길이지만 지금은 빨리 그곳을 헤쳐 나와야 합니다. 공론화된 결론이 모든 것들을 제자리로 돌려놓을 것입니다. 비정상인 것들이 정상으로 돌아올 것입니다. 분노는 끝이 없지만 냉정하게 이성을 가져야 나라도 살고 백성도 삽니다.

관행과 사회 시스템이 바뀔 것입니다. 온 국민의 열망이기에 그렇게 되리라 확신합니다. 나라가 어렵고 국민이 힘들어할 때 우리는 이를 잘 극복한 바 있습니다. 온 국민의 패닉 상태가 길어지면 길어질수록, 나라와 국민의 힘과 사회를 운영하는 동력이 없어집니다. 일상이 유지되지 않으면 핏줄이 막혀 큰 병이 찾아옵니다. 나라와 국민은 길을 잃고 목표도 잃게 되어 표류하게 됩니다. 우리는 모두 죄인이고 책임을 공유해야 합니다.

다시는 이 같은 어처구니없는 일이 발생하지 않도록 분골쇄신을 해야 합니다. 지금은 제2의 새마을 운동 차원의 국민적 운동으로, 에너지를 모아서 새로운 길을 열어야 할 때라고 생각해 봅니다.

세월호의 교훈

—————— 세월호가 보여준 교훈은 잊지 말아야 합니다.

첫 번째는 사람을 이롭게 함을 으뜸으로 삼아야 하는데, 돈벌이에 수단과 방법을 가리지 않는다면 하늘이 등을 진다는 것입니다.

두 번째는 세상운영도 일정한 법칙이 있듯 사람 사는 것도 서로 정한 법칙이 있는데, 이를 잘 지키면서 살아야 한다는 것입니다. 작은 것일지라도 소중하게 여기는 자세가 많은 아쉬움으로 남습니다.

세 번째는 관행에 변화를 주어야 합니다. 제행무상諸行無常이라는 말처럼, 세상의 변화에 우리의 삶도 능동적으로 변해야 합니다. 선박운행이나 수학여행, 그리고 모든 일도 어떤 방식이든 시대에 걸맞게 과거와 다른 패러다임의 전환이 있어야 합니다. 갑오년의 해운이 변화를 요구하는데 우리는 과거를 답습하기만 합니다.

네 번째는 모든 분야에서 융합이 필요합니다. 특히 봉우 선생님은 하원갑자 시기에 종교가 우리나라에서 융합된다고 하셨다는데, 종교가 빨리 그리되길 기원합니다. 지식이 넘치는 시대에, 종교 때문에 중심을 잡지 못하는 분들이 너무 많아 안타깝게 생각합니다. 종교를 더욱 인간답고 삶이 값지게 잘 써야 한다고 생각합니다.

다섯 번째는 자연의 이치를 살펴 크게 반하는 것 없이 살아야 한다고 봅니다. 태풍이 일고 비가 오고, 안개가 끼고 다 자연이 부리는 조화 속인데 왜 그걸 무시하려고 하는지요? 화를 자초하는 것도 다 자연을 거스르기 때문입니다. 마지막으로 우리는 몇 년을 주기로 큰 사건과 사고를 당하고도, 쉽게 잊어버리는 경향이 있습니다. 철저하게 분석해서 다음을 대비해야 하는데 모든 게 그때만 반짝하다 흐지부지합니다. 유비무환을 머리로 새기지 말고 가슴으로 새겨봅시다.

세월호 희생자들의 명복을 빌며, 그들의 희생이 왜 이렇게 우리의 가슴을 아리게 하고 마음을 아프게 하는지, 그리고 진정 하늘의 뜻이 무엇인지 우리가 걸어온 길을 뒤돌아 봅시다.

세월호의 아들, 딸들아!

──────── 아들들아! 딸들아! 너희를 구하지 못해 정말 미안하구나. 우리가 살아 있다는 것이 이렇게 부끄러울 수가 없단다. 죽음의 공포 앞에서 기성세대들이 얼마나 원망스러웠겠니.
오욕락五欲樂이 찌든 이 욕계에 대해 더는 미련과 집착을 떨구고, 훨훨 너희가 꿈꾸는 세상으로 날아가려무나. 훗날 너희를 지키지 못한 질책을 달게 받겠다. 저 세상에 먼저 가서 기다려다오.

갑오년이 우리에게 너무 큰 시련을 줍니다. 올해 우리에게 하늘에서 경고하리라 생각했지만, 너무나도 큰 충격을 통해 경각심과 가르침을 줍니다. 성과만을 바라는 빨리빨리 문화가 큰 재앙을 몰고 왔습니다. 세월호가 본보기가 되었지만 모든 분야에서 안전 불감증이 잠재해있고, 절차가 무시되고 결과만 바라보는 사회 분위기가 이미 예정된 사고였는지도 모릅니다. 경제만이 아니고 행정도 정치도, 교육도 예술도 성과라는 결과만 고집하고 있습니다. 소홀히 여긴 절차가 얼마나 큰 위험이 되는지 일깨워줍니다.

이제 사회의 구태의연한 시스템을 바꾸라는 하늘이 보낸 신호를 간파해야 합니다. 수백 명씩 한꺼번에 수학여행 떠나는 모습은 수십 년 전이나 변한 게 없습니다. 몇십 명씩 떠나도 될 텐데….

소그룹 단위로 역사와 문화현장을 찾아서 수학여행을 가는 것이 바람직한 것은 아닐는지? 사회 안전망 시스템은 두말할 필요 없이 재점검해야지요. 선진국 대열에 올랐다고 하면서, 언제까지 후진국형 사고의 오명으로 남을지 걱정스럽습니다. 미처 피워보지도 못하고 차디찬 바닷속에서 생과 이별한 아들, 딸들에게 우린 너무도 무력한 존재입니다. 우리의 잘못으로 인해 꽃다운 청춘들이 졌습니다. 용서를 빕니다. 그들의 영혼을 향해 속죄합니다.

오월의 연가

─────────── 오월은 꽃과 신록이 우리의 눈을 호강시켜 주지만, 일 년 열두 달 중 제일 많은 기념일을 한 번쯤 생각해야 하지 않을까요?

석가세존의 탄생은 우리 몸뚱이를 끌고 다니는 마음이란 놈을 잘 다스려, 더욱 인간답게 살라는 가르침이라고 봅니다.

어린이날은 미래의 주역들에게 어른들이 본보기가 되어 가르침을 전 하고, 어린이들의 부푼 희망과 꿈을 간직하고 키우도록 잘 이끌어 주어 야 한다고 봅니다. 어버이날은 한스럽게 살다 가신 조상님들과 부모님 들에게, 즐거움과 행복을 전해 드려 영혼을 해탈케 하는 것이며, 스승 의 날은 주어진 인연들을 모두 스승으로 여겨 이념을 바로 세우고 공 부를 평생 게을리하지 말라는 것이고, 부부의 날은 부족한 인생이 서 로 만나 존중하고 배려하여, 온전한 인생으로 바르게 펼쳐 나가라는 뜻이라고 생각합니다.

오월은 하늘로부터 부여받은 일을 성스럽게 여겨 한 번쯤 근로의 뜻 을 새기라는 근로자의 날, 부모 밑에서 보호만 받고 살다가 이십 고개 를 지나 이제 어른의 문으로 들어가는 성년의 날과 지구촌에 있는 인 류가 하나라는 세계인의 날이 있는 달입니다.

그리고 식품안전의 날, 입양의 날, 가정의 날, 금연의 날, 바다의 날, 방재의 날 등 각종 기념일이 있는데, 왜 기념일로 정했는지 그날의 소중함이 무엇인지 그냥 건너가지 말고, 멈추어 서서 한번 생각해 봄이 어떨는지요?

　세월호의 아픔에 묻혀 오월도 벌써 저만치 흘러갑니다. 벗님들은 참 담한 고통 속에서 무엇을 깨달았는지요? 오월 초하루보다 오월 첫 주보 다 오늘과 이번 주가 더 성숙했다고 느꼈다면, 그것은 스스로 돕고 발 전하는 것이요. 하늘의 도움도 함께 하는 것이 아닐까 생각해 봅니다.
　잔인한 사월을 뒤로하고, 우리가 모두 한 덩어리가 된 눈물의 사랑 으로 오월을 채우고 밝은 태양이 비추어지는 희망의 유월이 어서 찾아 오기를 기원해봅니다.

스승의 날 각오

───────── 스승님! 감사합니다. 저를 이렇게 잘 이끌어 주셔서 오늘도 무소의 뿔처럼 당당하게 정해진 길은 걸어가고 있습니다. 어느 길이 나의 길인지 찾기 어려울 때 스승님께서 방향을 일러 주셨기에, 저의 길을 찾아서 걸어왔습니다.
　제 인생에 스승님이 아니 계셨더라면 지금도 컴컴한 어둠 속에서 헤 매고 있었겠지요. 어디쯤인가에 주저앉아 길이 아닌 곳으로 걸어가고 있었겠지요. 인생의 반환점을 훨씬 지나 장년의 고개를 걸어가면서 스 승님이 가르쳐준 인생길을 뒤돌아 봅니다. 처음엔 의심도 했고 아닐 거야, 하는 부정도 있었지요. 지금에 와서 보니 '큰 가르침이었구나. 스승님 말씀을 따르길 잘했구나.'라는 생각이 듭니다.

회초리 치며 인간이 되라고 기초를 다져주신 초등학교, 사춘기에 바른길로 인도해 주신 중학교, 폭넓게 세상을 배우라고 일러주신 고등학교. 전문지식을 주시고 통솔력을 키우라고 일러주신 대학교 때 스승님들. 지금은 이 세상에 아니 계신 분들이 더 많지만, 당신들은 모두 저의 훌륭하고 거룩한 스승님이십니다.

그리고 직장에서 업무를 가르쳐주신 선배님, 상사님, 서로 의지하고 소통하여 주신 부하님, 동료님들, 업무상으로 만났던 모든 인연이 저의 훌륭한 스승입니다. 일터와 쉼터와 일상생활에서 접했던 산하대지, 유무 정물이 저의 스승이십니다.

만남을 통해서 무언가 하나라도 느끼고 깨닫고 알게 한 것이, 지금에 와서 보니 모두 가르침이며 공부 거리가 아니었나 생각하게 됩니다.

앞으로 남은 인생을 살면서 스승의 마음이 되어 세상을 열어나가겠습니다. 그리고 후배들에게도 스승님과 같이 조건 없이 사랑의 마음을 전하면서 살아 보겠습니다.

스승님의 거룩하고 헌신적인 사랑과 고결한 가르침에 눈시울을 적시며 오늘을 시작합니다.

스승을 잘 만나야 성공한다

_____ 성공하는 인생을 살려면 스승을 잘 만나야 합니다. 앞길을 잘 인도해 주는 스승은, 어찌 보면 나를 낳고 길러 주신 부모님보다 더 높고 귀한 존재일지도 모릅니다. 스승은 어디에 있습니까? 학교 선생님들이 인생을 올바르게 안내하는 스승일 수도 있습니다. 그러나 행복한 삶으로 인도해 주는 스승과는 거리가 있습니다.

우리는 누구의 가르침과 안내를 받아 성장하나요? 제가 느끼기에는 평소에 생각하는 고민과 자신만이 설정한 이념에 따라, 그때그때 인연이 와서 안내한다고 생각합니다. 내가 어느 특정분야에 관심을 두면, 그 분야의 전문가를 만나게 되어 안내를 받습니다. 인생 선배한테 노하우를 전수를 받고 더욱 삶을 발전시킵니다. 물질문명은 그렇게 이어 가는데 정신문명은 사상가, 철학가, 종교인이 스승이 되어 줍니까?

진정한 멘토는 눈앞에 펼쳐지는 이 사회의 모든 것들입니다. 사람도 되고 자연도 되고 일도 됩니다. 우리가 알지 못할 뿐이죠.

예컨대 하는 일이 실패했다면 그 실패가 스승이 되고, 미워하는 사람이 있다면 내가 더 노력하기에 그 미워하는 자가 스승이 됩니다. 그러나 그것을 찾기에는 오랜 시간이 걸립니다. 그래서 경험 많은 지식인과 덕망과 지혜가 솟는 분들을 만나 스승과 멘토로 이어집니다.

인터넷이나 유튜브를 뒤져보면 이 시대의 힐링 전도사가 있지요. 이

분들의 공통점은 종교와 사상과 문화를 초월했다는 것입니다. 아직도 많은 분이 종교와 사상에 묶여서 이분법적 사고와 행동을 합니다. 이 시대는 서로 다름을 이해하는 열린 마음이 필요합니다.

힐링 전도사들이 참으로 고맙습니다. 돈 되는 일도 아닌데 어렵게 갖춘 지식과 자기만이 깨달은 세상의 이치를 인터넷으로 전해 주어서 황폐한 마음을 치유해주고 내공을 쌓게 해주어서 감사하게 생각합니다.

매미 소리

─────────── 매미 소리가 작을 땐 마음이 편하고 좋았는데, 크게 울어대니 자연의 소리라기보다 일에 집중을 못 하게 하는 훼방꾼처럼 느껴집니다.

그래도 근무지 가까이에서 매미가 울어대니, 초등학교 시절 여름철에 매미 잡던 생각이 떠오릅니다.

제가 살던 시골의 초가집 주변에는 밤나무, 감나무, 살구나무, 대추나무, 복숭아나무가 열댓 그루 있었는데, 매미사냥을 좋아했습니다. 매미를 잡아서 실로 묶어 집 뒤 감나무에 놓아주면 가끔 울어주기도 했는데, 그땐 곤충이 유일한 놀이기구였습니다.

매미나 잠자리를 잡아서 비단 거미나 먹 거미 집에 던지던 생각이 납니다. 개구리를 잡아서 동네 형들이 키우는 새끼 매에게 주고 어떤 때는 가재를 잡는 낚싯밥으로 쓰곤 했지요.

지금은 아련한 추억이지만 그때는 자연이 주는 선물로 자연과 더불어 놀아서 그런지 행복지수가 높았던 것 같습니다. 왕따도 별로 없었고요. 다른 학교에서 전학을 오면 텃세도 없었던 것 같았습니다.

고학년인 5~6학년 시절엔 중학교 입학시험 준비하느라 꽤 노력한 거 같고요. 야간에는 담임선생님 댁에 중학교 입시준비를 하러 갔습니다. 유로 과외는 아니고 한 명이라도 더 중학교에 보내기 위해, 야간에도 학교보다 선생님 댁에서 공부하던 생각이 납니다.

지금은 과학과 문명이 우리 아이들의 영혼을 지배하고 있습니다. 초등생들도 스마트폰에 중독되어 가고 있고, 자연과 함께하는 시간이 주어지지 않습니다. 어른들이 좀 더 고민해야 합니다. 사회 시스템에 맡겨두지 말고, 어떤 환경을 만들어 주어야 아이들이 다양한 여건에서 적응할지, 기성세대인 어른들이 안내자의 역할을 해야 한다는 점을 잊지 말아야 합니다. 우리는 미래의 주역인 아이들을 위해서 무엇을 하고 있는지? 무엇을 해줄 것인지? 하루를 마무리할 때 1분간이라도 더듬어 봅시다.

자연이 주는 선물

─────────── 소백산 자락 영주고을 서천변 소나무 숲길을 걷고 있노라면, 자연이 주는 선물이 얼마나 소중한지 감사하지 않을 수가 없습니다.

상쾌한 아침 공기가 온몸 구석구석 세포를 깨워주고, 솔잎 향기가 바람을 타고 코로 들어오면 무거웠던 마음도, 찌뿌둥했던 몸뚱이도 온전하게 제자리를 찾습니다. 붉은 태양이 솔잎 사이로 솟아오를 때, 쏟아지는 햇살과 걷는 내가 하나가 됩니다. 우리는 이미 우주의 원소로 묶여 있는데 하나하나의 개체마다 찬란한 광명 속에 다 들어 있고 녹아 있습니다.

시인과 철학자가 아니더라도 나만의 순수한 정신세계가 발현되는 순간이기도 합니다. 똥 밭에 굴러도 이승이 저승보다 좋고 천국과 극락정토가 하늘에 있다 해도 지금 이 순간이 그보다 못할 게 없습니다.

가로변에 심은 벚나무에서는 꽃 몽우리가 터지며 기지개를 켜고 있습니다. 자신의 존재를 만천하에 드러내어 주어진 갑오년을 잘살겠다는 처절한 몸부림처럼 보입니다. 나무들이 꽃과 잎으로 치장하려는 지금 삼라만상이 모두 내 눈 안에 있습니다. 눈을 감으면 캄캄한데 눈을 뜨니 내가 하느님이요. 부처님이요. 절대자요, 조물주요, 창조주입니다.

한줄기 아침 햇살을 온몸으로 받아들이며 내가 우주를 운영하는 주체라고 생각하니, 스스로 위대한 존재임을 알게 합니다. 천상천하유아독존이라 했나요. 힘차게 내딛는 한 걸음, 한 걸음의 발자국이 아무것도 없는 텅 빈 공이 아니라 에너지로 꽉 찬 공임을 알게 합니다.

모든 것들이 아름답고 사랑스럽습니다. 솔잎 향기와 떠오르는 아침 태양과 벚꽃 망울이 나를 받아들이고 사랑하듯, 나도 모든 유무 정물을 진심으로 사랑합니다. 그리고 감사함을 전합니다.

환경을 살려야 지구가 산다

_____ 지금 시대의 대세는 건강과 힐링입니다. '명의'라는 TV 프로그램이 가슴에 와 닿습니다. 삼성 총수가 쓰러지고 나서 국민들이 더욱 관심을 두는 것 같습니다. 골든타임 용어도 익숙해졌습니다. 외부환경에 너무 자극을 받다 보니 평균수명은 늘어 가고 있으나, 건강한 심신을 유지 하기가 쉽지 않습니다.

초고속으로 발전하는 시대에 육신과 정신이 따라가기가 벅차서, 욕심과 야망을 채우기 어려워지는 이유 등으로 피곤이 더해, 온전한 상태의 건강을 유지하기가 버거운 게지요. 그중에서도 환경이 제일 문제입니다.

지금의 환경은 우리가 저질러 놓고 그대로 받고 있습니다. 크게는 지구 온난화부터 작게는 수질오염까지, 다 우리가 편리하자고 쉽게 가자고 욕심낸 결과의 부산물입니다. 빨리 가보자고 산허리를 잘라서 국토를 누더기로 만들어 놓고 산사태가 없기를 바라고….

깨끗하게 사용하기 위해서 세제를 쓰고 입맛 좀 즐기려고 고기를 먹으면서 수질은 좋기를 바라고… 자동차를 타고 좋은 옷을 입고 겨울철을 따뜻하게 나려고 하면서 대기오염이 없기를 바라면, 그 마음은 양상군자의 심보나 다름이 없습니다.

나는 실천을 안 하고, 남이 오염물질을 발생시키면 화내고 인상 쓰고 남의 탓 하는 것이 우리들의 참모습입니다. 건강한 지구와 국가와 사회와 이웃과 내 가정을 위해, 나는 무엇을 실천하고 있는가를 화두처럼 챙겨야 합니다. 가정에서 회사에서 세제 펑펑 쓰고 가까운 거리도 차를 타고 다니고, 농사짓기 쉽다고 고독성 농약 살포하고, 생산비용 줄이자고 축산과 공장폐수를 버리지는 않는가를 알아차리면 좋을 텐데. 이러한 것들은 좀처럼 사그라지지 않는 잘못된 우리의 습관성 문화입니다.

우리가 자연의 원소이기에, 자연을 나와 한 몸이라는 사실만 살펴도 우리 국토와 환경을 좀 더 아름답고 건강하게 가꿀 수 있습니다. 자연이 건강해야 결국 그 속에서 살아가는 우리도 건강을 찾고 행복을 지키지 않을까 하는 생각에 작지만 쉬운 것부터 실천을 다짐하는 순간입니다.

명량 영화

_____ '명량'이란 영화가 개봉 일주일 만에 천만 관객을 돌파했다고 합니다. 영화의 흥행을 떠나서 한일관계가 묘한 가운데 전 국민이 역사 속의 인물 이순신에게 집중하고 있습니다.

영웅은 난세에 나고 태평 시기에는 임금이 누군지도 모르고 지낸다고 합니다. 지금이 태평성대太平聖代일까요? 난세亂世일까요?

둘 다 기면 기고 아니라면 아니지요. 우리나라가 세계 10위권에 드는 경제 대국인데 난세입니까? 그런데 행복지수가 너무 낮아 난세라 해도 틀린 말은 아닐 겁니다.

자살이 OECD 국가 중 1위이고 우리나라 사망원인 중 4위라고 합니다. 자살연령도 60대 이상이 제일 높다고 하네요. 평생을 가족을 위해 사회를 위해 일만 해왔는데, 쉴만한 연령대에서 자살이 제일 높다는 것은 우리의 생활 방식에 모순이 많다는 뜻이기도 합니다.

60~70년대 근대화 초기 경제적으로 어려웠을 때, 대가족 시절 농업 국가였을 때 우리의 행복지수는 높았습니다. 모두 꿈이 있고 야망이 있고 목표가 있어서 경제의 어려움을 쉽게 극복했습니다. 지금 형편은 좋아졌는데 자살률은 높고 행복지수는 떨어지는 것은 왜일까요?

만족을 모르고 끝없는 탐욕이 우리를 지배하기 때문입니다. 시골 초가집 방 한 칸에 세 명 이상씩 살던 때가 불과 사십 년 전입니다. 상대적 빈곤을 못 참아서 그렇겠지만, 세계의 많은 나라를 보십시오. 동남아, 아프리카 등 그들에 비해 우리가 무엇이 부족합니까?

각박한 사회 환경이 문제인 게지요. 자식들은 다 성장해서 떠나고 부부 사이는 뭔가 모르게 조금씩 금이 갔습니다.

이웃도 사회도 마음의 소통이 안 되는 환경입니다. 아파트 문화가 그렇고 진보된 정보통신 문화가 오히려 독이 되는 것 같습니다.

6·25가 끝나고 가구당 10명이 넘게 살던 시대. 3대가 같이 살던 시대가 그립습니다. 그땐 없어도 행복했습니다. 지금 우리는 욕심을 내려놓아야 행복에 한 발짝 더 다가갈 수 있습니다. 행복도 결국은 마음 작용임을 안다면 마음에 행복이란 주문을 걸어보세요. 세상이 달라 보입니다.

술의 존재

_____ 술은 우리 생활에 어떤 존재일까요? 술이 보약이 되기도 하고 독약이 되기도 합니다. 경제가 어려워도 술은 언제나 그 자리에 존재합니다. 우리 옆을 떠나지 않는 자석과도 같습니다. 어쩌면 밥과 같은 존재인데 가끔 즐기는 기호식품이지요. 살기 좋으면 좋아서 힘겨우면 힘들어서, 술을 마셔라 따라라 하는 것 같은데, 음주가 득보다 실이 많아서 그런지 일부 종교에서는 술을 금기하는 것을 계로 정해서 지키게 하고 있습니다. 새겨야지요. 멀쩡한 사람도 술이 들어가면 이성을 잃게 되니, 폐단을 막으려는 조치였는지도 모릅니다.

음주문화가 나라에도 영향을 주었는지 역사 속에서도 금주령을 찾을 수 있습니다. 술은 음식입니다. 잘 쓰면 보약이고, 우리를 즐겁게 하는 친구와 애인과도 같은 존재입니다. 그러나 음주운전으로 실수로 유명인사들이 명이 단축되거나 비웃음거리가 되어, 평생 쌓은 덕망과 존경을 잃고 나락으로 떨어지기도 합니다. 회복하기 어렵게 건강을 잃기도 하고요. 서먹한 사이가 술 한잔 나눔으로 친해지기도 하지만, 처음에는 사람이 술을 먹다가 술이 술을 먹는 단계에 이르고, 급기야 술이 사람을 먹게 되면 이튿날 후회를 합니다. 술도 마시는 정도를 알아차려 딱 적당할 때 멈출 줄 알아야 후환이 없습니다.

인간의 위대한 발명품인 술은, 선택이 아니라 필수식품으로 우리의

DNA 속에 각인되어있는 것 같습니다. 약주로만 잘 쓰면 좋을 텐데요. 반가운 지인들을 만나 반주로 소주 한잔을 하다 보니 음주문화를 청산하기보다 술이 모두를 기쁘고 즐겁고 행복한 저 언덕으로 이끌어 주는 촉매제가 되었으면 하고 바람을 가져봅니다.

축구 관전평

_____ 브라질과 독일 월드컵 축구 준결승전 결과를 보고 왜 이런 어처구니없는 결과가 나타날까? 실력으로는 별 차이가 없는데 결과가 충격적인 것에 대하여 곰곰 생각해 봅니다. 패인은 전략과 전술이 미흡했겠지만, 저의 시각에서 분명한 것은 이 시합은 하늘에서 개입했다는 겁니다. 브라질을 보십시오. 온 국민이 축구에 매진하고 있습니다. 나라가 백성을 바르게 이끌어야 하는데, 축구와 삼바축제 등 놀고 마시고 먹고 유희를 즐기는데 젖어 있어, 하늘에서 충격 요법으로 경고하는 것으로 생각합니다.

브라질 선수뿐만 아니라 지도자들과 백성들이 너무 교만에 빠져 있지 않았나 싶습니다. 월드컵에서 몇 번 우승하고 결승까지 몇 번 가더니, 하늘 높은 줄 모르고 너무 안하무인격으로 전 국민이 방자하고 교만에 젖어 있어서, 이 또한 하늘이 좀 더 겸손해지라고 주는 메시지라고 생각해 봅니다. 그리고 브라질은 열대우림 지역으로 산소를 공급하는 세계의 허파인데, 산소공장인 숲을 너무 파괴하고 있지는 않은지? 또 전 세계가 이 허파에 의지하고 있는데, 이들의 기대를 저버리고 인간의 욕심을 위해 자연을 파괴하기에, 간접적이나마 하늘에서 브라질 국민들이 좋아하는 축구를 통해 경고하는 게 아닌가 생각해 봅니다.

또 하나는 세계인들에게 공부 거리를 주는 거로 생각합니다. 세계인들도 이 경기를 통해 역사에 남을 수치스런 점수로 브라질이 왜 패배했는지, 축구 실력만이 아니고 브라질의 사회시스템의 문제를 간파하여 교훈 삼고, 전차군단 독일이란 나라의 시스템을 본받으라는 메시지라고 생각을 확장해 봅니다. 우리는 브라질과 독일과 무엇이 다를까요? 사회 구석구석을 살펴보면 그들과 비슷한 문화도 있고, 습관도 있습니다. 나라는 어려운데 아직도 우리를 슬프게 하고 분노케 하고 실망을 주는 문화와 관습들이 나라를 위태롭게 하고 있습니다. 나는 이 나라에 어떠한 존재인지? 그리고 세계와 인류에게 어떠한 존재인지? 한번 관찰해보면 오늘은 의미 있는 하루가 될 것이라는 기대를 해봅니다.

큰 나무

──────── 큰 나무는 바람을 많이 받는다고 합니다. 보통사람들은 행실이나 품위가 손상되는 행동을 해도 사회가 알지 못하는데, 사회적 지위가 있으신 분들은 조금 어긋나기만 해도 금방 사회에 노출되

어 몰매를 맞습니다. 드렁칡처럼 얽힌 사회에서 내가 누구인지 알까 하는 생각들이 있지만, 세상 사람들은 그냥 두지 않습니다. 사회적으로 지위가 있다는 것은 많은 사회 구성원의 에너지를 받았기에, 그 구성원들이 가만있지 않는 이치입니다. 어찌 보면 보통사람들의 희생 속에서 공부도 하고 지위도 높아지고 하는 것이지요.

정치인 기업인 관료, 군인, 교육자, 그룹 등에서 리더에 속하는 공인들은 스캔들도 비위도 금방 노출되는데, 일반 백성이야 무슨 일이 벌어졌는지도 모르고 지내는 것이 요즘 사회 풍습입니다. 큰 나무는 바람을 많이 받지만 많은 것을 품고 지냅니다. 곤충도 새도 사람도 큰 나무 그늘에서 혜택을 받지만, 큰 나무는 양분을 많이 공급받은 죄로 불만도 고통도 호소하지 못하고 바람을 맞습니다. 우리 주위에 나름으로 열심히 사신 능력 있고 유능하고 경륜과 학식을 갖춘 정치인이나 학자나 관료들이, 청문회를 하면서 신상털이를 하다 보니 억울한 면도 많다고 봅니다.

우리 사회가 많이 투명해졌지만, 과거 문화로 볼 때 바지에 흙탕물 안 묻히고 산 분들이 몇 명이나 있을까요? 유능한 분들이 일을 해보려는데 도덕적인 잣대를 대서 끌어내리는 분들은, 과연 바지에 흙탕물 한 방을 안 묻히고 살았는지 묻고 싶습니다. 지금 우리 사회 문화는 똥 묻은 개가 재 묻은 개를 나무라는 형국입니다.

이런 풍토에서 누가 나라를 위하고 조국을 위하고 백성을 위해서 공직을 맡으려 하고, 또 희생과 헌신과 봉사를 하고자 하겠는지요. 때마침 로마 교황께서 우리나라를 방문해서 평화와 화해라는 메시지를 화두로 던졌다 하니, 깊이 생각해볼 일입니다. 언제까지 과거에 매달려 갑론을박해야 할 것인지? 과거를 어떻게 마무리하고 청산하느냐에 따라서 우리의 미래가 달려 있다고 생각합니다.

행복 에너지

─────────── 레크레이션 및 웃음치료사 자격증 획득을 위해 이틀간 쏟아 부은 에너지는 평소 일주일 이상 버틸 에너지의 양입니다. 그러나 버리고 나니 또 다른 에너지가 채워져서 정해진 수명에서 몇 달은 연장된 기분이다. 아니, 몇 년은 더 연장되었을 것으로 믿습니다. 웃음과 게임이란 프로그램이 분명 나를 더 긍정 마인드로 만들었지만, 그보다 더 나를 힐링하게 한 요소는 교육 동기생들이었습니다. 강사와 동기생 중 상당수는 내 자식과 같고 조카와 같고, 한참 밑의 막냇동생과 같은 연령대였으나 이틀 동안은 친구요, 벗이요, 동료요, 애인이요, 나의 멘토였습니다.

이제야 '인생의 변화가 이런 것이구나.'라는 작은 화두를 타파했음을 느낍니다. 지천명의 중반을 넘어서, 몇 년 후에는 이순의 고개를 넘어

평생 바쳐온 일터를 떠나야 합니다. '무엇을 해야 제2의 인생을 펼칠까.' 라는 고민을 안고 있는 인생의 고비 길에서, 하늘이 내게 앞으로 겪어야 할 생의 공간을 더 아름답고 가치 있고 보람 있게 채우라고 명한 것으로 생각합니다. 이런 하늘의 뜻을 감지하기에 나라는 아상을 버리려고 애를 써봅니다.

웃음과 게임의 체험은 나를 버리려는 또 다른 나에게 최후의 발악이었을 것입니다. 망가지고 또 망가지는 것이 또 다른 생의 잉태요. 내가 한 단계 업그레이드된다는 사실을 깨닫습니다. 어울림 함께함 우리 동기생 이런 단어와 행동은 분명 긍정의 에너지입니다. 행복을 누가 가져다주는가? 본인 스스로 노력해서 쟁취하는 것일까요? 둘 다 아닙니다. 행복은 본래부터 우리에게 주어졌는데 모르고 사는 것입니다. 행복은 늘 언제나 그 자리에 나를 위해 존재하고 있음을 아는 것이 또 하나의 깨달음이 아닐까요?

교황 방문

———————— 프란체스카 교황께서 우리나라를 방문하고 조선 시대 후기 가톨릭 신자들에게 성인의 전 단계인 복자의 반열에 올려, 숭고한 정신을 기리는 '시복식'이란 의식을 광화문 광장에서 개최하였습니다.

종교를 떠나 상징성이 큽니다. 가톨릭 이념이 현재의 우리 상황을 변화시키는 기폭제가 되기를 기원해 봅니다. 세계인의 존경을 받는 큰 어른께서 우리나라에 오시게 된 것도 시복식을 하는 것도 우리가 헤아리지 못하는 인연의 끈이 연결되어 있었던 것이 아닐는지요.

그동안 우리는 이사회의 분열을 봉합할 힘이 부족했던 것 같습니다. 우리도 종교 지도자들이 많은데 융합은 안 되고 '나는 옳고 너는 그르다." "내 지역은 더 좋아야 하고 네 지역은 안 된다.'하는 식의 갈등이 선거철마다 표로 나타납니다.

타의 힘에 이끌려 사회갈등을 봉합하려는 모습이 안타까워 보입니다. 세월호 이후엔 국가라는 거대한 배가 정지되어 있었지요. 국가 탓 남 탓만 하고 작은 것에 너무 연연하다 보니, 아쉬운 시간만 흘렀습니다.

교황께서 남겨주신 강렬한 메시지를 거울로 삼고 현재의 난제들을 풀어야지요. 이백여 년 전에 순교한 분들의 고귀한 뜻을 기리는 것이야말로 진정한 충효의 정신입니다.

6·25, 월남전 참전 용사, 공비소탕 희생 군경, 연평해전 등 나라를 위해 희생한 분들에게도 지극한 마음으로 정성을 다해야 합니다.

그들을 기리는 것이 교황께서 순교자들에게 행하시는 시복식이나 다름이 없겠지요. 호국영령 등 희생된 영혼을 감동하게 하는 정성이, 우리나라의 국운을 상승시키리라 생각합니다.

꿈을 쫓지 말자

_____ 꿈을 꾸고 해몽을 하는 경우는 꿈이 선명하여 기억되거나, 예감이 아주 좋거나 나쁘거나 예지몽이라 생각되면, 누구나 한 번씩 해몽 사이트를 접속하거나 주위 분들에게 여쭈어 꿈 풀이를 해봅니다. 태몽이 실생활에 적용되는 대표적인 사례 같습니다.

의학계통이나 과학을 하시는 분들은 꿈을 정신 해리 현상이라고 합니다. 평소 생각 중 간절한 것들은 어떤 형태로든 꿈에 잔상으로 나타나는 경우가 많습니다. 혹자는 조상님들과 소통한다고 하지요. 차원계에서 조상들이 후손들에게 무언가 메시지를 주려 할 때 꿈으로 전한다고 하네요.

대부분 꿈은 기억이 나지 않아 소위 개꿈이라고 합니다. 몸에 접촉된 상들이 무의식에 담겨 있다가 꿈에 발현되는 것인데, 우리는 개꿈까지도 예지몽이라 여겨 특별하게 생각하는 경향이 있습니다. 그래서 로또를 사느라 용돈이 말라 주머니가 비어 버립니다. 인생 자체가 꿈을 꾸는 것이고 하루하루 사는 것이 꿈과 별반 다름이 없는데, 꿈에 너무 연연하면 인생이란 여행에 재미가 없습니다. 조용필 노랫말에도 "꿈이었다고 생각하기엔 너무나도 아쉬움 남아."라는 가사가 있는데, 일상이 모두 지나고 보면 꿈과 같이 아쉬움이 남습니다.

어릴수록 꿈을 꾸고 그 꿈을 먹고 살아야, 큰 뜻을 품고 인생길을 걸어가는데 목표나 이념을 세우게 되지요. 개꿈이면 어떻고 돼지 꿈이면 어떻습니까? 꿈을 꾸고 산다는 것만 분명히 안다면 깨어 있다는 것이지요.

비록 잠결에 꾸는 꿈 말고도 인생 자체가 일장춘몽이라 하지 않습니까? 허깨비 같은 꿈을 쫓다가 보니, 늙고 병들어 온 곳으로 다시 갈 시간이 돌아옵니다. 꿈을 꾸든 깨어 있든 꿈과 같은 것이 인생이라는 사실만 알아도 꿈 하나에 일희일비하는 어리석음은 범하지 않을 것이라는 짧은 소견을 내어 봅니다.

곡선문화

──────── 곡선은 우리에게 익숙하고 친근한 문화인데, 농촌의 다락 논밭이 경지정리가 되면서, 신작로가 확·포장되면서 직선 문화가 고유문화처럼 자리 잡고 있습니다. 우리 본래의 곡선은 옷에서 가옥에서 산과 들 강에서 함께 해온 문화입니다. 우리 터는 땅이 작은 금수강산으로 곡선 문화가 더 적합한데, 끝없는 욕구가 그냥 두질 않습니다. 더 가더라도 시간을 잘 쓰면 되는데 빨리빨리 문화가 부작용이 되어 부메랑으로 돌아옵니다.

직선 문화는 급하고 날카로운 송곳처럼 심성도 바꾸다 보니, 사람

간의 관계도 온유함보다 냉정함이, 감성보다 이성적으로 흘러갑니다. 여유와 따뜻하고 정겹고 애틋한 감성이 메말라 가고 있습니다. 주변이 온통 극한 대립만이 판을 치고 있습니다. 정치판도 좀처럼 풀릴 기세를 보이지 않고, 경제도 환경도 사회도 심지어 군부대까지도 막혀서, 각종 사건 사고로 언론을 장식하고 있습니다. 근원을 보니 우리가 너무 쉽고 편리함만 추구하다 보니 따뜻한 기운이 사라지고, 찬 기운에 중독되어 혼미한 상태에서 갈피를 잡지 못하고 있는 것 같습니다.

서양 문화와 종교와 사상이 좋다고 우리 것을 업신여겨서 자초한 고난입니다. 선조들께서 가르쳐 주신 삼일신고三一神誥, 환단고기桓檀古記, 천부경 등 우리 안에 있는 보석 같은 구슬을 보지 못하고 있습니다.

우리 주변에 벌어지는 총체적인 문제들을 어떻게 풀어가야 할까요? 역사 속에 빛났던 선각자들의 가르침이 무엇인지 찾아야지요. 한 왕조가 오백 년 이상 유지한 나라는 우리 역사밖에 없다고 합니다. 그 지탱의 힘이 무엇이었을까요? 지폐 속에 계신 분들을 비롯하여 역사를 세운 선조들의 철학과 사상과 가르침을 찾고, 우리가 추구해야 할 가치도 우리 민족의 전통적 가르침을 시대에 맞게 다듬어서 창출해야 한다고 생각해 봅니다.

추석 한가위

_____ 추석 한가위 시작이 언제부터인지 정확히 알 수는 없습니다. 하지만 농경사회가 시작되고 한해 추수를 하면서, 하늘에 감사하던 의식에 유가 문화와 섞여 조상님들께 음식을 만들어 예를 갖추는 의식으로 변화된 것이 아닐는지요. 지금까지는 유가의 전통에 따라 추석날 아침에 조상님들께 차례상을 올리고 산소로 성묘도 다녀오고 하는데, 앞으로는 과거의 전통에서 벗어나 좀 더 한 발짝 앞서 가는 것은 어떨까요?

한해 추수를 할 수 있게 실질적으로 도움을 준 하늘과 땅 즉 천지기운인 대자연의 에너지에 우리가 조상님들을 초청하여, 다 같이 차례를 올리는 것을 말합니다.

옛날 고대국가 성립 이전, 우리 백두산 민족 조상님들이 하늘님께 감사를 드리는 것을 되찾자는 것입니다. 하늘에 제사 드리는 것은 부족국가 시절부터 있었던 풍습입니다. 신라 시대에도 기우제 등 나라에서 하늘에 정성을 올렸습니다. 지금 유가 문화의 예를 존중하면서 더 큰 차원으로 승화시키자는 것입니다. 우리가 본래 유명 세계에서 왔기 때문에 나 자신의 본향을 찾는 것이기도 하지요. 조상님들께서도 인간계에 계시면서 하늘에 진 빚이 있었기에 더 좋아하시지 않을까요?

이 풍족한 시대에 조상님들께서 배가 고프시겠습니까? 한해 농사의 수확을 먼저 조상님들께 신고하는 의미도 있겠지만, 기왕이면 조상님들과 같이 대자연에 감사하는 차례를 올리고, 즐겁게 축제를 열어가는 한가위를 더 바랄지도 모를 일입니다. 시대가 변하면 풍습도 전통도 한 단계 업그레이드 하는 것이, 이 시대 우리가 해야 할 책무가 아닌가 하는 생각에 젖어 봅니다.

가을비

────────── 가을비가 적당히 내려 주어야 하는데 너무 지나쳐 추수를 미룬 벼들이 수난을 당하고 있습니다. 미리 수확을 서둘렀으면 이번 가을비에 피해가 덜할 텐데 논에서 최대한 건조를 시키려다 실기한 꼴이 되었네요.

딱 적당할 때 욕심을 내려놓아야 하는데 조금만 더, 더 하다가 오히려 화를 당합니다. 식욕도 마찬가지죠. 맛에 이끌려 한 숟갈 더, 한 잔 더, 더 하다 보면 과식이 되고 과음을 해서 몸도 마음도 고장이 납니다.

재물도 운용할 그릇과 능력이 안 되는데 더, 더 모이려다 보면 나중에는 오히려 복이 화가 됩니다. 복과 화의 경계는 딱 적당할 때에서 조금 더 가고자 하는 마음이 출발점이고 분기점입니다.

눈에서, 귀에서, 코에서, 혀에서 촉감이 하자는 데로 따라가면, 항상 일을 그르칩니다. 사람과의 관계도 적당해야 합니다. 지나치게 친절해도 비굴한 것으로 발전되고, 너무 무관심해도 교만이 되어 신뢰도 잃고 관계도 멀어지게 됩니다. 적당한 것 참으로 어려운 숙제입니다. 성인들은 중용의 도를 일러줍니다. 옛날과 지금과 시대적 차이가 있으나, 근본은 같을 것입니다.

오늘을 사는 지혜는 자기의 경험도 중요하지만, 지금까지 인류가 만들고 발전시키고 교훈으로 남긴 것들을 잘 활용하고 쓰면 됩니다. 마음도 한순간 잘 쓰면 즉시 천국을 누리고 한순간 잘못 쓰면 지옥을 경험합니다. 오늘도 모든 것을 적당할 때 맺고 끊는 것을 연습해 봅시다.

연습하다 보면 조금씩 세상이 달라지고 자신이 달라질 것으로 생각합니다.

나무의 교훈

─────── 나무는 사람들이 자기 몸을 조각조각 내어 장작을 만들고, 화목 보일러나 난로의 연료로 사용하여 한 줌의 재가 되어도, 누구도 원망하지 않습니다. 그저 흔적 없이 왔다가 흔적 없이 가는 모델이 되어 주고 자연에 순응하며, 맡은 역할을 충실히 이행하고 떠나갈 뿐입니다.

장작이란 존재로 자기 몸을 아낌없이 태울 때는, 그동안 살면서 자기를 도와준 주변에 감사를 표하려는 듯 불꽃과 연기로서 자기의 온전함을 드러냅니다. 건축재나 가구재, 공예품으로 쓰일 때는 사람과 더불어 희로애락을 함께하며 친구가 되어줍니다.

우리는 어떠합니까? 인생을 장작처럼 건축재, 가구재, 공예품처럼 값지고 질량 있게 살아갑니까? 사람도 서로를 돕기 위해 빚을 갚기 위해 이 세상에 왔습니다. 선택한 가치가 달라 개인별 차이가 있겠지만, 누구나 다 세상을 이롭게 하고 한세상을 마감합니다. 과거에는 사·농·공·상이 철저하게 구분되어 벼슬길만을 질량 있다고 믿었지요. 지금은 모든 분야가 서로 얽혀, 어느 한 가지라도 소홀하거나 천하게 여기지 못할 시대에 와 있습니다. 나의 노력보다 남이 도와야만 살아갈 수 있습니다. 남이라는 것은 사람이 외의 모든 것을 총체적으로 지칭합니다.

오늘도 벗님들은 주위에서 나를 돕는 모든 것들을 사랑하고 감사하며 삽니까? 호흡으로 하늘 기운을 주는 산소를, 땅의 기운으로 영양을 공급하는 음식을, 추위를 막아주는 옷과 집을, 더불어 사는 이웃들을, 보이지 않는 모든 것을 진실하게 마음을 내어 감사하고 사랑한다면, 천지 기운이 우리를 더욱 아름다운 세상으로 안내한다고 믿어 봅니다.

정해진 이치

─────────── 처서가 지나니 매미 울음소리가 줄어듭니다. 여름 동안 전성기를 누리다 서서히 사라지고 있습니다. 올여름 한없이 울기 위해 기나긴 시간(길게는 13년에서 17년)을 굼벵이로 보내야 했습니다. 이런 노력에 비해 여름은 너무 짧습니다. 목이 터지라 외쳐 대지만, 여름은 이를 아는지 모르는지 가을이란 놈에게 자리를 양보하고 물러갈 준비를 합니다. 우리는 한 백 년도 못 되는 인생을 살기 위해 차원계에서 얼마나 기다렸을까요? 어떤 이는 이백 년에서 오백 년을 차원계에서 기다린다고 합니다. 다른 말로 인간 윤회 주기인 셈이죠. 인고의 시간을 기다려 인간 몸을 받아 신성한 과업을 받아 왔는데, 그 역할을 제대로 수행하기 전에 시간이 빠르게 지나고 있습니다.

우리가 싫어하고 징그러워하고 멀리하고 싶은 벌레들도, 파충류들도 다 제 역할에 충실합니다. 그래서 자연 생태계를 유지하고 있나 봅니다. 역할이 끝나면 자기들의 분신인 2세를 만들고 다시 온 곳으로 소리 없이 사라집니다. 사람만 대자연의 흐름에 순응하지 않고 역행하려 합니다. 처자식과 재물과 권력과 명예와 유희에 대한 집착의 끈을 놓으려 하지 않습니다. 오죽하면 사람은 집착 때문에 죽어서도 천국에 못 가고 구천에 떠돈다는 말이 생겨났겠습니까?

수행자들은 비워라, 내려놓아라, 버리라는 말로 끝없는 집착에 대한 고리를 끊으라 일러줍니다. 그러나 백의 구십구는 머리론 새기되, 마음이 말을 듣지 않습니다. 특히 집착은 남자보다 여자들이 강합니다. 열 달 동안 아파서 낳은 자식에게 집착이 안 간다면 오히려 비정상인 게지요. 자식을 먼저 보낸 모정의 심정은 어떨까요? 가슴에 커다란 숯검댕이가 남아 있겠지요.

저의 할머니는 청년기의 삼촌을 6·25 때 먼저 보내고 숙부와 고모도 앞세우셔서 평생 아픔을 가슴에 안고 사셨습니다. 동네 어귀에서 청년들이 있는 모습만 보아도, 늘 삼촌들 생각에 젖는 모습을 보고 자랐습니다. 그래서 돌아가셨어도 집착 때문에 하늘나라에 가셨을까, 아니면 우리 곁에 맴돌까? 라는 의문과 걱정을 했습니다. 그런데 곤충들에게서 동식물에서 답을 찾았습니다. 할머니께서 이생에서 겪어야 할 아픔이며 역할이었습니다.

그 아픔과 역할이 본래 내재 된 탁한 정신 에너지를 맑히는 과정이라고 생각합니다. 왔다 가는 것은 정해진 이치이고 순서에 대한 차이만 있습니다. 원인에 따라 결과만 이어질 뿐입니다. 그래서 가는 것은 하늘에 맡기고 인간계에 있는 동안 맡은 역할에 온 힘을 다하고, 촛불처럼 아낌없이 이 몸을 태워 한이 없어야, 차원계로 돌아갈 때도 떳떳하지 않을까 하는 생각을 가져봅니다.

시간이 금이다

─────── 느티나무 그늘에 누워서 파란 하늘을 봅니다. 아직 여름 기운이 남아서 그런지 말매미가 힘차게 우는 소리가 귓전을 울립니다. 여름을 붙잡고 못 가게 안간힘을 다하고 있는 그런 울음입니다. 내년 여름을 기다린다면 지구가 태양을 한 바퀴 돌아야겠지요. 과거의 여름들을 생각하면 시간의 흐름이 찰나와도 같습니다. 우리는 화살과 같은 시간을 잘 쓰고 있는지 가끔은 살펴야 합니다.

영양가 없는 것에 너무 매달려서 허송세월을 보내는 것은 아닌지? 자신이 하고 싶은 일에 보람과 열정이 있는지? 한번 왔다 가는 인생이기에, 시간의 소중함을 항상 화두처럼 챙겨야 합니다. 큰 업적을 이룬 분들이나 존경받는 분들의 공통점은 시간 관리에 철저했다는 점입니다. 약속을 잘 지켜 신뢰를 쌓아, 사람은 물론 하늘과 땅의 도움까지 받았을 것입니다. 취미도 시간의 선택입니다. 낚시는 기다림의 철학을, 등산은 자연과 둘이 아님을 깨닫는 체험이기에 우리는 시간을 잘 써야 합니다.

인생길을 가다 보면 뭐든지 다 때가 있습니다. 축구도 문전에서는 슛을 해야 하고, 다투더라도 화해하는 데는 길게 끌면 끌수록 이생에서는 원수가 되고, 다음 생으로 원결을 풀어야 합니다. 공부도 젊어서 총기가 있을 때 더 집중해야 합니다. 나이를 먹으니 기억력도 감퇴 되고, 암기력도 떨어지고 젊은 나이에 외웠던 것들은 생각이 나는데, 지금 공부하는 것들은 기억이 잘나지 않아 새삼 젊은 시절이 그립습니다.

그러나 인생의 경륜은 세월이 만들어 주는 것 같습니다. 세월의 흐름이 어느 정도 세상을 보는 안목을 높아지게 합니다. 그 단적인 것은 젊은 날, 무지한 욕심에 맘고생을 했던 것들의 원인이 확실하게 잡히는 것입니다. 그래서 인생의 스펙은 무엇보다도 어려움을 겪어보고, 속도 썩어보고, 실패도 해보아야 더욱 단련되는 것 같습니다. 세월이 약이라기에 인생 후배들에게 많은 것들을 보고 듣고 경험하게 도와주는 것이, 이 시대의 진정한 멘토가 아닌가 생각해 봅니다.

빗물의 위력

_____ 빗물이 모이니 그 위력이 대단합니다. 시냇물이 불어서 굉음을 내며 먹이를 쫓는 맹수처럼 질주합니다. 불이 지나간 자리는 건질 게 있고 수마가 훑고 간 자리는 잡을 게 없다는 말이 실감이 납니다. 예전에 홍수가 잦은 시절에는 시냇물이나 강물을 보아도 별생각이 없었는데, 지금 자세히 시냇물을 관찰해보니 거대한 용광로 같기도 하고 모든 것을 흡입하는 블랙홀과도 같습니다.

한 방울의 물이 모여서 이처럼 위력을 보이는데 우리는 어떠합니까? 가족 구성원간 의견이 분분하고 뭉쳐지지 않으면 가정사가 자주 멈추어지며, 잘 굴러가지 않습니다. 사회도 직장도 국가도 마찬가지죠.

고 이승만 대통령의 연설 내용 중 '뭉치면 살고 흩어지면 죽는다.'라는 말이 생각납니다. 가족도 직장도 국가도 빗물처럼 뭉쳐야 하는데 뭉친다는 말이 지금 시대에 왠지 낯설게 느껴집니다.

세월호 때문에 전 국민이 숨죽이며 한마음이 된 것은 뭉쳤다고 볼 수 있겠지요. 서로 푸는 해법이 달라 진통을 겪고 있지만, 역지사지하면서 서로 뭉치면 잘 해결되리라 믿습니다. 우리는 개인별로는 다 왕과 같은 존재입니다. 모든 것이 자기 위주로 흘러가니까요? 자기가 왕이면 남도 왕이라는 사실을 인정한다면, 뜻밖에 막힌 것들이 쉽게 풀릴 수도 있습니다.

프란체스코 교황의 메시지처럼 내 몸뚱이도 내 것이 아닌데 우린 자식에게 마누라에게 남들에게 자기 맘에 들어주기를 바랍니다.

엄청난 욕심이지요. 세상이 내 맘대로 돌아가면 얼마나 좋겠습니까? 그러나 항상 내가 바라는 바와 세상의 운영은 정반대로 돌아갑니다.

다른 사람도 왕이기 때문에 내 맘보다는 다른 사람 맘대로 세상이 굴러가기 때문입니다. 나를 제외한 모든 것들이 똑같은 왕이라는 사실만 깨달아도 어려움을 극복하는 데 훨씬 도움이 될 것으로 생각합니다.

벌초 문화

_____ 벌초가 무엇이기에 전국 교통망이 마비되고 있습니다. 전국 산야가 예초기 돌아가는 소리에 시끄러워서 귀를 막고 있습니다. 벌초는 매장묘지나 납골묘지에서 자란 잡관목과 풀, 잔디 등을 깎아 묘지를 깔끔하게 만드는 작업입니다. 베어낸 풀과 잡관목을 갈퀴로 깨끗하게 걷어 내어야 완성된 벌초라 할 수 있지요. 벌초 문화는 추석 보름 전부터 일주일 전까지, 전국 구석구석까지 집안 간 단합대회를 연상케 하리만치 씨족사회의 대동단결을 만들어 냅니다.

벌초하면서 조상님들과 소통을 하셨나요. 마누라와 자식들과도 소통이 안 되는데 무슨 조상님들과 소통하느냐고요? 조상님들과는 양방 소통이 아닌 일방 소통밖에 없지요. 지극한 마음. 벌초하고 성묘를 하는 것처럼 지극한 정성이 있을까요? 매장이 없어지고 화장문화가 70% 이상 실행될 때 즉, 지금부터 한세대 지나면 현재의 디지털 세대가 기성세대가 될 때는 벌초 문화도 시들시들 사라지겠지요.

언제까지 지켜질지 예측하기 어렵지만, 추석과 설 명절이 민속의 날보다 휴가의 대용으로 바뀌고, 제사 문화가 점점 젊은이들에게 멀어져 가는 것은 보면서 시대의 변화에 따라 문화도 바뀔 것입니다.

묘지로 인하여 전국의 산림이 벌집처럼 누더기 되어 가는데, 음택명당陰宅明堂을 발복을 위한 수단으로 여기지 말고, 조상에 대해 섬김으로

여긴다면 장묘문화의 변화가 시대의 개혁을 선도하지 않을까 하는 생
각을 가져봅니다.

명품인생名品人生

——————— 명품인생이란 어떤 인생일까요? 흔히 잘 먹고, 잘 배
설하고, 일 잘하고, 돈 잘 벌고, 많은 것을 갖고, 감투가 많으면 명품이
라고 압니다. 출세한 인생을 명품의 개념으로 보기보다는, 어느 시대건
인간에게는 맡은 역할이 있는데 그 역할을 잘 수행하는 것이 명품이
아닐까요? 시대마다 세상을 빛냈던 사람들이 있습니다. 역사 속에 기
록되기도 하지만, 묵묵히 세상을 살다간 사람들은 사회와 국가와 세상
을 빛내고 홀연히 떠난 분들입니다.

상황에 따라서 목숨을 초개같이 바친 사람들, 나라를 위해 전쟁을
하다 가신 분들도 죽는 순간까지 나라 걱정을 했다면, 명품인생이라
할 수 있겠지요. 우리는 이사회를 살면서 무슨 생각을 하면서 살고 있
습니까? 목표를 정해놓고 그것을 위해서 정진합니까? 시대를 밝히는
태양과 별은 못되더라도 횃불과 등불 정도는 되어야지요. 최소의 단위
인 빛, 무엇이 등불입니까? 옆에 있는 분, 앞에 있는 분, 뒤에 있는 분
들을 이롭게 하면 그것이 등불입니다. 멀리 있는 분까지 이롭게 하면
별이 되겠지만, 현실적으로 쉽지 않기에 주변 사람이라도 편하게 해주

고, 웃게 해주고, 행복할 수 있도록 대응해 주고 도와준다면, 그것이 시대를 사는 명품인생이라고 생각합니다.

더 큰 빛으로 살고 싶다면 주변을 벗어나 이웃과 사회를 빛내는 것이고, 별과 같이 어둠을 밝히며 빛을 내는 인생은 오직 일념으로 나라 걱정, 백성 걱정, 세상 걱정을 하면서 에너지를 그쪽을 향해 쏟는 것입니다. 가족과 주변을 벗어나는 것은 많은 것을 버려야 가능한 일입니다. 아주 큰 별이 되고 싶다면 성인처럼 오로지 우주를 위한 넓은 마음이 늘 유지되어야 합니다. 시대에 따라 우주처럼 살다간 그런 분들이 지금 존경받는 성인들입니다. 우리는 시대의 횃불이 되라고 하늘에서 보낸 사람들입니다. 적어도 내 주변 사람과 주변의 유무 정물을 위하는 빛이 된다는 생각을 유지하는 그런 삶을 살아 봅시다.

마라톤

─────────── 서울 국제마라톤 경기를 보고 있습니다. 선수들이 무엇 때문에 저렇게 힘든 종목을 선택했나를 생각해 봅니다. 물론 소질이 있고 성취로 인해 영광도 있을 테지만 경기 후반에 달리는 모습이 너무 힘겨워 보입니다.

이런 모습을 비쳐 보자니 우리 인생도 마라톤과 같이 자기와의 고독한 싸움이라고 생각됩니다. 태어나면서부터 갈 때까지 자기 자신을 지속해서 관리해야만 합니다. 수신제가치국평천하修身齊家治國平天下란 말이 그냥 생긴 게 아닌 것 같습니다. 운동하고 음식으로 영양을 보충하여 육신을 단련하고, 마음 씀씀이도 잘 관리해야 합니다. 눈앞에 펼쳐진 모든 것들을 흡수하여 쌓은 경험을 잘 활용해야 인생의 실패가 줄어듭니다.

무소의 뿔처럼 인생은 홀로 자신과 싸워가는 존재이면서도, 끊임없이 주변의 도움을 받아야만 합니다. 마라톤이 자신과의 싸움이지만 훌륭한 코치와 감독이 필요하고, 같이 훈련하는 동료가 있어야 기록이 향상되고 발전할 수 있듯이, 삶도 이와 똑같다고 봅니다. 인생에 스승과 멘토가 필요하고, 친구와 상사와 부하와 동료가 필요합니다. 그리고 가족은 제일 중요합니다.

내가 남에게 도움을 받으려면 먼저 내가 남을 돕고 있는지를 관찰해야 합니다. 나는 남을 안 돕고 남의 도움을 원한다면 그 마음은 도둑놈의 마음이나 매한가지입니다. 지금 자신을 잘 쳐다보고 관찰해봅시다.

나는 누구를 돕고 있는 지, 그리고 누구에게 도움을 받고 있는지….

이런 사실과 관계만 알아도 인생의 절반은 성공할 거라고 믿어 의심치 않습니다.

김장과 음식문화

_____ 겨울로 접어들었다는 입동이 지나니 김장하는 가정이 늘어납니다. 지금은 사계절 싱싱한 채소가 공급되어 김장 문화가 많이 퇴색되어 가지만 예로부터 겨울을 나려면 김치보다 좋았던 음식이 없었나 봅니다.

된장, 간장, 고추장도 있었고 각종 장아찌도 반찬으로 사용했지만, 김치가 최고였던 게지요.

초등학교 시절 담임선생님께서 친구 집을 방문했는데, 그 친구 조모께서 무로 열두 반찬을 만들어 내더라고 칭찬하셨던 모습이 떠오릅니다. 요즘처럼 먹거리가 많다고 혀가 즐거워하지 않습니다. 음식을 준비하는 이의 정성이 배인 솜씨가 맛을 냅니다.

한정식당에 가면 반찬 가짓수가 족히 이십 가지는 넘는 것 같은데, 수저가 가는 것은 다섯 가지에 불과하고 나머지는 눈만 즐겁게 하지요. 남은 반찬은 분명 재활용되거나 폐기처분 될 터이니, 우리의 음식문화도 바뀌어야 합니다. 낭비가 많은 것이 뻔한데도 '자고로 음식은 푸짐해야 한다.'라는 관념이 아직도 우리를 지배하고 있습니다. 인기 좋은 반찬 몇 가지면 충분한데도, 상다리가 휘어지도록 준비하는 게 우리네 풍습입니다. 군대의 일식삼찬一食三饌은 음식문화를 선도하는 좋은 사례입니다.

우리나라 사람들은 외국 여행을 떠나도 밑반찬을 준비합니다. 그 나라 음식문화를 접해보고 체험을 해야 하는데, 무엇을 체험하러 떠날까요? 요즘 EBS에서 세계 테마 여행 프로그램을 통해서 관광명소와 먹거리를 다 보여줍니다. 누구나 천안통天眼通을 누리고 삽니다.

음식도 눈으로는 세계를 넘나드는데, 혀가 느끼지 못하므로 체험을 떠나지요. 여행 가방에 반찬을 바리바리 준비해 가면 혀가 무엇을 느끼겠습니까? 느끼하고 비위에 거슬려도 그 나라를 알려면 음식부터 체험해 보는 것이 어떨지, 김장 담그면서 음식문화의 허와 실을 살펴봅니다.

배려의 자세

_____ 영주 고을 오늘 아침 기온이 영하7도 체감온도는 영하14도입니다.

따뜻한 남쪽 나라인 부산도 체감온도가 영하5도 라고 합니다.

밖에 나가서 푸른 말처럼 활보하고 몸을 풀려는데 엄두가 나질 않습니다. 몸도 움츠러들기 마련이고 활동도 자연히 소극적일 수밖에 없습니다. 눈까지 쌓여서 얼어붙으면, 모든 사회시스템이 마비되다시피 하는 것이 오늘날 우리의 사는 모습입니다.

에너지 소비도 한여름을 능가하게 늘어날 것이고, 중부지역 위로는 겨울을 나는 것이 전쟁을 치르는 것과 같습니다. 우리의 조상님들과 부모, 형님, 누나들은 오늘 우리가 겪는 추위보다 더 혹독한 추위를 이겨냈습니다. 옷도 집도 에너지도 지금보다 훨씬 열악했는데 그 힘은 어디서 왔을까, 하는 생각을 해봅니다. 저는 자연에 대해 순응하는 태도, 즉 정신이 살아 있어서 추위도 가난도 시련도 이겨냈다고 봅니다.

지금 우리의 주변을 둘러보면 너무 이기주의적이고 자기중심적인 사고와 젊은 층은 나약한 정신에 젖어 있습니다. 작년 말 철도파업만 보더라도 노사정 모두가 상대가 없는 아상我相만이 판을 치고 있고, 어려운 환경을 인내하기 힘들다고 하늘이 준 목숨을 쉽게 버리는 경향은, 추운 날씨보다도 더 경계해야 할 공공의 적이라고 생각됩니다.

역지사지하는 자세가 아쉽습니다. 쉽게 쉽게 나아지려고만 하지 말고, 어려움을 극복하게 하는 사회교육이 아쉽습니다. 본인의 생명이 가장 귀함으로 여길 줄 아는 자세가 아쉽습니다. 입동 추위에 집을 나설 엄두가 나지 않아 궁상을 떱니다.

흔들리는 마음

_____ 소설이 저 멀리 가고 대설이 달려오고 있는데, 나뭇가지 끝에 매달려 있는 단풍을 보고 아직도 가을의 끝자락인 줄 알았습니다. 눈발이 날리고 날씨가 갑자기 추워지니 겨울이 왔음을 실감하니

다. 오감이 예민해야 몸도 보호하고 계절의 아름다움도 누리며 사는데, 연식이 좀 되다 보니 감각에 대한 반응속도가 느려집니다.

내복과 파카도 챙겨서 옆에 두어야 하고, 귀마개, 마스크, 장갑, 목도리 등은 문밖을 나서면 지녀야 할 필수 품목이 되었습니다. 눈까지 쌓여 차량통행이 어려워지면, 자동차에는 체인도 지녀야 할 필수품입니다. 겨울만 나자고 스노타이어를 교체하는 분이 별로 없네요. 요즘은 전천후 타이어라 그런지, 자동차 신발은 우리 신발처럼 겨울전용이 필요해 보이지 않습니다.

눈은 사람뿐만 아니라 짐승도 자동차도 반갑지 않은 귀찮은 손님입니다. 눈이 덮인 세상이야 보기엔 좋아도 녹아서 없어질 때까지는 득보다 실이 많은 것 같습니다. 스키장 썰매장이나 가뭄 해소 등엔 좋겠지만, 빙판길 교통사고, 염화칼슘 소비, 제설작업 등등이 겨울의 상징인 눈이 주는 번거로움입니다.

일 년 열두 달 중 십이월 달력 한 장만 덩그러니 남은 것을 보며, 창넘어 휘몰아치는 눈발이 왠지 기분을 심란하게 합니다. 을씨년스럽다 할까요. 날이 우중충하고 차가운 바람마저 정신 나간 사람이 풀어 제친 긴 머리칼처럼 흔들어댑니다. 그런 기상의 변화에 마음이 흔들리고 있는 자신을 보고 '내 마음 나도 몰라.'란 노래 가사처럼 감고 있던 실타래가 풀리고 지나가는 그런 순간입니다. 섬광과 같이 짧은 순간의 마음을 포착해서, 정제하지 않은 기분을 지면에 담아봅니다.

나의 모순 바로잡기

──────── 베이비붐 세대가 어렸을 때인 50~60년대는 눈이 쌓이고 동장군이 활개 치면, 화롯불에 둘러앉아 어른들께 옛이야기를 듣고 교감과 소통을 나누었습니다. 그런데 지금은 사회여건이 바뀌어 정서적 문화는 찾을 길이 없고, 아이들을 학원가로 혹사하며 인간 로버트로 만들어 가고 있습니다. 그 당시 형편은 어려웠지만, 화롯불에 고구마와 감자와 군밤을 굽고 도란도란 이야기꽃을 피우며, 3대가 좁은 초가집에서 춥고 가난하게 살았어도 행복지수가 높아 지금처럼 자살이 많지 않았습니다.

풍족한 것이 행복과는 거리가 있다는 것을 새삼 느낍니다. 배부르고 등 따습고 편리하면 그게 행복인 줄 알았는데, 환경오염과 잘 먹어서 생기는 질병들과 경쟁사회 스트레스가 사회를 병들게 하고 있습니다. 그리고 상대적 박탈감으로 인해 높아진 자살률과 각종 사고가 끊어지지 않는 현실이, 이 시대를 그늘지게 한 얼룩들입니다. 경제성장과 지식성장과 함께 행복성장도 비례하면 좋을 텐데, 하늘은 모든 것을 함께 다 주지는 않는 것 같습니다. 하늘은 인간에게 신족통神足通, 천안통天眼通, 천이통天耳通을 주었는데, 그것을 과하게 사용해서 그런지 가정이 깨지고 정신건강이 피폐해져 갑니다. 사회 구석구석에 노폐물이 쌓여 동맥경화 현상이 나타나고 있습니다.

건강하고 밝은 사회를 위해서 지금 우리가 할 수 있는 가장 시급한 것이 무엇일까요? 가장 먼저 해야 할 일은 우리 사회의 모순을 바로잡는 일입니다. 언론을 통해서 우리 눈에 자주 들어오는 모순과 병폐들을 가장 먼저 손을 봐야 합니다. 요즘 세상을 시끄럽게 하는 요소들은 지금까지 감추어졌다가 곪아서 터진 것들입니다. 종기 짜듯 도려내지 않으면 몸속 깊숙이 썩어가서 종래에는 큰 비용과 고통을 수반합니다.

우리가 모두 이 사회의 모순에서 벗어나지 못합니다. 자기 이로울 때로 모순에 편승해 왔기 때문입니다. 남의 탓 나라 탓하지 말고 자기의 모순을 찾아서 바로 세워 갑시다. 내가 바뀌어야 남도 사회도 나라도 바뀐다고 생각합니다. 동지 팥죽 속에 우리의 모순이 녹아서 사라지길 기원해 봅니다.

성탄절의 의미

_____ 성탄절이 언제부터인지 쉬는 날이 되었습니다. 젊은이들은 축제의 날이 되기도 하고, 어린이들은 선물 받을 기대로 일 년 중 제일 설레는 날이 되었습니다. 성인이 탄생한 날이라 하여 성탄절이라

하는데, 우리가 성인들의 가르침에 대해 진심으로 감사를 느낀다면, 지금 벌어지는 성탄절 문화는 다시 바로 잡아가야 합니다.

쉬는 날이 아니라 성인의 가르침을 공부하는 날이 되어야지요. 예수님께서 일러주신 제일 큰 가르침이 무엇일까요? 저는 예수님 하면 모든 이들의 고통을 대신 짊어지고 가셔서, 사랑을 몸으로 보여 주었다고 봅니다. 요즘 우리는 입으로만 사랑을 말하지요. 행동으로 옮기는 분들이 몇 명이나 됩니까? 예수님의 가르침은 그게 아닌데 신격화하고 빙자해서 종교단체를 만들어 현혹하고, 종교 전쟁을 일으키는 것이 우리 인간들입니다. 이는 역사가 증명하고 있습니다. 맹신이 가져온 결과는 세월호나 이와 유사한 사례가 너무 많고요.

예수님께서 당신을 팔아 장사하는 오늘날의 인간무리를 보신다면 통탄할 일입니다. 보이지 않는 곳, 그늘진 곳에서 묵묵히 예수님의 가르침인 참사랑을 실천하고 계신 분들이, 종교를 떠나 진짜 예수님의 제자라고 생각해 봅니다. 믿음, 소망, 사랑 그중에서 제일은 사랑이라 했는데, 사랑은 어디 가고 믿음만 외치는 현실 종교단체의 빗나간 모습을 보면서, 인간들은 항상 자기에게 유리하고 편리하게 성인들의 가르침도 조작해서 사용하는 특성을 발견하게 됩니다.

저 역시 예외는 아니기에 그런 마음을 관조하면서 성인의 가르침을 진실하게 받들고 실천할 것을 다짐해 봅니다. 예수님은 현생을 사는 우리를 밝은 사회로 행복한 삶으로 이끌고자 하셨지, 무조건 믿어서 사후에 천당으로 보내려는 가르침은 아니라는 생각을 하면서, 성탄절 모든 분이 행복으로 가득하길 기원합니다.

적선지가필유여경 積善之家必有餘慶

──────── '적선지가필유여경'이란 말이 있습니다. 덕과 선을 많이 쌓으면 필히 경사스런 일이 생긴다고 하지요. 조용헌 민속학자는 대표적인 사례로 영남의 경주 최 부자 집과 호남의 인촌 김성수 선생 가계를 꼽습니다. 그 외에도 명문가는 모두 적선과 적덕을 누대에 걸쳐서 쌓았기에, 두 배로 이자 쳐서 후대에 그 복을 받는다고 합니다. 무엇이 적선일까요? 기부천사? 봉사활동? 모두 남을 돕는 이로운 일들입니다.

요즘 우리 주변을 보면 나눔을 실천한다고 요란을 떱니다. 그런데 그 나눔이 왼손이 하는 일이 오른손이 몰라야 하는데, 좋은 일은 아주 조금 해놓고 요란하게 선전을 합니다. 어떤 분은 광고를 찍어댑니다.

진심이 배지 않고 가식이 있는 나눔은 공덕이 되지 않습니다. 내가 하느님이라도 이런 가식 있는 분들에게 복을 주지 않겠습니다. 일상이 나눔이 되고 덕과 선을 일부러 구할 것이 아니고, 자기가 처한 위치에서 최선을 다하는 것, 지금 주변에 있는 분들에게 진정으로 마음을 열고 희로애락을 함께 하는 것. 마음 쓰임이 한결같고 나보다 남을, 가족보다 이웃을 생각하는 것이 덕이요, 선이라고 현대적인 해석을 내려 봅니다.

남을 돕는다는 것도 자기 자신을 먼저 도와야 합니다. 내가 무슨 생각을 하고 있는지 무슨 행동을 하고 있는지, 여실히 살피는 것이 자기를 돕는 것입니다. 위대한 분들은 모두 자기 마음을 항복 받았다고 합니다. 뜻대로 살아도 걸림이 없는 것이지요. 우리는 그리는 못해도 자기 마음을 알려고 노력은 해봐야 하지 않겠습니까? 내가 나를 사랑할 줄 알아야 남도 사랑하고, 내가 나를 돌보아야 남도 돌볼 줄 알고, 내가 행복해야 남도 행복하게 해줄 에너지가 생긴다고 생각합니다.

오늘 하루도 내가 잘살고 있는지 어디를 향해서 어디쯤 가고 있는지 돌이켜보고, 내가 스스로 미소 짓고 행복하면 그게 곧 적덕積德이요, 적선이 아닌가 하는 생각을 가져봅니다.

이 시대의 대인배

_____ 이 시대의 대인배(군자)와 소인배를 어떻게 구별할까요? 벗님들은 스스로 어디에다 방점을 찍겠습니까? 자기가 판단하기보다는 옆에서 접하는 분들이나 주변 사람들이 더 정확하게 판단할 수 있습니다.

옛날에는 질량이 크지 않은 세상이었기 때문에, 충효가 대인배와 소인배를 가르는 잣대였는지 모릅니다. 중국에서는 지위로 가렸는지 사극을 보면 지위 높은 분을 대인大人으로 부르는 광경을 보는데, 원뜻 하고는 차이가 있는 듯합니다.

지금 시대에는 어디에다 기준을 둘까요? 권력, 명예, 재물은 수단에 불과해서 이를 가졌더라도 대인배의 기준은 아닌 것 같고, 지식을 많이 쌓았다고, 일을 잘한다고 대인배라 할 수도 없지요. 대인배란 마음 씀씀이가 넉넉함에 기준을 두는 것이 제일 적합 하다고 봅니다. 그런데 마음 씀씀이를 어떻게 살필 수 있겠습니까? 저는 두 가지로 구분하여 살펴봅니다. 매사에 긍정적인 마인드를 운용하는 분은 대인배요, 무슨 일이든지 부정적이고 불만에 가득 찬 분은 소인배라 규정을 지어봅니다.

　보는 관점이 다르겠지만, 긍정적인 마인드와 부정적인 마인드는 얼굴에 나타나기 마련입니다. 긍정적인 마인드는 훤하고 빛나는 얼굴을, 부정적인 마인드는 찡그리고 어두운 얼굴로 나타납니다. 물론 건강에 따라 달라질 수는 있겠지만….

　그래서 일부러라도 박장대소로 웃는 연습을 자주 하면, 마음 씀씀이도 긍정적으로 바뀌지 않을까요? 엔도르핀 등 몸에 좋은 호르몬도 20여 가지가 나온다니 웃음이 보약이요, 긍정적인 마인드 생성의 바탕이요. 대인배(군자)를 만드는 지름길이 아니냐는 생각을 가져 봅니다. 오늘도 웃음으로 열어가는 하루가 되시기를 기원합니다.

어른이란

───────── 어른이란 누구를 가르치는 용어입니까? 성인이 되고 나이가 들어 늙어지면 모두 어른이 됩니까? 나이만 먹는다고 이사회의 어른이라 할 수는 없습니다. 흔히 노인분들을 어른이라고 하거나 어르신이라고 부르지요. 진정한 의미의 어른이란, 이 사회와 젊은 사람을 바르게 이끌어 주는 분을 어른이라고 합니다. 어린이와 젊은이들은 이상은 있되 아직 철이 덜 들었다고 해서 철부지라 합니다. 철이 들어도 인생의 완성이 덜 되었기에 스승이나 멘토를 만나야 합니다. 이때 스승이나 멘토가 되어 주는 자가 어른이라 할 수 있지요.

이 사회에 스승과 멘토가 많습니까? 벗님들은 스승을 잘 만나고 계시며 스승 역할을 하고 계신가요? 지천명을 넘긴 분들은 어른이 되었는지 스스로 자문을 해야 합니다. 늘 접하는 방송이나 지성인의 전당인 대학을 둘러보아도, 사는 데 필요한 전문성은 안내를 받는데 올바른 인생길을 인도하는 어른이 부족합니다. 이 사회를 이끄는 분들도 젊은이들을 올바르게 이끌어 주는 스승이 되고 있는지 살펴보세요. 나라를 이끌고 가는지는 몰라도, 이 사회를 맑게 밝혀 주거나 젊은 영혼을 성숙하게 해주지는 못하고 있는 것이 현실입니다.

요즘은 왜 존경의 대상이 되는 어른들이 부족한지 원인을 보니, 경제 성장기에 너무 물질중심으로 질량이 커져서 정신 질량과의 균형이 깨졌기 때문입니다. 지금이라도 정신 에너지를 보충해야 어른 역할을 제대로 할 수 있습니다.

국가나 사회가 기성세대들에게 지혜를 발휘할 수 있도록 사회 시스템을 고치고, 어떻게 새롭게 갖추어야 할지 함께 머리를 맞대고 고민을 해야 한다고 생각해 봅니다.

잘 사는 것이 잘 죽는 것

───────── 생명은 출발하면서 마지막으로 죽음을 통해 본래의 자리로 뒤돌아 옵니다. 어찌 보면 최종목표가 죽음인 셈인데, 우린 영원히 죽지 않으리라고 착각하며 살아가고 있습니다. 잘 산다는 것은 결국 잘 죽는다는 것과 일맥상통한 것이지요. 어떻게 하면 잘 죽을 수 있을까요? 정해진 수명대로 인간답게 살다 가면 되는데 인간답게 사는 게 쉽지 않은 일입니다. 인간은 사람 '인人'자와 사이 '간間'자를 씁니다. 사람과 짐승의 중간이라고 하네요. 그래서 인간보다는 사람답게 살아야지요.

우리는 흔히 무엇을 질책할 때 '이 인간아, 저 인간아.' 하면서 지적을 합니다. '이 사람아, 저 사람아.' 하면서 사람 소리를 잘 쓰지 않지요. 그래서 한자어인 인간보다 우리말인 사람이 한 수 격조가 높다고 할 수 있습니다. 사람이 짐승과 다른 점은 여러 가지 중에서도 자기 마음을 잘 통제한다는 것입니다. 통제하지 못하고 마음 내키는 대로 행동하는 분들을 일컬어 짐승 같은 놈이라고 비유합니다. 수시로 일어나고 사라지는 마음을 어떻게 단속합니까? 각종 종교나 도파에서는 좌선, 명상, 묵상 기도 등 여러 가지 방법을 제시하여 마음공부를 일러 줍니다. 막상 어느 것을 택하여 수련해도 마음 단속이 잘되지 않습니다.

번뇌와 분별심이 파도처럼 밀려오고 샘물처럼 솟아 올라옵니다.
그것을 억지로 못 올라오게 하거나 알아차린다고 해서 금세 없어지지 않고, 수련하려 자세를 잡으면 더욱 기승을 부립니다. 그런데 본래부터 사람에게 번뇌와 분별심이 있다는 것이고, 그것이 없으면 존재가치가 없다는 것입니다. 그 분별심이 이사회를 유지하고 발전시키고, 새로운 세상을 열어가는 동력이라고 봅니다. 생각하기에 존재하고, 존재해서 분별하고 분별하기에 역사가 만들어지고 기록됩니다. 다만 분별심을 내더라도 그것에 끌려가면 망상이 된다는 것입니다. 바른 분별심은 우리의 영혼을 맑혀주고, 생을 아름답게 가꾸어 가는 요소가 아닌가, 라는 생각을 가져봅니다.

안주인 역할

─────── 안주인 역할을 대행해 보니 사소한 것들에 대한 인식이 새로워집니다. 집 안 구석구석 청소 하고 옷가지와 이불 피, 양말 등

을 세탁하고, 밥상 차리고 설거지하고 강아지 목욕시키고, 집안 정리 정돈 한다는 것이 가벼운 가사노동으로 알고 있었습니다. '주부들 하는 일이 별것 있을까?' 하고 생각했었습니다. 살림하고 아이들 키우고, 집안 대소사 챙기고 시집과 친정가족들 살펴보며 관여하고, 남는 시간에 취미생활 하고 친구들 만나 수다 떨고, 장보고 찜질방 가고 계 모임하고, 종교단체 참여하는 것이 주부들의 일상인 줄 알았지요.

마누라가 허리를 삐끗하여 치료받는 동안 주말 며칠 주부생활을 직접 하고 겪어보니 새롭구나 하는 사실을 깨닫게 합니다.

우리는 평소 생활하면서 가족들과 남들이 하는 것은 가볍게 여기고 자기가 하는 일에만 관심을 두고 삽니다. 본인의 일이 소중한 것임이 틀림없지만, 모든 일이 서로 얽혀서 맞물려 돌아간다는 것을 안다면, 가족들이 겪는 작은 것부터 가볍게 여기지 말아야 합니다.

작은 것들을 소중하게 여겨야 큰 것들을 망치지 않습니다. 감사한 마음을 내면서 살기도 짧은 시간에, 가볍게 여긴 순간의 판단 때문에 일그러진 모습(성추행)이 언론에 비쳐 지는 것을 보면서 후반부 인생을 어떻게 마무리해야 하는지 교훈을 줍니다. 이 사회 존경의 대상이 되는 분들이 곱게 늙어가야 하는데 평생 쌓았던 명성을 한순간에 날리는 것을 보면서, 공자가 왜 인생 후반부를 불혹, 지천명, 이순, 종심으로 구분해서 가르침을 주고 있는지 되새겨봅니다.

혀의 단속

_____ 한동안 '나도 부드러운 남자입니다.'라는 말이 유행했었지요. '부드러움이 강함을 이긴다.'라는 것은 우리 몸을 보아도 금세 알 수 있습니다. 나이가 들어도 몸에 고장이 잘 나지 않는 부분은 입속에 있는 부드러운 혀입니다. 가장 강한 이빨은 살면서 여러 번 수리해야 하고, 그다음 강하다는 뼈는 평생 한두 번은 부러지거나 휘거나 삐어서 치료를 받게 됩니다. 특히 늙으면 골다공증 등 이상이 옵니다.

그런데 혀는 좀처럼 고장이 없습니다. 혀처럼 유연하고 부드럽고 입속에서 자기를 잘 드러내지 않는 가장 겸손한 물건이기에, 사용량보다 잔고장이 없습니다. 지식을 저장하는 뇌처럼 끊임없이 사용하기에 그런 것 같기도 하고요. 혀가 맛을 보아 좋고 나쁜 음식을 가려 주지만, 더 중요한 것은 말을 하는 데 제일 중요한 역할을 합니다. 입에서 말을 할 때 혀의 움직임을 보세요. 어느 단어를 구사하든 혀가 역할을 합니다. 그러나 부드러운 혀가 업장을 짓는 요사스런 짐승이 되기도 합니다. 때론 침묵이 약인데, 혀란 놈은 이것저것 쓸데없이 약방문의 감초처럼 간섭하다 화를 자초합니다.

그래서 천수경 첫머리에 입으로 짓는 죄를 사하는 진언 '수리수리 마하수리 수수리 사바하.'라고 경전의 시작을 혀의 잘못부터 반성하고 견책하며, 상대방에게 말총을 쏘거나 독을 뱉지 않도록 단속하는 것입니다. 혀는 엄청난 에너지를 방출하는 창고와 같습니다. 남에게 쏟아 놓는 말이야말로 씨가 된다 하여 '말씨'라고 부르지요. 그 씨가 자라서 다시 내게 돌아오니까 에너지의 근원이 혀란 놈입니다. 가장 부드럽지만 가장 강하고 독하고 무지막지한 놈이지요. 혀가 너무 나댈 때의 특효약은 설익은 산머루(명상)입니다. 혓바늘이 서면 혀가 꼼짝 못 하듯, 말이 많아질 때는 명상을 선물로 추천합니다. 혀란 놈에게 속아서 인생을 그르치지 않도록 평소에 명상수련을 통해서 혀를 잘 관리 하도록 노력합시다.

풍수와 궁궐터

─────────── 사극을 보면 조선 시대 국가운영의 중심축은 왕권이 아니라 사대부라는 생각이 듭니다. 태종과 세조같이 강한 왕도 있었지만, 성군이라 하는 세종과 영·정조 같은 분도 사대부의 눈치를 보아야 합니다. 풍수를 보아도 조선 궁궐은 백호가 강해 외척과 신하가 힘을 쓰는 터인지라 왕권이 무력했고 사색당파로 결국 조선왕국은 왕도 백성도 중심이 아닌 사대부의 나라라고 합니다. 왕권을 강화하고자 하면 반정이 일어났지요. 사대부인 신하들과 적당히 타협해야 하는데, 연산과 광해는 왕권을 강화하려다 사대부에게 제거당했을 것으로 생각이 듭니다.

정도전이 왜 무학대사의 인왕산 주산 의견을 무시하고 북악산을 주산으로 궁궐터를 정했는지 이해가 됩니다. 그들은 사대부가 정치의 중심이 되는 나라를 꿈꿨을 것입니다. 조선은 사대부가 세웠으니 그렇다 치고, 지금은 백성이 국민대표를 뽑기에 힘이 한곳으로 집중되어 있습니다. 조선 시대처럼 사대부가 없기에 신하의 목소리가 힘이 없습니다. 그래서 혹자는 권력을 분산하고자 헌법을 손봐야 한다고 합니다. 정치권에서도 한동안 시끌시끌 대더니 쏙 들어갔네요.

아직도 풍수적 기운이 영향을 준다는 생각도 가져 봅니다. 일부 풍수가들은 정감록의 계룡산 시대가 다가온다고 합니다. 아직 정치의 중심은 잘 뭉쳐지지 않는 모래섬인 여의도이고, 북악산의 기운이 건재하지만, 정부 대전청사, 삼군사령부, 세종청사 등 어느덧 계룡산이 나라의 중심 기운을 끌어당기고 있는 것처럼 보입니다.

정감록의 예언대로 세월이 흘러, 어느 시기엔가 계룡산에 궁궐을 짓는다면 주산을 어디다 두고 청룡 백호를 어디로 할 것인지 자못 궁금해집니다. 왕권이냐? 신하냐? 아니면 백성이 중심이 되느냐? 궁궐터를 누가 어디에 잡고 주춧돌을 놓을는지? 재미난 상상을 해보는 춥고 긴 겨울밤입니다.

의료계 개혁

──────────── 의사가 환자를 대하면 '저 환자를 꼭 치료해서 밝은 광명을 선물해야지.'라는 생각이 들어야 인술의 자세입니다. 그러나 현실은 어떤가요. 너무 상업화되어 가는 건 아닌지 걱정이 됩니다. 특히 생명을 구하는 의술은 다른 직업 전문가 그룹보다 초심을 잃지 말아야 합니다. 환자가 의사에게 목숨을 맡겼기 때문입니다. 마왕으로 상징되는 모 가수의 의료사고를 보면서, 그동안 갑이 되어온 병원의 개혁이 시작된 거 같습니다. 일반 사람들은 그동안 의료사고가 있어도 갑의 힘에 대항하지 못해 그냥저냥 넘어갔는데, 곪아버린 의료계의 전횡이 갑오개혁의 대상이 되었습니다.

허준이나 이제마와 같이 드라마를 장식한 분들은 사람의 마음조차 고쳐서 인술 또는 심술이라 했는데, 요즘은 의술이 상업화로 흐르다 보니 결국은 의료사고라는 매개로 타의에 의한 변화의 갈림길에 서 있습니다. 부모가 자식을 의대에 보낼 때의 기대는 다분히 상업적인 마음으로, 자식의 타고난 소질과는 별개로 전공을 권유합니다. 그런 기운들이 탁하게 작용하여 의료계가 인술보다 상술이라는 집단이기주의로 변하지 않았나 생각해 봅니다.

과거에 교육계도 전교조다, 참교육이다, 하면서 시끌시끌했었고, 지금은 군부대 병폐와 관피아, 공무원 연금, 대학교수의 성추행도 언론에

오르내립니다. 이 또한 갑오의 개혁 기운이 곪았던 종기를 노출하는 것과 같습니다. 갑과 을의 갈등도 세대 간, 지역 간, 남북 간, 나라 간 갈등도 풀지 못할 숙제인가요? 역지사지란 글귀가 참으로 무색해 보이는 갑오년의 끝자락입니다. 갑오년에는 성난 말이 이리저리 뛰는 것처럼 여러 분야에서 개혁을 시작하였으니, 을미년에는 순한 양이 풀을 뜯고 휴식을 취하듯 이런 숙제들의 잠금 고리가 하나씩 풀리는 해가 되기를 기대해 봅니다.

갑오년을 보내며

_____ 갑오년에 우리가 감추어 왔던 부끄러운 모순들이 우리를 아프게 회초리 치며 지나갑니다. 세월호로 시작된 비정상의 상처가 년 중 꼬리를 물며 우리 사회를 흔들어 대더니, 이제 갑오라는 이름을 가진 괴물이 석양을 넘어갑니다. 돌아보면 아쉬움만 남긴 한해였지만, 그래도 모순덩어리를 노출한 것은 우리의 나은 미래를 위해 하늘이 하신 작업이 아니었나를 생각해 봅니다. 몸이 병들면 일단 치료를 해야지요. 가벼운 질병이야 늘 지니고 다니는 친구라지만, 중병은 고치지 않으면 삶이라는 여행을 계속하기 어렵습니다.

우리가 속한 사회가 밉다고 부끄럽다고 해서 다른 사회로 떠나간 데도 거기도 다를 것이 없습니다. 이미 병든 몸이 어디를 간들 정상이겠습니까? 이곳에서 치료하고 바르게 정상적으로 가면 되지요. 갑오년 마지막 날까지 땅콩 몇 조각과 나랏일을 했던 분들의 과욕이 우리 사회를 흔들고 있으나, 올 것은 오고 갈 것은 갈 것입니다. 어이없는 일들이 갑오년에 부지불식간에 벌어진 것은, 하늘이 우리 사회를 건강하게 하려고 담금질의 기회를 준 것일지도 모릅니다.

갑오라는 신발을 신고 가던 걸음이 아픈 종기를 짜느라 잠시 멈춰 섰지만, 을미라는 새 신발을 바꿔 신고 다시 걸어야지요. 뛰어가면 더욱 좋겠지만, 종기 짠 곳이 흔들려 아파서 조심조심하면서 앞에 거치적 거리는 돌부리나 장애물이 없는지 잘 살피며 걸어가야 합니다.

을미년에는 이사회가 더 아프지 않게 병을 고치고 건강을 되찾기를 바랍니다. 과거를 거울삼아 내우외환에 대비하면서, 고개 너머 저 언덕의 젖과 꿀이 넘치는 가나안 땅에, 그리고 피안의 세계에 무사히 도착하기를 간절히 염원합니다.

한 호 문 집   제 1 집

4부

계사년癸巳年의 사색思索

2013년

우리 가락

_____ 요즘 우리 가락을 들으면서 우리 민족이 신명 난 민족이라는 생각이 짙어갑니다. 사물놀이, 판소리, 민요, 가곡, 유행가에 이르기까지 신명이 있습니다. 특히 가사가 있는 노래가 경음악보다 더 마음이 갑니다. 노랫말에는 시대상이 녹아 있습니다.

유행가를 50년대부터 현대까지 가사를 잘 살펴보면, 그 시대의 환경을 가감 없이 드러내고 있습니다. 노래가 역사를 쓰는 셈이죠.

노랫말처럼 아까운 나이에 요절한 가수도 더러 있고, 반짝 인기몰이한 분들이 많으며, 좋은 노래를 부르는 가수는 장기간 흥행하는 걸 쉽게 볼 수 있습니다.

중얼거리는 노래라도 한스럽고 처절하고 미움과 원망이 가득한 노래는 멀리하고, 희망차고 밝고 씩씩한 노래를 부릅시다. 그런 노래를 즐겨 부르는 분이 운이 좋은 것을 저는 많이 보아 왔습니다.

말씨처럼 노랫말도 씨가 있어서 인생의 운에 작용하는 힘이 크다는 것을 노래의 역사에서 보여줍니다.

앉으나 서나

──────── 누우나 가나오나 나를 따라다니는 놈이 있습니다. 어제도 오늘도 따라다니고 내일도 계속 따라다닐 것입니다. 그놈은 말이 없습니다. 그저 보이지 않는 모습으로 나를 괴롭게 하기도 하고, 즐겁게 하기도 하고, 때론 의식주도 해결해 줍니다.

그놈을 떼어내려고 안간힘을 써봅니다. 꼼짝하지 않네요. 그놈이 무엇일까요? 늘 우리와 함께하는 그놈. 눈에는 보이지 않는 그놈.

밝아도 어두워도 보이지 않으나 그래도 줄기차게 따라다닙니다. 그림자 같은 놈. 그놈이 바로 탐진치貪瞋癡 삼독三毒입니다. 탐욕이라는 놈, 성내는 놈, 어리석은 놈. 그림자는 어둠 속에 들면 잠시 숨지만 삼독은 숨지도 않습니다. 그래서 저는 아예 그놈들과 친구 하기로 했습니다. 어차피 계속 따라다니니 친구로 사귀니까 정말 편안합니다.

따라오면 오는 대로 도망가면 가는 대로 그저 지켜만 보니까, 그렇게 편할 수가 없습니다. 본래부터 있던 놈이라 친구 하자니 얼씨구 좋아합니다. 어찌 강제로 추방한단 말입니까? 나는 탐진치 삼독과 아주 절친한 친구가 되었습니다.

지성이면 감천

_____ 차창 너머로 남녘의 산들이 수를 놓으며 지나갑니다.

영남 알프스인 가지산, 신불산, 영축산, 오룡산, 천성산, 금정산, 빛나는 별 같은 산들로 둘러싸인 저의 근무지는 천하의 명당입니다.

백두대간의 기운이 낙동정맥을 타고 머무른 이곳에서 저는 많은 에너지를 받고 있습니다. 산의 정기도 좋지만, 사람의 기운도 아주 좋습니다. 좀 더 밖으로 나가면 바다의 기운도 받습니다.

기운이 꽉 차면 질병도 덜한 것 같고 마음이 여유가 있으며 심신이 생기가 납니다. 모든 것이 다 좋아 보이고 마음에 안 들어도 그럴 수 있지, 세상은 원래 그런 것이야 하면서 흘려보냅니다. 질서 정연한 대자연의 모습과 정겨운 사람들의 모습에서 삶의 가치를 느낍니다.

배부른 소리 한다고 비난해도 좋습니다. 물론 힘겨워하는 사람들을 보면 마음이 무겁고, 같이 힘을 모아야 한다는 생각도 듭니다. 근데 세상이 다 좋을 수는 없잖습니까?

사람마다 지은 원인에 따라 주어지는 결과가 다른 걸 어찌 다 참견할 수 있습니까? 모두 좋아지길 바랄 뿐입니다. 주어진 환경에서 공부하여 밝은 세상을 열어나가길 바랍니다. 하느님은 골고루 빛을 주는데 어리석은 일부 사람들은 빛을 마다하고 터널 안으로 들어갑니다.

그러면 하느님도 손을 놓습니다. 스스로 돕는 자만을 도울 뿐입니다. 지성이면 감천이라는 사실을 빨리 깨달읍시다. 마음이 비단결 같은 사람은 모든 것들이 함께 힘을 보태준다고 생각합니다.

한반도 명당

─────────── 한반도가 세계의 뿌리이며 명당이라고 합니다. 세계 지도를 잘 살펴보면 풍수의 명당요건을 완벽하게 갖추었다 합니다. 일본과 아메리카가 청룡이고, 중국 산둥반도 대만이 백호이며, 제주도가 주작, 백두산과 만주 러시아가 현무로 사격(주변 국세)이 사환수포砂環水抱로 뚜렷하니 명당이라 하는 모양입니다. 세계의 뿌리는 물로 경계를 이룬 압록강, 두만강 이남인 한반도이고, 몸통은 톈진산맥 이남인 중국이고 그 밖의 나라들은 가지에 해당한다고 합니다.

우리나라는 길이가 삼천리, 둘레가 칠천 리로 삼대 칠의 우주 질서 원칙에 딱 맞는 나라라고 합니다. 작은 우주라 하는 우리 몸도 삼대 칠입니다. 상반신에 구멍이 7개 하반신에 3개입니다.

우리나라의 산과 들판이 삼대 칠이고, 몸의 질병도 삼대 칠의 원칙이 있다고 합니다. 질병도 잠재력이 30%인데 어떤 원인에 의하여 30%를 초과하는 기운이 될 때 나타난다고 합니다.

필리핀이 초토화된 것을 보고 우리의 6·25사변이 생각납니다. 우리 부모, 조부모, 형님, 누나들은 폐허가 된 땅덩이를 딛고 일어섰습니다. 우리를 공부시켰고 그 발판 위에서 우리는 오늘을 일구었습니다.

한강의 기적일까요? 아닙니다. 하늘이 뿌리 민족인 우리를 그렇게 만들고 있다고 봅니다. 시련을 주어 강하게 만든 다음 번영을 주고, 세계를 이끌 지도자를 양성하는 작업을 하고 있습니다. 명당인 한반도의 번영 위에 우리는 새 역사를 써야 합니다. 경제 대국이 새 역사가 아니고 올바른 정신을 세워서 세계를 이끄는 민족으로 거듭나야 하는 것이 새 역사 창조라고 생각합니다.

그런 정신을 가르치는 스승이 도올 김용옥 선생 같은 분이라고 생각합니다. 선천시대에는 가지가 발복을 했는데, 후천시대는 뿌리가 발복을 한다고 합니다. 우리나라 백두산 민족이 크게 웅비雄飛하는 모습이 눈에 선합니다. 나라가 통일되고 세계를 이끌 지도자가 나오고, 만주와 몽골의 넓은 대륙을 우리가 호령할 날도 점점 다가옵니다. 찬란한 영광을 기대해봅니다.

사람의 배설물

_____ 힘든 자세로 있습니다. 기마자세도 아니고 요가도 아닙니다.

똥을 누고 있습니다. 똥을 잘 관찰해봅니다. 똥처럼 아름답고 귀한 존재가 또 어디 있을까, 라는 생각에 젖어 봅니다. 우리 몸에서 싫다고 하는 것을 다 받아주는 너그러움이 첫째입니다. 몸뚱이가 무거워 못 움직일 때 몸을 가볍게 하는데, 일등공신이 둘째입니다. 시원한 쾌감, 배설의 맛을 알게 해주는 명약과 같은 존재가 셋째입니다. 그리고 꿈만 꾸어도 돈벼락 맞을 거라는 게 사회적 약속처럼 굳어진 지 오래입니다.

고스톱판에서도 이놈으로 설사해서 도로 가져오거나 흔들고 폭탄을 하면 뻔합니다. 쓰리고에 피박에 광박에 네 배가 되어 바로 상한가를 칩니다. 지금은 모르겠는데, 과거에는 모든 채소나 곡식들이 다 이놈을 먹고 자라서 우리 입으로 다시 돌아왔습니다.

60년대 이전에는 어혈을 푼다고 이놈을 삭혀서 마셨습니다. 이렇게 귀한 존재를 우리는 그저 배설물이라 하여 하찮게 여깁니다. 똥이 보배 인데 사람들은 똥을 밟으면 더럽다 하여 죽상들입니다. 이름이 더러움 이지 본시 깨끗함과 더러움은 따로 있지 않습니다. 하잘 것 없는 것들 이 때로는 우리에게 보약과 같은 소중한 존재인 것을 알아야 하고, 늘 감사하는 마음을 가져야 합니다.

관계가 무엇일까요?

──────── 관계가 무엇일까요? 우리는 태어나면서 요단 강 건널 때까지 관계 속에서 삽니다. 사람끼리의 관계는 옷과 같고, 신발과 같고, 모자와 같다고 생각합니다. 잘 살펴보세요. 가족은 평생 관계가 유지되니 옷과 같습니다. 일가친척, 직장동료, 친구들은 신발처럼 밖에 나갈 때만 신는 존재로서 관계가 유지됩니다. 업무상 알고 지내는 분들은 모자처럼 쓰고 싶으면 쓰고, 벗고 싶으면 벗는 그런 관계입니다.

사람 관계보다 더 중요한 것은 없습니다만, 늘 마음에서 안 떠나고 소중히 여기는 것은 물건입니다. 집, 자동차, 도자기, 그림과 같은 예술품 등 소장품들이죠. 평생을 함께하는 물건들이기에 우리들의 마음에 집착이 생깁니다. 그래서 남이 쓰던 물건은 상당 시일이 지났어도, 쓰던 사람 기운이 붙어 있어 동티나는 사례도 가끔 발생한다고 합니다. 사람도 동·식물도 물건도 무정물도, 우리와 복잡한 관계를 형성하여 관계를 이루고 있으며, 이런 관계없이는 사람도 살아가기 어렵습니다.

이런저런 관계를 떨치고, 간편하게 사는 성직자나 종교인과 같은 사람은 복잡한 우리네보다 더 행복하겠지요. 집착도 덜할 테고 걸리적거리는 것이 덜하니 자유로울 테고, 가지 없는 나무처럼 바람 탈 일도 없을 테고…. 그래서 그런지 혼자 사는 분들인 독신주의나 출가자인 성직자들은 우리네보다 더 자유롭기에, 이념에 부합된다면 물불 안 가리고 몸까지 던집니다. 보는 사람 눈에 따라 다르겠지만, 전 그래도 많은 관계를 맺고 살고 싶은 중생이 되고 싶습니다. 그래서 벗님들께 오늘도 제 생각을 공유해봅니다. 서로 작은 공감으로 소통되면 그것도 관계 속에서의 사는 보람이라고 생각합니다.

눈의 역할

_____ 눈은 우리 몸의 감각기관 중에서도 생각을 일으키는 데, 제일 큰 역할을 합니다. 눈 감고 있을 때에는 생각과 상념들이 많이 올라오지 않습니다. 반야심경에 보이는 것도 보이는 경계까지도 없다는 구절이 있습니다. 그만큼 눈은 분별을 일으키는데 육근六根중에서 제일 으뜸입니다. 우리가 신체 중 어느 한 곳을 버리라면 모두 눈은 피할 것 같습니다. 같은 조건이라면 귀나 손발 중에서 버릴 것 같습니다. 그런데 사람들이 안경이라는 놈만 믿고 눈 관리는 소홀합니다.

요즘 주위 환경은 눈을 피로하게 하는 것들이 많습니다. 컴퓨터, 티브이, 스마트폰, 자동차 운전에 이르기까지 눈을 혹사하는 것들입니다.
저는 육안보다는 심안을 떠야 한다고 주장하고 싶습니다. 마음의 눈이 무엇일까요? 마음의 눈은 분별이 없는 세계라고 말합니다. 좋고 나쁘고 크고 작고, 잘나고 못나고, 멋있는 거 안 멋있는 거 상관없이 분별이 오기 전의 상태, 즉 마음 거울 자체를 말합니다.

마음 거울을 보아야 보는 놈이 누구인가를 알 수 있다고 합니다. 육안을 통해서 보는 것은 생각과 분별이 이어져서 본래의 나라고 할 수 없다고 합니다. 마음의 눈은 부처요. 하느님이요, 본래면목이요, 신성이요, 불성이라고도 합니다.마음의 눈을 떠서 지기를 바로 보자고 한 성철선사의 말씀이 생각납니다.

범사에 감사

────────── 범사에 감사하란 말을 놓고 제 안목으로 풀어보고자 합니다.

본뜻은 나를 포함하여 모든 것들에 감사하란 것으로 생각합니다만, 저는 순서를 정해서 감사를 구별하려 합니다. 먼저 자기 몸뚱이에 대해 항상 감사하고 잘 가꾸어야 합니다. 자기 몸이 건강하고 생기가 있어야지, 없어지면 부귀영화는 물론 양귀비와 황진이가 앞에 있은들 무슨 소용이 있겠습니까? 그리고 없으면 금방이라도 몸뚱이가 제 역할을 못하는 것들에 감사하겠습니다. 산소, 물, 해와 달, 먹는 것, 입는 것, 자는 것 의식주를 이루는 요소에 감사합니다.

그다음에는 가족들과 이웃, 직장과 사회, 나라와 세계인류에 대해 감사하렵니다. 그리고 나와 접하는 모든 것들 즉, 자연계를 이루는 동식물과 무정물에 감사하렵니다. 마지막으로 나를 편리하게 하는 것들,

없어도 되지만 불편을 초래하는 것들인 내가 소유하는 물건, 그러니까 자동차 등과 같은 내 주변에서 나를 돕는 물건과 사회 모든 시설에 감사하렵니다.

지금 내가 접하는 모든 것들과는 귀한 인연으로 참다운 관계를 맺고 있기 때문입니다. 동시대에 이렇게 보고 느끼고 서로 돕는다는 것은, 생각이 미치지 못하는 뭔가가 있을 거라고 봅니다. 믿음, 소망, 사랑 중 사랑이 제일이라면 감사 중에 제일 큰 감사는 자기 자신의 마음이라고 봅니다. 마음이 없으면 아무리 육신일지라도 주인 없는 껍데기에 불과할 테니까요. 아름다운 세상인들 무슨 소용이 있겠습니까?

때론 삶의 가치에 따라 자기를 초개처럼 던져야 하겠지만, 자기 자신인 육신과 마음을 소중하게 여기면, 세상 모든 것들을 감사하게 여기지 않을 수 없다고 봅니다. 범사에 감사를 놓고 짧은 소견을 피력했습니다.

삼기三氣는 천天·지地·인人

_____ 사람은 삼기를 먹고 산다고 합니다. 천. 지. 인 즉 하늘 기운, 땅 기운, 사람 기운입니다. 매일 매일 숨을 쉬고 햇볕을 받고 있으니 하늘 기운이요, 땅을 밟고 땅에서 자라난 곡식과 가축, 생선을

먹으니 땅의 기운을 받는 것이요, 사람과의 관계를 유지하고 있으니 인기人氣를 먹고 산다고 볼 수 있습니다.

　사람이 잉태할 때도 삼신할머니에게 점지해 달라고 빌고 감사한 것이 우리들의 조상들입니다. 삼신은 천신天神, 지신地神, 인신人神, 천. 지. 인의 기운을 말한다고 합니다. 우리 조상님들은 삼신의 뜻은 모르지만, 삼신할머니를 찾았습니다. 천신인 하늘은 1차원 세계요, 지신인 땅은 2차원으로 동물과 식물도 2차원이라 합니다. 사람은 3차원인데 모태에서 태어나서 마음 에너지와 도킹하면 5차원이라 합니다.
　저승세계 즉 영혼 세계는 4차원 세상이고요.

　결국, 우리 인간들은 5차원인 셈이죠. 분류하는 관점에 따라 다르지만, 차원 세계를 10차원까지 분류하는 어느 도파의 주장입니다.
　사람이 자기가 베푼 감동의 에너지가 자기에게 되돌아와서 10차원이 될 때에, 다시 본향인 우주(천국)로 돌아간다고 합니다.
　하늘과 땅의 기운 즉, 천지기운이 좌지우지하던 선천시대가 가고 올해부터는 인본 세상인 후천개벽 시대의 원년이라 합니다.

　후천시대에는 홍익인간이 중심이 되는 인본 시대가 시작된다는 건데, 홍익인간 시대의 1세대가 베이비붐 세대인 50살(1964년생)부터 62살(1952년생)까지랍니다. 전 다행히 베이비붐 세대로 역사적 사명을 띠고, 이 땅에 태어나 조상의 빛난 얼을 되살릴 홍익인간의 대열에 섰다는 점이 스스로 자랑스럽게 생각합니다.

풍수 명당

_____ '풍수 명당'이라는 말 들어 보셨나요. 저 역시 한 십오 년에 걸쳐 관심을 두고 공부도 하고 현장도 찾곤 했습니다. 주변에 경지에 오른 도사분들도 몇 명 있고요. 풍수는 있긴 있는 것 같은데 손에 쉽게 잡히는 것이 아닌 것 같습니다. 풍수 책을 쓰신 분들이 본인들은 명당으로 들어갔는지도 미지수입니다. 특히 터의 저자 육관도사는 계신 곳이 편치 않아 보이고요.

동기감응이 핵심 원리로 땅속의 조상 뼈다귀와 살아 있는 후손과 서로 기운이 소통되어 영향을 준다고 합니다. 이것은 음택지이고, 현재 사는 집 즉, 양택지도 땅과 주변 산천 정기가 영향을 미친다는 것입니다. 저는 동의합니다. 그러나 동기감응을 나름대로 이렇게 생각합니다. 묘는 조상 체백인 기의 응축물인 뼈와 나의 DNA가 연결되어 에너지가 소통되기에, 조상님 계신 곳이 불편하거나 편하면 내 기운에도 영향을 주며, 양택도 터 기운이 좋아야 나의 기운이 좋다고 봅니다.

태어날 때 천기가 작동했다면, 자라면서는 지기가 나와 밀접하기 때문이라고 봅니다. 인걸은 지령이란 말도 의미가 있다고 봅니다.

지기는 산맥을 타고 흘러 묘나 집에 전달하여 에너지를 주고, 강이나 주변 산세, 바다, 하천 들판 등 자연환경은 그 에너지가 파장으로 영향을 미친다고 봅니다. 가령 묘나 집 주변에 문필봉이 있으면 학자나 문장가의 뜻을 세우게 되고, 장군봉이 있으면 무관의 뜻을 세우는데 봉우리 파장이 사람 마음에 영향을 주어, 품성에 중요하게 작용하는 것이 아닌가 생각합니다.

그래서 뜻이 있는 곳에 길이 있다. 마음에 씨를 붙여 마음씨란 소리도 생기지 않았나 생각합니다. 춘천 서면 박사마을이 그 사례로 봅니다.

과거처럼 명당 찾기가 어려운 시절이나 양택이라도 풍수를 잘 활용하면, 지혜로운 삶을 열어가는 데 도움될 수 있겠구나 하고 생각해봅니다.

변하지 않는 김장 풍속

─────────── 중부지방은 김장이 다 끝났는데 남부지방은 지금 김장이 한창입니다.

어제 저녁 식사는 김장 김치로 밥 한 공기를 뚝딱 했습니다. 썰지 않은 김치를 찢어서 먹자니 옛날 60년대 생각이 납니다. 제가 살던 꽃피는 산골은 논이 많지 않아 고구마 농사를 많이 했고, 한해 겨울 한 끼는 고구마를 삶아서 시래깃국하고 때웠습니다.

지금 생각하니 끝내주는 웰빙식인데 그때는 쌀밥 한 그릇이 무척 그리웠습니다. 지금은 쌀밥도 고기도 생선도 수저가 잘 가질 않네요.

TV에서 요란을 떨어서 그런지, 두부 청국장 등 토속적이면서 건강식에 마음이 갑니다. 참으로 혀란 놈이 간사합니다. 맛도 시대에 따라 변해갑니다. 그러니 부족했던 쌀이 증산도 안 되었는데 남아돌지 않습니까? 억지로 살을 빼야 하는 세상이니 먹는 게 낙이라지만, 풍속이 많이 바뀌어 갑니다. 그러나 아직도 김장은 계속됩니다. 예전보다 종류도 더 다양해집니다.

김장 담그는 여인의 마음에 감사하며, 오늘 저녁도 김장김치를 손으로 찢어서 한 숟가락 밥에 올려 허기진 배를 채우겠습니다. 김장에 우리의 역사가 녹아 있습니다. 김장을 먹는 것은 역사를 먹는 것입니다.

김장에서 조상을 만나고 인생을 배웁니다.

역사는 물처럼 흘러갑니다

───────── 역사는 물처럼 흘러갑니다. 우리 시대의 아픔과 발전의 성과물들도 역사 속에 묻힐 것입니다. 사건 사고도 발명품도 지금 거창한 경제발전의 결과물들도….

빌딩들은 몇백 년 갈까요. 한 오백 년 가지 않으면 역사에 남질 못하겠지요. 그런데 사상이나 이념 같은 것은 고려 시대의 것도 조선 시대의 것도 그대로 내려옵니다. 물질문명은 계속 업그레이드되기 때문에, 정신문명보다 질량과 가치가 낮다고 봅니다.

아주 명품으로 예술적 가치가 있는 것들은 역사에 남고, 그것을 만들어낸 사람도 남겠지요. 오늘날 화폐 속에 있는 분들은 모두 나라에 큰 업적이 있거나, 한 시대를 이끌어온 석학이나 사상가들입니다.

이 시대에 가치관은 너무 경제에 편중된 것이 아닌가 생각해 봅니다.

정신문명은 무엇이 발전했는지 잘 알 수가 없습니다. 지금 이 순간 몇 명이나 나라 걱정을 하고 민족 걱정을 하고 있을까요. 대부분이 본인이나 일가족의 안위나 부귀영달에 집중하겠지요. 저 역시도 예외는 아닙니다.

조선 시대도 나라 걱정도 했겠지만, 당파싸움으로 국가적 치욕도 있었고 결국 패망한 것도 건국 이념과는 멀어지게 운영되어 와서 일어난 결과가 아닌가 생각해 봅니다. 우리나라 이념은 헌법전문에 있지요. 그 내용이 전 좀처럼 피부에 와 닿지 않네요. 오히려 베이비붐 시대들이 어릴 때 몽둥이로 얻어터지며 외운 국민교육헌장에 이념다운 이념이 녹아 있다고 봅니다.

지금 우리의 역사는 동족이 처참하게 전쟁을 치르고, 폐허 위에서 한쪽은 경제성장을 바탕으로 보수와 진보의 대결구도에서 헤어나지 못한 채 아귀다툼을 하고 있고, 다른 한쪽은 자주를 빙자한 억압 속에서 빈곤의 악순환을 계속하며, 조상에게 물려받은 금수강산을 황폐하게 하고 있습니다. 2세대가 분단 상태에서 흘러갑니다. 한반도는 지금 한 치의 양보도 없이 서로를 배척하며 평행선의 열차처럼 달려갑니다.

무엇보다 동질성을 회복하는 노력이 절실한 때입니다.

11월 마지막 주를 잘 갈무리하시고 즐거운 한 주를 펼치시기 바랍니다.

여자들의 마음은 오직 모를 뿐

────────── 여자들의 마음을 빗댄 여러 가지 말들이 있습니다. '변덕이 죽 끓듯 한다. 여자의 마음은 갈대와 같다. 군대 보낸 남자친구를 기다리지 못해 고무신을 거꾸로 신는다.' 등등 비유가 많습니다.

외출할 일이 있으면 간편하게 가도 될 상황인데 장롱에서 옷을 몇 번을 꺼냈다 넣었다 입었다 벗기를 반복합니다. 어디를 가더라도 거울을 보고 화장을 고치고 또 고칩니다. 이런 행동은 여자들의 특성 때문입니다. 꼼꼼하고 섬세하고 예쁘게 보이고 싶은 본성이 있습니다. 넓고 짧게 보는 장점이 있으니 상황판단이 빠릅니다. 투자나 창업도 여자들의 의견이 적중할 때가 많습니다.

여자들에게 지나친 간섭은 독이 됩니다. 맡기고 믿어야 탈이 없습니다. 되도록 부모나 자식 위주로 살지 말고 부부 위주로 살아야 합니다. 여자들의 마음을 잡으려면 가끔은 보석과 꽃을 선물해야 합니다.

신사임당이 모셔져 있는 오만원권 지폐를 몇 장 흰 봉투에 담아서 선물하면 불평불만이 사라집니다. 늘 가까이 함께하며 공주처럼 왕비처럼 받들어야 할 대상입니다. 황혼이 되어서 부인에게 구박을 받은 영감님들은 젊어서 돈 벌어 주는 유세를 했거나 너무 갑질을 해서 받는 인과응보라고 생각합니다.

부부는 일심동체, 부부싸움은 칼로 물 베기, 검은 머리 파뿌리 되자고 예식장에서 다짐한 약속을 잊지 맙시다.

자연의 에너지

——————— 주말이면 많은 사람이 밖으로 떠납니다. 산으로 등산을, 저수지와 강과 바다로 낚시를, 사람들이 모인 체육관과 운동장으로 각종 경기 관람을 하러 갑니다. 일부는 필드로 나갑니다. 살펴보면 모두가 부족한 기운을 받기 위해서입니다. 자기에게 필요한 에너지를 받아와서 일주일을 버티기 위해서입니다.

전 그것을 오행으로 살폈습니다. 오행이 수나 목인 분들은 수기를 받으러 낚시를 하러 갑니다. 말이 손맛을 본다는 것이지만 몸에서 수기가 필요한 것입니다. 오행이 금, 토, 화 인분들은 등산으로 산의 기운을 받으러 갑니다. 나무 기운, 돌 기운, 흙 기운에서 필요한 에너지를 받습니다. 교회나 절이나 성당도 터의 기운에 오행이 있다고 합니다. 서로 생해주는 오행이 자기와 궁합이 맞는다 하네요. 그것은 오행테스트로 찾을 수 있다고 합니다.

저는 오행이 금인데 토의 모양인 산들을 자주 찾습니다. 산봉우리의 생김새가 일자형이 주로 토이고, 나무도 불기운이 강한 소나무보다는 참나무가 오행이 금이라 더 정감이 갑니다. 토의 기운이 강한 황토길 맨발 체험은 기운이 솟습니다. 소나무나 낙엽송은 화의 기운이 강해서 오행이 화이거나 토, 목인 분들은 궁합이 맞는다고 합니다.

어느 산에 갔는데 많이 걷지 않아도 힘이 빠지는 산은 오행상 본인을 해하는 기운이 세다고 합니다.

사람과 사람 사이도 오행이 작동한다고 합니다. 생生 하는 관계, 밀치는 관계. 참으로 오묘한 이치입니다. 금생수, 수생목, 목생화, 화생토, 토생금이 생하는 구조이고. 금극목, 목극토, 토극수, 수극화, 화극금이 서로 해롭게 하는 구조라네요. 제일 좋아하고 싫어하고 상호 끌리고 부딪치는 것은 오행의 관계가 작동하는 것이니, 오행이 한곳에 쏠리는 것보다는 서로 골고루 배합되도록 하는 방법을 찾아봅시다. 그러면 세상 어디와도 누구와도 좋은 관계가 유지되지 않을까요? 재미삼아 오행을 생각했습니다. 잘 활용하면 지혜로운 삶이 될 듯싶습니다.

물의 소중함

─────────── 많은 역사적 위인들이 인생은 물처럼 살아가라고 하십니다.

그리고 물에 대한 찬사가 끝이 없습니다. 노자의 도덕경에서도 물을 잘 설명합니다. 제 안목에서 물을 만져 보고자 합니다.

먼저 물은 저와 한 몸이라고 봅니다. 원래 물은 한 덩어리인데 잠시 갈라져 있을 뿐입니다. 일정 기간이 되면 흩어진 물들이 다시 뭉칩니다. 우리가 마신 물이 오줌 똥이 되어 땅에 떨어짐과 동시에 증발하고, 구름이 되어 비로 내리면 물들이 따로 나뉘어 있는 게 아님을 알게 됩니다.

물을 직접 마시고 음식으로 쓰이고 간접적으로 취하는 동·식물들도 결국 물에 의존하는 비중이 제일 큽니다. 어떤 도파에서는 물에 하늘 기운, 즉 천기가 30% 녹아 있다고 합니다. 모든 생명이 물에서 나고 자란 걸 보면 물이 생명의 원천으로 일리가 있다고 봅니다. 하늘에 치성을 드렸던 우리 조상들도 옥수 한 사발이면 충분했습니다.

물은 세상 어떤 것들보다 겸손합니다. 자기를 최대한 낮추고 삽니다. 땅에 납작 엎드려 가장 낮은 곳으로 흐릅니다. 순리를 거스르는 법이 절대 없습니다. 물은 모든 것을 포용합니다. 똥물도 흙탕물도 모든 오염물질도 다 포용하여 흘러가면서 정화해 줍니다.

자기를 하나도 아까워하지 않고 아낌없이 줄 뿐 대가도 바라지 않습니다. 물은 모든 생명체의 어머니요, 스승이요, 반려자입니다. 물의 고마움을 잊고 사는 것은 좋은데 이 물을 더는 죽이지 말았으면 좋겠습니다. 우리는 각종 독극물을 매일 흘려보냅니다. 가정에서 회사에서 심지어 농장에서까지….

미래가 보이질 않습니다. 물이 울고 있습니다. 물을 사랑하십니까? 그럼 물에 자기 얼굴을 비추어 보십시오. 물과 내가 하나인지 닮아있는지 알게 될 것입니다.

계족산 황토길

───────────── 계족산 황토길의 낙엽을 밟고 갑니다. 황토길과 낙엽과 가을비가 조화를 이루어, 옮기는 걸음걸음이 구름 위를 걷는 신선과 같은 느낌을 들게 합니다. 낙엽은 가을비가 재촉하여 썩으면 결국 흙이 되니, 이들은 모두 서로 상생의 관계라고 할 수 있습니다. 낙엽을 보면 그 안에 우주가 들어 있다는 것을 알 수 있습니다.

봄에 온도와 습도와 영양분과 햇볕이 적합하면 나무의 눈에서 싹을 틔우고 자라납니다. 무더운 여름은 색도 짙고 잎이 왕성하게 자랍니다. 사람으로 보면 청장년기라고 볼 수 있습니다. 여름철이 낙엽의 전성기인 셈이죠. 화무花無는 십일홍十日紅이요, 달도 차면 기우는 법, 가을이 되니 기나긴 겨울을 나기 위해 잎을 떨구어야 합니다. 봄여름 동안 나무를 위해 광합성 작용으로 양분을 공급했습니다.

이제 역할을 다하고 쓸쓸히 퇴장합니다. 그저 묵묵히 자신의 역할만 수행했을 뿐 미련을 두지 않습니다. 그리고 다른 생명이 살기 위해 자신을 썩혀서 부엽토가 되고 거름이 되어 줍니다.

사람들도 낙엽처럼 살았으면 좋겠는데 그게 쉽지 않습니다.
나를 던지는 것이 연습이 안 되어서 그런지 가는 줄도 모르고, 마지막 황천길 갈 때까지 욕망을 채우기에 급급합니다. 그리고 일분일초를 더 버티기 위해 코에 호수를 끼고 바둥거리고 삽니다.

생의 집착으로 강한 한이 남아 대부분 하늘 구경도 못 하고 구천에 떠돌 것으로 보입니다.

열심히 도를 닦아 갈 시간, 미리 알아 편안하게 미련 없이 하늘로 훌쩍 떠나가는 삶이 낙엽과 같은 삶이라고 생각을 해 보았습니다.

사주는 밑그림

_____ 사주는 태어난 년, 월, 일, 시의 네 기둥을 일컫는 말이죠. 많은 사람이 어려운 시기에는 사주를 들고 점집을 찾아갑니다.

사주를 푸는 사람은 거의 공식화되어 비슷비슷하다고 합니다.

그래도 찾는 분은 다른 곳은 어떨까 하면서 여기저기 용하다 소문나면 다 찾아다닙니다. 정치인도 경제인도 학부모도….

이것이 우리들의 실상입니다.

드라마가 고증되었는지 실록에 의존했는지 모르지만, 조선 시대 왕가나 사대부 집에서도 용하다는 점집이나 관상쟁이들을 찾는 모습을 종종 볼 수 있습니다. 옛날이나 지금이나 그런 곳은 궁금증을 풀어 주는데 상당한 역할이 있는 것으로 보입니다. 그분들의 역할도 하늘이 주었겠지요. 영적으로 어떤 기운이 있어 사람들의 현재나 과거의 일을 맞출 테고요. 어느 도인은 사주는 전생의 업력業力에 따라 30%의 밑그림을 갖고 왔다고 합니다.

과연 30%가 인생을 좌우할까요? 전 앞으로 그려 나갈 70%가 더 중요하다고 생각합니다. 밑그림이 좀 마음에 안 들어도 얼마든지 고쳐 나갈 수 있기 때문입니다. 하루하루를 어떤 생각으로 살고 있는지, 목표가 분명한지, 목표가 나 자신뿐만 아니라 이사회와 인류공영에 이바지하는 것인지, 이런 가치를 추구하는 것이 이번 생뿐만 아니라 다음 생의 사주도 결정한다고 봅니다. 배도와 배탁의 등이 붙은 쌍둥이 형제에서 하나는 정승, 하나는 뱃사공이 무얼 말해주나요.

사주를 벗어나는 삶이란, 지금 자기가 하는 일이 하늘이 준 역할로 알고 대가 보다는 이념과 가치를 쫓아 보람을 찾는 일이라고 봅니다.

베이비 붐 세대의 소명

─────────── 베이비 붐 세대는 50부터 62세를 일컫는 말입니다. 6·25가 끝나고 우리 부모님들은 자식을 많이 출산했습니다. 어느 집은 열 명을 넘게 낳았고 육, 칠 남매가 보통 평균 숫자입니다. 농촌 5~6개 마을마다 초등학교가 있었습니다. 우리나라 인구 비율을 보더라도, 베이비붐 세대가 차지하는 비율이 전체인구 오천백만 중에 약 8백만으로 16%를 차지한다고 합니다.

지금 그때의 초등학교들은 면 소재지를 제외하고 거의 폐교가 되어, 학생 야영장이나 미술전시관 등 다른 용도로 활용되면서 농촌이 쓸쓸하게 변한 지 30여 년이 넘게 흘러오고 있습니다.

모교가 사라진 옛터엔 아이들의 웃음소리도 끊기고 정적만이 감돌아 서글퍼지기만 합니다. 그래도 일 년에 한 번씩 졸업생들이 동문 체육대회를 개최하여 옛 추억을 더듬게 하고 있지요. 베이비 붐 세대는 근대와 현대를 함께 살고, 선천과 후천을 함께 사는 우리나라 역사상 특이한 세대입니다. 그래서 어려서 국민교육헌장을 외우고 자랐나 봅니다. 역사적 사명을 띠고 이 땅에 태어났으며, 조상의 빛난 얼을 되살려 자주독립의 자세를 확립하고 인류공영에 이바지하라는 시대적 명을 받았습니다. 그래서 그런지 타고난 저마다 소질을 계발하여, 우리나라를 반석 위에 올려놓는데 중추적인 역할을 했습니다.

지금 베이비 붐 세대가 중심을 잃고 있습니다.

직장에서 명예퇴직이 이어지고 있고, 그동안 쌓은 기술과 경험이 사장되고 있습니다. 우리나라가 한 단계 더 도약하려면 이들의 경험과 노하우를 활용해야 합니다. 베이비 붐 세대에 걸맞게 일자리가 창출되어야 합니다. 이들에게 일을 주지 않으면 국가적으로 큰 손실입니다.

젊은이들 일자리가 뺏기지 않는 범위 내에서 무언가 돌파구를 찾아야 합니다.

동지팥죽

――――――― 동짓날 사원에서 대선사에게 들은 이야기를 공유합니다.

음양으로 본다면 동지부터 다음 해 하지까지는 양이요, 하지부터 동지까지는 음이라 합니다. 음을 상징하는 밤의 길이가 동지부터 점점 짧아지나 동지가 양을 잉태한 날이라고 합니다. 밝음과 양을 상징하는 팥죽과 팥죽 속의 새알심도 이러한 맥락이랍니다.

팥은 빨간색으로 밝은 에너지의 결정체로 어둠과 탁한 기운을 타파하는 것으로, 우리 조상들은 귀신을 쫓는다는 인식으로 하나의 문화가 되어 전래 되어 왔습니다. 새알심은 태양을 상징하고요.

그래서 빙의된 사람이나 탁한 에너지를 쫓으려 할 때는, 팥을 던지고 팥죽을 끓여 집 안 구석구석 뿌렸던 것이 우리의 동지문화가 아닌가 싶습니다.

주역팔괘周易八卦에서도 사실 동지부터 양이 시작된다고 하니, 사주풀이도 꼭 음력 정월 초하루나 입춘이 시작점이라는 논리보다 더 설득력이 있는 게 아닌 가라는 생각을 해봅니다.

재미있는 것은 어떤 청년들 네 명이 승용차를 타고 가다 교통사고를 당했는데 크게 다친 한 명은 부모가 집에서 동짓날 팥죽을 끓여 먹은 사례이고, 다치지 않은 세 명은 부모가 사원에서 지극정성으로 동지기도와 함께 사원의 팥죽을 먹었다는 데에 있습니다.

저는 우연이라고 생각을 합니다. 꼭 거기에다 대입을 하니까 그렇지 세상일이 필연보다는 우연이 더 많다는 생각이 듭니다.

그러나 마음 한쪽에서는 하늘과의 소통은 지극정성이라 했는데, 어찌 보면 부모의 지극한 정성이 교통사고 당시에도 파장으로 좋은 기운으로 영향을 미치지 않았나 생각해 봅니다.

사원에서 설법하신 선사님 말씀도 그런 뜻이 아닌가 생각해 보며, 동짓날에 두 그릇 먹은 팥죽이 내 심신의 탁한 에너지를 씻어내고, 밝은 광명으로 채워지길 소원해 봅니다.

행복은 깨어있다는 증거

_____ 세계인구가 2010년 통계로 69억 7천 명이라고 하니, 지금쯤 70억은 되었겠지요. 70억의 사람 얼굴이 각기 다릅니다. 쌍둥이와 닮은꼴도 있겠으나 서로 다른 사람이 이토록 많습니다. 마음도 다를 테니 세상이 70억 개가 존재합니다. 우리는 70억 개의 서로 다른 세상을 인정해야 합니다.

그런데 사람들은 세상이 내 맘에 안 들고, 다른 사람이 내 맘에 안 든다고 짜증을 내며 괴로워하고 있습니다. 상대방이나 세상이 내가 바꾸려 한다고 바뀝니까? 내 마누라도 내 남편도 내 자식도, 내 부모도 내 부하도, 내 동료도 내 상관도 내 맘대로 안 되는 게 세상사입니다.

서로 다른 세상이 있다는 것을 안다면 내가 먼저 바뀌어야 합니다. 자식에게 효도를 원하면 내가 부모나 어른을 자식들 보는 데서 하늘처럼 공경해야 합니다. 공부하기를 원한다면, 자녀들 앞에서 항상 공부하고 세상을 탐구하는 모습을 보여 주어야 합니다.

내가 하는 행위가 자녀의 거울이 되고, 내 기운이 그대로 자녀에게 전달되어 마음 거울에 찍혀 지워지지 않습니다. 세상 이치도 이와 같습니다. 내가 아름다운 마음을 쓰면 세상이 아름답습니다. 보이는 것이 모두 내 세상이기 때문입니다. 내가 한순간 마음이 어두워지면 세상이 빛을 잃고 어두워집니다. 그러니 세상도 조물주가 창조했다기보다 내 마음이 창조했다고 봄이 더 정확하지 않을까요.

우리 생각의 96%는 우리의 삶과 관계없이 일어난다고 합니다. 4%로 살아가는 셈이죠. 순간순간 4%를 잘 사용합시다. 남을 원망하지 맙시다. 남을 탓하지 맙시다. 원인은 자기에게 있습니다. 내가 항상 즐겁고 행복하면 깨어 있다는 증거입니다. 세상은 본래 그 자리에 그렇게 펼쳐져 있는 것이니, 내가 잘 사용하면 그뿐입니다.

지금 즐겁고 행복하면 천국을 노니는 것이고, 집착과 번뇌 속에서 헤매면 지옥과 아귀다툼과 축생들의 무리 속에서 뒹구는 것입니다.

벌어서 모아서 행복을 찾다간 인생이 짧아 기다려 주지 않습니다.

고생 고생해서 먹고살 만하니까, 덜컥 병이 생기고 한을 풀지도 못하고 가는 것이 인생인 줄 알아야 합니다.

지금 과정에서 늘 행복하고 즐거우면 그것이 깨어 있는 삶이라고 생각합니다.

균형된 삶

——————— 균형이 우리의 삶과 어떤 관계일까요? 사전적 의미로는 어느 한쪽에 치우치지 않는 안정된 상태로 유가나 도가 불가의 중용中庸의 도道와 철학적 사상적 뜻은 차이가 있겠으나, 실생활의 쓰임은 유사한 면도 있는 것 같습니다. 우선 우리 몸을 보아도 어딘가에 균형이 깨지면 질병이 생기고, 고통이 옵니다. 잠시 요가 자세를 취해도 익숙지 않은 분은 금세 피가 안 돌아 저려서 다리를 풀고 맙니다. 잠시지만 결가부좌結跏趺坐 자세에서 신체의 균형이 흐트러진 것입니다.

마음을 쓰는 것도 어느 한곳에 치우치면, 외골수가 되어 세상과 불통한다는 소리를 듣습니다. 특히 사상이나 종교는 아주 불균형을 이루기 좋은 요소입니다. 불균형은 자신과 이웃과 나라를 그르치는 독입니다. 이 사회를 잘 살펴보세요. 정치, 경제, 문화, 종교 등 어디 하나 균형 잡힌 곳이 있습니까? 모든 것이 대립 구조로 되어 있습니다. 물론 발전의 동력도 있을 수 있으나, 분열과 불신으로 계속되면서 마치 명절

윷판에서 모 아니면 도를 바라듯, 극단적이고 꼬인 사회가 되어 더는 나아가지 못하고 있습니다.

베이비 붐 세대 시절에는 부모의 사랑이 균형을 이루지 못하고 제일 큰 자식이나 막내에게 편중되어, 다른 자식은 성인이 되어서도 부모와의 관계가 화합되지 못한 경우가 많았습니다. 그런 연유로 부모가 돌아가셨어도 제사가 문제가 되어 형제간 갈등의 원인이 되었고, 유산까지 이어져 부모와 자식 간, 형제간 사이가 원수지간이 된 사례가 많습니다. 개인도 가족도 사회도 나라도 균형 있는 생각으로 역할을 다 해야 합니다. 배려심 있고 이해심도 있는 균형적인 사고가 이 시대에 갖추어야 할 최고의 덕목입니다.

걷는 즐거움

─────── 요즘 걷는 사람들이 늘어나고 있습니다. 강변길이나 숲 속 오솔길은 날씨가 추워도 걷는 분들을 늘 그 자리에서 마주칩니다.

우리 모두 한동안 걷기보다 편리하게 타는 것을 좋아했습니다. 자전거에서 오토바이, 승용차, 기차, 비행기에 이르기까지 빨리 목적지까지 가는 수단들로 걸음을 대신했습니다. 1시간 거리인 약 5㎞ 이내는 걸어서 다니길 권장해 봅니다. 저는 하루 목표를 2시간 걷는 것을 정해 놓고 실천하고 있습니다. 일주일을 기준으로 정산해서 부족한 시간은 다른 운동으로 대체합니다. 걸으면서 좋은 점이 많은데 저를 충족시키는 점 몇 가지를 소개할까 합니다.

첫째 사색을 할 수 있어서 좋습니다. 항상 시인이고 철학자가 되는 기분입니다. 이 기분이 내 인생을 살찌게 합니다. 근원적인 질문을 스스로 던집니다. 나는 어디서 왔는가? 어떻게 살 것인가? 어디로 갈 것인가? 화두선이며 명상입니다.

둘째는 주변 경관을 보고 즐기는 즐거움이 쏠쏠합니다. 산과 강과 나무와 새들과 시들어가는 풀들까지 친구가 되어 놀아줍니다. 자연과 인간이 소통하는 소중한 시간입니다. 여기서 자연을 배우고 지혜를 배웁니다.

셋째는 따스한 햇볕과 시원한 바람과 상큼한 산소가 나의 건강을 지켜줍니다. 모두 내 몸에 나쁜 질병의 기운들과 싸워주는 나의 호위병들입니다. 결국은 그놈들이 내 몸인 셈이죠.

넷째는 반성문과 하루를 설계하는 시간입니다. 어제 하루 중 내가 버리고 고쳐야 할 것들을 정리해 보고, 오늘은 어떻게 하루를 전개할지 내 앞에 있는 분들 나와 대화하는 상대를 기쁘게 해 줄 수 있는 것이 무엇인가를 잠시 고민해 봅니다.

걷는 시간이 제 몸속에서 엔도르핀이 솟는 시간입니다. 결론적으로 걷는다는 것은 행복을 느끼는 최고의 순간이라고 정의를 내려 봅니다.

계사년 마지막 날

_____ 계사년 마지막 날 오늘 하루를 잘 보내면 일 년을 잘 보낸 것으로 생각하면서, 오늘의 여정에 집중하리란 각오를 합니다.

먼저 새벽 시간에 세수하여 정신을 맑힌 다음, 세상의 모든 이들과 나 자신을 위한 기도의 시간을 잠시 갖고 명상을 합니다.

짧은 시간이지만 심신을 가다듬는다는 것은 오늘 내게 오는 에너지의 선택입니다. 긍정의 에너지이죠. 아침을 긍정으로 열고 다음은 오늘 만날 사람들과 주어진 일을 어떻게 할 것인가를 생각합니다.

어떤 얼굴과 모습으로 사람들을 편안하고 기쁘게 해줄까?
어떻게 도움이 되어줄까?

화두 삼아 잠시 참고해보고 다음에는 오늘 처리해야 할 업무에 대해 생각해 봅니다. 계사년 마지막 날 해야 할 일이 많아 보입니다. 송년 세레모니도 해야 하고 해가 바뀌기 전에 마무리해야 할 일들을 점검해봅니다. 서먹했던 인간관계가 있거든 오늘이 풀기 위한 좋은 기회입니다. 내년 인사를 미리 하면서 금년도에 소원했거나 섭섭한 점들에 대해 미안한 마음을 전하고, 잘 지내보겠다는 믿음의 선물을 보냅니다.

이런저런 이유로 사람도 일도 잘 못 챙기는 것이 우리입니다. 한 해의 마지막 날에 조용히 일 년간의 발자국을 살피는 것도 내일을 여는 지혜가 아닌가 생각해봅니다.